Otfried Hennrich

Vaterwunden

AF281795

Otfried Hennrich

Vaterwunden

Eine Autobiografie

© Otfried Hennrich

Vaterwunden

1. Auflage 2025

Die Deutsche Bibliothek verzeichnet diese Publikation in der Deutschen Nationalbibliografie; detaillierte bibliografische Angaben sind im Internet abrufbar über: www.dnb.de

Verlag: BoD · Books on Demand GmbH, Überseering 33, 22297 Hamburg, bod@bod.de

Druck: Libri Plureos GmbH, Friedensallee 273, 22763 Hamburg

Umschlaggestaltung	LiberAles Verlag mit der Grasmücke / Constanze Grasmück
Lektorat, Satz & Layout	Constanze Grasmück
Bildnachweis	Cover: shutterstock 2271824859
	Seite319 shutterstock 2439216253
	Buchblock Paginierung: Grafik kostenfrei von Pixabay
	Alle Fotos (einschließlich des Frontispiz) aus dem Privatarchiv des Autoren
Schrift	gesetzt aus der Minion Pro und der Brutus
ISBN:	**978-3-8192-0843-0**

„Biografien sind wie Oldtimer. Sie verlieren nicht an Wert."

Was mich im Leben getragen hat

Jeder Mensch ist ein undurchschaubares Geheimnis und einmalig. Trägt ein jeder doch eine Lebensgeschichte in sich, die sich kein anderer vorstellen, in ihrer Individualität nacherleben kann.

Jede Geschichte hinterlässt im Kontakt mit anderen Menschen Spuren. Mich hat es im fortgeschrittenen Lebensalter dazu gedrängt, die Erfahrungen meines Lebens aufzuschreiben. Dabei war es mir ein Anliegen, gewisse Schlüsse aus meinem Erfahrungsschatz zu ziehen und gewonnene Einsichten weiterzugeben.

Mein Fazit: *„Jeder Mensch ist klug. Die einen vorher, die anderen hinterher…*

1950er, 1960er Jahre

Die Bindungsbeziehung zu Mutter und Vater ist prägend für den weiteren Lebensverlauf. In meiner Kindheit und Jugend habe ich viel Zeit mit meinem Vater verbracht, ihn aber nicht als liebevollen, zärtlichen Menschen kennengelernt. Er, kriegstraumatisiert heimgekehrt, hat nichts von sich erzählt, mich aber immer wieder sein strenges, dominantes und autoritäres Verhalten spüren lassen.

Mein Start ins Leben war schon ein wenig außergewöhnlich, weil ich nicht wie üblich solitär, sondern als Zwilling im Mutterleib aufgewachsen war. Von Beginn an teilte ich also den „Entstehungs-Raum" mit meiner Schwester. Das führte (ganz besonders bei mir) zu einer tiefen Lebensverbundenheit.

Zeine frühkindlichen Eindrücke

Aus meiner Sicht hat mir das eine besondere Wahrnehmungsfähigkeit für meine Mitmenschen auf meinen Lebensweg gegeben. Sogar für meinen Vater, der im Alter von nur sechzehn Jahren, mit einem Gewehr in der Hand an die Front geschickt wurde, um für den Eroberungskrieg der Nazis Länder einzunehmen und zu töten. Leider hat er mir nie erzählt, wie er sich damals als junger Mann im Krieg gefühlt und welche Ängste er dort ausgehalten hat. Das hätte mir als Kind geholfen, ihn in seinem distanzierten und groben Verhalten mir gegenüber auch besser zu verstehen. Nur ein einziges Mal erwähnte er gegenüber meiner Mutter, dass es um ihn herum Kugeln gehagelt habe und er nach dem Krieg in französische Gefangenschaft geraten sei, in der er und seine Kameraden gehungert und nur hin und wieder Wasser und Brot bekommen hätten. Vielleicht war dies auch der Grund, warum er meiner Schwester und mir gerne beim Essen zugeschaut und sich empört hat, wenn wir unser Essen zu schnell herunter geschlungen oder uns zu viel aufgetischt hatten. Spürten meine Schwester und ich dies, dann waren wir geradezu froh, wenn wir wieder möglichst schnell vom Tisch aufstehen konnten, weil wir diese dauerhafte auftretende angespannte Stimmung nicht aushalten wollten. Ja, ich kann mich nicht daran erinnern, dass wir als Familie am Tisch einmal offen und frei gelacht hätten. Dabei hätte doch etwas Heiterkeit, ein Witz oder auch etwas mehr Interesse an uns Zwillingen die vorhandene Stimmung gut auflockern können.

Hin und wieder konnte ich auch erkennen, wie mein Vater, am Tisch sitzend, unter Zwängen litt. Wie er seine Augen verdrehte und bestimmte Aufgaben so oft wiederholte, bis er sich absolut sicher war, dass er das, was er sich vorgestellt hatte, auch auf den Punkt gebracht und kontrollieren konnte. Vielleicht versuchte er sich auch mit Hilfe seiner zwanghaften Handlungen selbst zu beruhigen, weil er eine durch den Krieg entstandene Unruhe und Unsicherheit in sich trug, die er auch mit den positivsten Gedanken nicht zu

Die stolze Mama mit
den Zwillingen 1955

Oma Käthe (r) - Mutter des Vaters mit Otfried,
Oma Maria (l) Mutter der Mutter mit Monika

beseitigen vermochte. Ja, er musste sich immer etwas ablenken, weil er bei zu viel Stille sehr unruhig wurde und zu grübeln begann. Konnte er aber die Stille nicht vermeiden, dann schien er in seinem inneren Konflikt unter sich selbst zu leiden, sodass er deprimiert und erschöpft auf mich wirkte.

Im Laufe der Zeit übertrug sich seine Unruhe aufgrund seines grob bestimmenden Verhaltens auch auf meine Mutter und uns Zwillinge. Ja, schon als ich ein kleines Kind war, spürte ich neben meiner Zwillings-schwester Monika eine düstere und kühle Stimmung, wenn mein Vater im Hause war. So, als würde sich ein unbekannter, nicht greifbarer in sich verschlossener Geist durch den Raum bewegen.

Irgendwie herrschte dann eine Art „Atombomben-stimmung". Zumal ich mich im Nachhinein auch an keine wirklich liebevolle Zuneigung von meinem Vater erinnern kann. Er schien ständig abwesend und mit seinen Gedanken woanders zu sein.

Es gibt ein Foto, auf dem er mich gut genährt im Alter von einem Jahr im Arm hält, – doch Wärme oder Zu-neigung habe ich von ihm nie gespürt.

Die Eltern Ilse und Alfons Hennrich mit
den Zwillingen Otfried und Monika 1956

Meine Eltern betrieben ein Textilgeschäft in D. und waren am Tage regelmäßig mit dem Auto unterwegs, um Kunden zu beliefern. Bezüglich unserer Kindertage meinte ich mich zu erinnern, dass Monika und ich viel Zeit miteinander verbracht hätten – vielleicht einfach aus dem tiefen Bedürfnis nach Nähe. Weit gefehlt. Monikas Erinnerung ist da klarer.

Bevor wir den Kindergarten besuchten, verbrachten wir bereits mit einem halben oder einem Jahr abwechselnd die Zeit bei einer unserer Großmütter. So wurden wir bereits in frühester Kindheit voneinander getrennt und wuchsen in erster Linie bei unseren Großmüttern auf. Meine Schwester kann sich noch daran erinnern, dass sie bereits mit einem Jahr schon recht gut sprach und es sehr genoss, bei Oma Maria, der Mutter unserer Mutter, einfach nur Kind sein zu dürfen. Man spielte viel mit ihr, unternahm Waldspaziergänge und Monika konnte sich entfalten.

Ich hingegen kann mich an diese Zeit kaum erinnern. Vermutlich habe ich den Schmerz über das Getrennt-sein verdrängt, weil wir unsere früheste Kindheit gar nicht zusammen verbracht hatten, was aus meiner heutigen Sicht eine unzumutbare Herausforderung darstellt. Sicher, meine Eltern waren voll berufstätig, mussten Geld verdienen und waren tagsüber auf Geschäftstour. Dennoch bin ich der Meinung, dass man Zwillinge in einer solch frühen Zeit nicht trennen sollte. Monika schien solche Dinge seelisch leichter weg-zustecken als ich.

Dann, mit etwa zweieinhalb Jahren wurden wir täglich von morgens halb acht bis nachmittags halb fünf in einem Ganztagskindergarten untergebracht, da unser häusliches Geschäft bereits um acht Uhr öffnete.

So haben wir bereits von Kindheit an in gewisser Weise unsere Eltern in ihrem Vorhaben, ihr Leben zu meistern, nicht im Weg gestanden…auch wenn wir in diesem Entwicklungsabschnitt sehr viel mehr an Zuwendung und Bindung gebraucht hätten.

An meine Kindergartenzeit habe ich nur vereinzelte und wenig gute Erinnerungen. Das damalige katholische Erziehungskonzept sah vor, grundsätzlich Mittagsschlaf zu halten, auch wenn wir nicht müde waren. Sollten wir uns dem verweigern, so drohten uns die Nonnen zur Strafe in den Keller zu sperren, damit uns die Dunkelheit verängstigen und zum Nachdenken brächte. Ja, sie wollten uns vor einem Gott, der aus meiner Sicht die Liebe ist, mit diesen Maßnahmen so erziehen, damit wir ohne Widerrede ihrem Willen folgen.

Wir beide – Monika und ich – haben es nie verstanden, warum wir einen ganzen Tag, keine hundert Meter von zuhause entfernt, in einem Kindergarten verbringen mussten.

Ich hätte mir sehr gewünscht, dass unsere Gefühle und Ängste wahrgenommen worden wären und man uns vielleicht die Notwendigkeit des Aufenthalts erklärt hätte. Denn trotz aller Bedrückung im Elternhaus, litten wir beide unter unausgesprochenem Heimweh. Sogar Zweijährige können schon viel verstehen... So wundert es mich bis heute nicht, dass meine Schwester und ich sogar einmal aus dem Kindergarten abgehauen sind. Es führte zwar zu keinem Erfolg – aber in der Wahrnehmung von Zweijährigen war's den Versuch wert, einer misslichen Lebenslage zu entkommen.

Otfried und Monika
im Kindergarten 1958

Sicher, wir erlebten unseren Vater damals als un-nahbaren Menschen, sodass auch meine Schwester durch dieses Verhalten bereits unter Albträumen litt und nur bei Licht einschlafen konnte. Unsere Mutter liebten wir und sehnten uns nach ihr, wenn wir den ganzen Tag nicht zu Hause waren. Aufgrund ihres sehr großen Arbeitspensums kamen wir Zwillinge oftmals zu kurz.

Demgegenüber mussten wir uns damit abfinden, dass mein Vater immer dann, wenn es nicht nach seinen Vorstellungen verlief, alles aufbauschte und mit seiner schlechten Stimmung und seinem verbissenen Aus-druck oftmals aus Mücken Elefanten machte und die Szene dramatisierte. Dabei zeigte er ein stereotypes Verhaltens-muster, das sich dann in Vorwürfen und Kritik gegen uns Kinder richtete. Dermaßen ungerecht behandelt, verging uns in seinem Beisein jegliche Freude und wir trachteten danach, seiner Gesellschaft zu entkommen.

Wie gut war es da, dass Monika und ich uns im Grunde gut verstanden und gerade dann zusammen hielten, wenn es uns nicht so gut ging. Bis auf eine Ausnahme, als wir bei einem Streit um ihren geliebten Teddybären einmal so an einander gerieten dass ich diesem den Kopf abgerissen habe. Monika erinnerte mich daran, denn ich hatte diese Begebenheit inzwischen vergessen oder gar verdrängt. Meine Entschuldigung an sie erfolgte daher erst Jahrzehnte später...

Letztlich war die gesamte Stimmung meines Vaters Ausdruck seiner bedrückenden Geschichte, sodass es mich nicht wundert, dass er als Kriegsheimkehrer nach den Aussagen meiner Mutter zu einem späteren Zeitpunkt einen Nervenarzt aufsuchte.

Auch wenn dies in unseren Ohren nebulös und bedrohlich klang, weil der Begriff Nervenarzt nach dem damaligen Nazi Regime einen fahlen Beigeschmack hatte. Was uns in diesem Zusammenhang aber auffiel, war die Tatsache, dass mein Vater, mit dem Rücken zu uns gekehrt, täglich seine Tabletten einnahm, so als habe er etwas zu verbergen. In dieser Zeit gab es keine psychotherapeutische Nachbetreuung für traumatisierte Soldaten.

Doch trotz aller Unnahbarkeit meines Vaters fühlte ich mich als Sohn ihm gegenüber zu einer gewissen Nähe verpflichtet. Das ist keine gute Umkehrung... ich sehnte mich (zumindest unbewusst) danach, von meinem Vater begleitet und beschützt zu werden.

Unabhängig von der dysfunktionalen Beziehung meiner Eltern (die uns Zwillinge mit einschloss) habe ich die große Fläche des Hofes vor unserem Haus und den Garten hinter unserem Haus sehr gemocht. Zumal ich dort mit vielen Tieren spielen und mit meinem Spielzeug-LKW der Marke Magirus Deutz und eigenen motorähnlichen Geräuschen durch die Gegend düsen konnte.

Ja, meine Zwillingsschwester und ich wuchsen in einer sehr beschaulichen Umgebung auf, in der sich die Natur mit all unserer Neugierde sehr gut erkunden ließ.

Damals weder durch soziale Medien oder Handys abgelenkt, fühlten wir uns der Natur sehr verbunden und machten sie zu unserem Spielplatz. Ich erinnere mich noch daran, wie wir in unseren eigenen Gärten 200 Hühner, Hasen, Truthähne und eine Ziege hielten und wie gerne wir die dort gewachsenen Stachelbeeren, Rhabarber und Himbeeren aßen, die im Garten wild wuchsen.

Weiterhin erinnere ich mich noch an einen weiteren großen verwilderten Garten, den meine Freunde und ich „die Wildnis" nannten, und in der ich das erste Mal von einem Treffen mit einem Mädchen träumte, dem mein ganzes Herz zugeflogen war. Marion war die beste Freundin meiner Schwester Monika wuchs aufgrund einer schweren Erkrankung ihrer Mutter bei ihrem Vater in einem kleinen Häuschen auf. Marion war von zarter Natur, erschien mir sehr nett und offen und hatte blonde Haare.

Meine Gefühle für sie und meine kindliche Verliebtheit hielt ich selbst vor meiner Schwester geheim. Zudem erinnere ich mich daran, wie wir in unserem ca. 400 qm großen Hof mit unterschiedlich großen bunten Murmeln spielten. Die Klicker besaßen je nach Größe eine unterschiedliche hohe Punktzahl. Unsere Aufgabe war, diese zuerst so weit als möglich in ein dazu ausgehobenes Loch zu schnicken.

Ich erinnere mich auch daran, wie schön es war, wenn ich damals mit Cornelia, einem weiteren Mädchen aus der Nachbarschaft, in dem frisch gemähten Heu auf dem Dachboden ihrer Scheune spielen konnte. Dann überkam mich ein Gefühl von Freiheit, wo ich so richtig Kind sein konnte.

All dies geschah zu einer Zeit, in der jeden Samstag im Dorf von einem Gemeindemitglied mit einer Klingel in der Hand, noch die neuesten Dorfnachrichten ausgerufen wurden und sich die Männer in der Dorfkneipe auf ein Bier zu einem Schwätzchen trafen.

Einmal, ich war so zwischen sechs und acht (so genau weiß ich es nicht mehr), nahm mich mein Vater auch in eine Kneipe, die am Rande des Dorfes lag, mit. Dort aber kam ich mir in einem stark verrauchten Raum, in dem man kaum das Wort des anderen verstehen konnte, nicht nur verloren, sondern auch überfordert vor.

Ja, dort kamen mir die Männer aufgrund der mangelnden Nähe, die ich zu meinem Vater hatte, riesig und unnahbar und ich mir selbst sehr klein vor.

Das mein Vater mich trotzdem mit dorthin nahm, lag vielleicht daran, dass er mit mir, seinem lieben und angepassten gehorsamen Jungen mit dem kurzhaarigen Scheitelschnitt, vor den anderen etwas glänzen wollte.

Läuteten am Samstagabend die Kirchenglocken oder wurde an Weihnachten in der Kirche das Lied – *„Großer Gott wir loben dich"* – angestimmt, dann wirkte das sehr berührend auf mich. Zudem fühlte ich mich von Freude erfüllt, wenn wir uns der Kirmes oder dem Fasching näherten, weil wir uns dann verkleiden und uns mit einer Pistole im Gürtel Spiele aus dem Wilden Westen ausdenken und dabei auch auf spielerische Weise ein eigenes Sterben spielend inszenieren konnten.

Zudem war es eine Freude für mich, wenn meine Großmutter Maria an Weihnachten mit viel Liebe und Hingabe eine große Krippe aufgebaut hatte, die im Flur zwischen Treppe und dem Eingang zu ihrer Wohnung ihren Platz hatte. Diese wirkte immer sehr beruhigend auf mich, sodass ich in meinem Herzen ein Gefühl von Heimat empfand.

Ja, ich fühlte mich von dem Verhalten der Menschen, die das Jesus Kind anbeteten berührt, weil sie mir so hingebungsvoll und demütig erschienen.

Zudem war ich davon beeindruckt, dass der große allmächtige Gott in dem kleinen Kind Jesu in einem Stall Mensch geworden war. In einem Jesus, der als Heiland auf die Welt gekommen war um uns die frohe Botschaft der Freiheit zu verkünden.

Was mir damals ebenso gefiel war das Sandmännchen, das uns allabendlich mit den Worten begrüßte: *„Und* *nun liebe Kinder gebt fein acht, ich habe euch etwas mitgebracht.*" Da kam jedes Mal eine große Vorfreude in mir auf, sodass ich den Tag vor der Sendung daher als etwas angenehmer wie üblich empfand. Durch diese Sendung entstand eine Frische und Leichtigkeit in mir, wie ich sie auch spürte, wenn meine Oma Maria die Schallplatte *Dominique* abspielte, auf der es heißt: *„Dominique, Dominique, zu Fuß und ohne Geld, geht in die weite Welt."* Ein Lied, das mir unvergessen geblieben ist und an das ich mich bis heute gerne erinnere. Drückt dieses Lied doch eine Heiterkeit aus, die damals so belebend auf mich wirkte, dass es sogar noch heute, gerade an schweren Tagen, die Kraft hat, mich zu beruhigen.

❦ ❦ ❦ ❦

Meine Oma Maria und mein Opa Helmut hatten drei Kinder: Norbert, Josef und Ilse – meine Mutter.

Von meiner Großtante Ulla weiß ich, dass auch sie wie ihre Schwester den Weg des Glaubens ging. Als Ulla Hugo heiratete und mit ihm drei Kinder bekam, war es die Tochter Marianne, die den Glaubensweg ganz konsequent fortführte.

In jungen Jahren schon entschied Marianne sich für ein Leben als Nonne. Ich mochte meine Großcousine, die mir sehr liebenswert und wohlmeinend gesonnen war, sehr gerne. Die Besuche bei ihr im Kloster taten mir besonders gut.

Insbesondere dann, wenn ich mit ihr eine Kapelle aufsuchte, die ich ihren Angaben zufolge aufgrund einer angenehmen Atmosphäre, die sich durch die friedliche Gemeinschaft, den Duft von Blumen und Kerzen, und die hoffnungsvollen Lieder ergab, am liebsten gar nicht mehr verlassen hätte.

Dies wiederum hat mich sehr geprägt, sodass ich mich noch heute gerne in der Stille einer Kirche aufhalte. In dieser angenehmen Atmosphäre empfinde ich heilsame Geborgenheit, die mich in meiner Sehnsucht nach Höherem ruhiger werden lässt.

Ja, oftmals verspüre ich in einer Kirche ein Heimatgefühl, an dem ich auch meine innere Unruhe in mir selbst mit einem Gebet besänftigen kann.

Was mich stets an meiner im Kloster lebenden Tante erfreute, war die Tatsache, dass sie immer mit einem Lächeln auf mich zukam. Das wirkte sehr einladend, authentisch und vertrauenswürdig auf mich und mein Herz flog ihr zu. Bei ihr spürte ich, dass sie das Leben im Kloster sehr erfüllte. Gott selbst schien mit seinem Licht durch sie hindurch zu leuchten. Das Gefühl von Nähe und liebender Wärme, die Marianne ausstrahlte, waren Balsam und gleichsam Nahrung für meine ausgehungerte Seele.

Daneben beeindruckte mich auch ihr einfaches und bescheidenes Leben, in dem sie mir, ohne etwas zu besitzen, stets gut gelaunt und heiter begegnete.

Allerdings erinnere ich mich (als Kleinkind) auch an eine beängstigende Erfahrung, die ich durch Mariannes Bruder Karl erlebte. Er war mit mir spazieren gegangen, als er einen begehbaren Wasserspeicher, wie sie zu dieser Zeit häufig von den Ortsgemeinden angelegt waren (bei uns umgangssprachlich Wasserhäuschen genannt) betrat und mich, über das Geländer hebend, über den darunter fließenden, reißenden Strom hielt. Als ich dann auf seinen Händen über dem Wasser schwebte, bekam ich eine Todesangst, die dazu führte, dass ich innerlich regelrecht erstarrte und ihm immer dann, wenn ich ihm später begegnete, gerne aus dem Weg ging. Ein weiß Gott schlechter Scherz, den sich mein Onkel Karl in seinem jugendlichen Leichtsinn da mit mir erlaubte.

Karl geriet mehr nach seinem Vater Hugo, zu dem sogar Monika wenig Vertrauen hatte. Sie hielt ihn für arglistig. Zumindest mir fiel Onkel Hugo auch negativ auf, weil er in unserer Anwesenheit oft mit Zoten und eigenartigen, zynischen Witzen zu glänzen wusste.

Dieses Ereignis habe ich bis heute nicht bei Karl angesprochen, zumal mir meine Großcousine Marianne einmal in einem späteren Gespräch über dieses Ereignis signalisierte, dass mich meine Erinnerung da bestimmt täusche. Vielleicht gab es in unserer Familie (wie in vielen anderen auch) die unausgesprochene, ungeschriebene Regel: *„es ist nicht, was nicht sein darf…"*

Heute denke ich, dass ihr die Familienverhältnisse selbst nicht behagt haben und das durchaus mit ein

Grund gewesen sein mag, sich für ein Leben im Kloster zu entscheiden.

❧ ❧ ❧ ❧

Zu dieser Zeit betonte unsere Mutter immer mehr, dass der Vater krank sei und er vieles deshalb nicht mehr vertrage und sehr anfällig sei. Woran er aber konkret litt, teilte sie uns zunächst nicht mit, sodass ihre Aussage verstörend und diffus auf uns wirkte. Zudem wusste ich einfach nicht, wie ich mit seinem oftmals doch sehr merkwürdigen und distanzierten Verhalten gegenüber mir umgehen sollte. Bewusst wurde mir erst später, dass er nach dem Krieg aufgrund seiner traumatischen Erfahrungen unter psychischen Druck gestanden haben muss. Zudem glaubte er, seinen Kunden als selbstständiger Kaufmann stets freundlich und seriös gegenüber auftreten zu müssen, auch wenn ihm innerlich nicht danach zumute war.

Ständig war er am Kalkulieren, um mit uns als Familie über die Runden zu kommen. Auch konnte er es sich in seiner Position nicht erlauben, krank zu sein. Deshalb forderte er Monika und mich immer wieder auf, einen möglichen Luftzug in unserem Haus zu vermeiden und gerade bei kühlerem Wetter sämtliche Türen und Fenster zu schließen. Allerdings sagte er uns dies in einem schroffen Befehlston und mit verbissenem Blick, sodass wir seine Aussage am liebsten überhört hätten und nur widerwillig auf seine Ansage reagierten. Er kam nicht auf die Idee, uns seine Furcht vor einer

Erkrankung auf eine freundliche und für uns nachvollziehbare Weise zu begründen.

Auch sein Trinkverhalten änderte sich allmählich. Hatte er zuvor oft große Mengen Alkohol getrunken, vermutlich um sich zu betäuben und auf diese Weise Entspannung zu finden, so entschied er sich irgendwann dazu, keinen Tropfen mehr zu trinken. Er eduzierte er deutlich seinen Konsum. Vermutlich auch, weil ihm irgendwann klar wurde, dass das berauschende Gefühl, welches durch den Alkoholgenuss entstand und ihm zur Erleichterung dienen sollte, nicht mehr funktionierte. Der erhoffte Zustand trat nicht mehr ein.

Und sicher traf er damit eine kluge und auch verantwortungsvolle Entscheidung für sich und die ganze Familie.

Gleichzeitig spürte ich zu dieser Zeit eine unkontrollierbare, spontan auftretende Verkrampfung in meinen Augen. Dieser entstehende „Tick" war wohl das Resultat einer schleichenden seelischen Anspannung, die sich dann auch in der Schule und besonders beim Schreiben bemerkbar machte. Zu meiner Grundschulzeit gab es noch das Modell der Dorfschule. Es bestand in einem einzigen Klassenraum, in welchem alle vier Jahrgänge von einer Lehrkraft unterrichtet wurden. Erst ab der fünften Klasse, also, der weiterführenden Schule, gab es dann jahrgangsbedingte Klassenverbände.

Mit meiner Verspannung und inneren Unsicherheit erlebte ich meine ersten Schuljahre mehr belastend, als unbeschwert. Nicht zuletzt wegen meiner recht autoritär und dominant auftretenden Lehrerin, die mir mit der unsensiblen Aussage, ich *„drücke beim Schreiben auf wie ein Elefant"*, unangenehm in Erinnerung geblieben ist. Eine Äußerung, die ich aufgrund ihrer doch eher unfreundlichen Art als Kritik und damit Angriff an meiner Person verstand, Diese auf mich befremdlich wirkende Bemerkung verankerte sich, neben meinem Wunsch nach Zugehörigkeit, tief in meiner Seele.

1961 war es durchaus noch üblich, Kinder durch Schläge zu disziplinieren Ja, auch unsere Grundschullehrerin trat mit einem Stock in der Hand damals vor uns allen übermächtig auf und hielt sich mit Lob gegenüber uns Schülern stets zurück. Nachdem sie erkannte, dass meine Schwester mit der linken Hand schrieb, versuchte sie diese mit Gewalt zum Schreiben mit der rechten Hand zu zwingen, in dem sie ihr bei dem natürlichen Impuls, mit links zu schreiben, mit dem Rohrstock auf den Rücken schlug. Zudem stellte sie Schüler, die nicht ihren willkürlichen Anweisungen folgten, vor allen anderen in eine Ecke, damit uns übrigen anschaulich vor Augen geführt würde, dass uns das gleiche Schicksal blühe, sollten wir uns ihren Befehlen widersetzen.

Erwähnenswert sei an dieser Stelle, dass der Bundestag erst am 6. Juli 2000 das "Gesetz zur Ächtung der Gewalt in der Erziehung" beschlossen hatte, und Kinder ein

Grundrecht auf eine *gewaltfreie Erziehung* haben. Gleichermaßen wurde auch für Eltern Beratungsstellen und Trainings eingerichtet mit der Option, ihre Kinder auch in Stresssituationen gewaltfrei zu führen und zu erziehen.

Jedenfalls war mir Anfang der 1960er Jahre sehr schnell klar, dass ich auch wegen meiner verkrampften Haltung in meinen Händen kein Gespräch mit meiner autoritär auftretenden Lehrerin würde führen können. Erlebte ich sie doch wie meinen Vater als eine unnahbare Person, zu der ich kein Vertrauen aufbauen konnte. Damit verbunden konnte ich auch kein wirkliches Interesse an ihrem zu vermittelnden Lehrstoff finden. Jedenfalls war mir die sichtbare Verkrampfung in meinen Augen sehr unangenehm und ich schämte mich sehr deswegen.

Das passierte auch, als ich einem Freund einen Besuch abstattete. Dieser hatte neun Brüder und wurde von einer kühl wirkenden Mutter begleitet. Als sie mich sah, sagte sie nur mit einem etwas mürrischen Blick über mich: *„der guckt ja so komisch"*….. Worte, die neben meiner Schüchternheit wie Gift auf mein Selbstwertgefühl wirkten und mich zusätzlich verunsicherten. Diese Mutter strahlte keinerlei Empathie aus.

Ohnehin tat ich mir schwer, ihr Haus zu betreten, da über der Tür des Hauseingangs stets ein angriffslustiger und bösartiger Gockel saß, von dem ich befürchten musste, dass er auf mich losgehe und mir nachstelle.

So erfuhr ich nach einem späteren dauerhaften Erröten, mit dem ich mich am liebsten vor meinen Mitmenschen versteckt hätte, auf eine erneute Weise was es heißt, die Kontrolle über den eigenen Körper zu verlieren und sich dafür auch noch zu schämen.

Ja, Scham war gerade in einer Zeit, in der die Menschen ohnehin unter ihrer eigenen Verklemmtheit litten ein Tabu-Thema, über das ich damals nicht sprechen konnte und durfte. Die Angst vor Kontrollverlust ist mir bis heute erhalten geblieben, was mich beispielsweise auch davon abhält, in ein Flugzeug zu steigen – da ich da sprichwörtlich den Boden unter den Füßen verliere...

Diese unausgesprochene Angst in meiner Kindheit, durch Überforderung einen Kontrollverlust beschert zu bekommen, ließen mich bestimmte Situationen aus reinem Selbstschutz meiden.

Vielleicht auch, weil ich einmal die Erfahrung gemacht habe, dass ein Freund beim Schiffschaukeln auf der Kirmes ohne meine Zustimmung einige Überschläge mit mir gemacht hatte. Überschläge, die eine Ohnmacht und einen Schwindel in mir erzeugten, sodass ich aufgrund meiner inneren Verunsicherung zitternd aus der Schaukel stieg und ohne meinen Freund noch einmal anzusprechen, wortlos meines Weges ging. Hatte dieses übergriffige Verhalten des Freundes, dem ich zuvor vertraute, doch eine solch verstörende Wirkung in mir hinterlassen, dass ich sein Handeln wie einen persönlichen Angriff auf mich erlebte. Für ihn war das in seinem kindlichen Übereifer nicht begreifbar – auf die Idee, „so etwas" im Vorfeld abzusprechen, kam er nicht. Er war im Übrigen der Sohn eines Mannes namens Franz, von dem ich glaube, dass er ebenfalls als Soldat im 2. Weltkrieg gedient hatte. Franz war Vater von zehn Kindern und in der verarbeitenden Stahlindustrie tätig. Täglich knatterte er mit seinem Moped in die 15 km entfernte Firma und trank – vielleicht auch aufgrund seiner Erfahrungen und seines inneren Drucks zu viel Alkohol – bis er sich eines Tages an einem Baum an einem nahe gelegenen Bach erhängte. Da er zehn Kinder hatte, wurde er im Dorf als asozial angesehen.

Dieser Suizid machte mich betroffen und niemand in meinem Umkreis sprach über dieses Ereignis. Seine Frau Marga erschien mir sehr erschöpft. Sie kaufte in unserem Textilgeschäft öfter Bettwäsche und wurde von meiner Großmutter bedient, wenn die Eltern auf Kundentour waren. Marga zahlte fast nie sofort, sondern ließ anschreiben. Meine Großmutter notierte diese Geldschulden in einem dickeren Heft. Ob und wann Marga ihre Schulden beglich, weiß ich nicht mehr zu sagen.

❦ ❦ ❦ ❦

Interessanterweise (weil freiwillig und selbstbestimmt) fiel es mir immer leicht, freihändig und angstfrei Fahrrad zu fahren oder auf einen hohen Obstbaum zu klettern. Hatte ich dies doch von klein auf im Beisein meines Vaters gelernt.

Ja, oftmals stand ich mit einem Korb in der Hand mit meinen Zehenspitzen auf einer großen Leiter, nachdem mir mein Vater zuvor mit einem fordernden und anordnenden Blick zu verstehen gab, dass da oben am äußersten Ast des Baumes noch ein Apfel zum Pflücken hinge, den nur er, nicht aber ich erkennen könne. Letztlich folgte ich dann aufgrund seiner Strenge auch immer seinen Anordnungen, auch wenn ich das ganze Obst mit all meiner Kraft so manches Mal lieber vom Baum geschüttelt hätte als es zu pflücken – obwohl ich damals schon wusste, dass Äpfel wie rohe Eier zu behandeln sind. Mein Vater ließ nie einen Apfel am Baum hängen. Lebten wir doch alle von den Einnahmen des Obstverkaufs. So traute ich mich vor seinen Augen erst gar nicht, einen Apfel oder eine Birne vom Baum zu schütteln. Zumal ich davon ausging, dass er darauf zumindest mit einer grimmigen Mimik oder einem Wutanfall reagieren würde. Da ich mich aber zu dem oftmals stundenlangen Pflücken an den Obstbäumen in meiner Kindheit gezwungen sah, konnte ich es nicht lassen, das Obst trotz allem hin und wieder vom Baum zu schütteln, wenn er einmal nicht anwesend war.

Ja, da war noch ein Rest von subtiler Gegenwehr in mir da, die ich ihm nicht zeigte. Letztlich pflückte ich aber aus Respekt und Angst vor ihm, oftmals über viele Tage verteilt all das Obst. Sogar auch dann, wenn die Leiter gefährlich zu wackeln begann und ich Angst vor einem schweren, vielleicht sogar tödlichen Sturz hatte.

Die Frage, ob er sich dieser Gefahr bewusst war, kann ich weder beantworten noch weiß ich, ob er sich überhaupt darüber Gedanken machte. Als Beschützer jedenfalls habe ich ihn nie erlebt. Die Unversehrtheit seines Obstes erschien ihm wichtiger als die seines Sohnes.

Sonntags forderte mich mein Vater ab dem zehnten Lebensjahr immer wieder auf, mit ihm im Wald spazieren zu gehen. Dies empfand ich als anstrengend, weil ich mich dazu gezwungen sah und es kein offenes und vertrauenswürdiges Gespräch zwischen uns gab. Vielmehr fragte er mich gegen meinen Wunsch immer wieder aus und ich gab – obwohl ich es gar nicht wollte (in meiner inneren Erstarrung) immer schön brav Antwort.

Trotz meines Bedürfnisses mich mitzuteilen, vermochte ich aufgrund seiner Strenge in seiner Nähe auch nicht über meine eigenen Ängste zu sprechen. Er hat nicht darüber nachgedacht, ob ich vielleicht auch einiges mit Monika hätte unternehmen wollen. Sicher, meine Schwester hatte als Mädchen ohnehin andere Interessen als ich. Dennoch haben wir unsere zur Verfügung stehende Zeit gerne miteinander geteilt.

Ja, wir erlebten eine tiefe Verbindung, wie sie andere auf diese Weise so vielleicht nicht kennen. Fühlte sich der eine Zwilling nicht gut, dann hat das der andere gleich bemerkt und entsprechend darauf reagiert. Ja, meine Schwester war so etwas wie ein zweites Ich für mich. Durch dieses frühe Verbundensein wussten wir uns – noch bevor wir ein Wort ausgesprochen hatten – , schnell mit unseren Blicken zu verständigen. Zudem waren wir mit der Zeit so aufeinander eingespielt und vertraut, dass dem einen die Anwesenheit und Meinung des anderen wichtig war. Wir tauschten gemeinsam unsere Innenwelt aus.

Zu unserer Freude teilten wir uns in unserer Kindheit ein Zimmer, das sich im Obergeschoss des Hauses neben dem Büro meines Vaters befand. Ein Büro, das in der Regel verschlossen war und das niemand außer meinem Vater betreten durfte. Stand die Tür des für mich geheimnisumwobenen Zimmers einmal offen, dann erkannte ich dort mit all meiner kindlichen Neugierde alte Tapeten und eine sterile in die Jahre gekommene Möblierung, so als hätte in diesem Zimmer noch nie ein Mensch gearbeitet. Und die wenigen Unterlagen, die sich auf dem Schreibtisch befanden, waren passgenau und akkurat aufeinandergelegt.

Warum, aber fragte ich mich, schließt mein Vater dieses Zimmer ab, wenn er sich doch so gut wie nie dort aufhielt? Das regte meine kindliche Phantasie an. Gab es dort etwa geheime Unterlagen? Und wer, wenn nicht er, hätte sich diesen bemächtigen können?

Unser Kinderzimmer besaß – wie auch alle anderen Räume im Obergeschoss – eine geringe Deckenhöhe. Oft versuchten wir, weil wir kaum Spielsachen besaßen, vor dem Schlafengehen im Bett auf dem Rücken liegend, unsere Zehenspitzen an der Wand entlang so weit als möglich in die Höhe zu strecken, um dabei herauszufinden, wer nun den von uns erfundenen Wettbewerb gewönne.

All dies ereignete sich in einer Zeit, in der meine Großmutter Käthe mit im gemeinsamen Haushalt lebte und das Sagen im Haus hatte. Sogar mein Vater beugte sich den Anordnungen seiner Mutter. Allerdings wirkte die Beziehung zwischen ihr und meinem Vater auf uns Zwillinge sehr abgekühlt. Ja, ich kann mich auch nicht daran erinnern, dass sie sich einmal liebevoll unterhalten, geschweige denn umarmt hätten.

Dies wiederum stimmte uns Kinder immer wieder traurig und nachdenklich, hätten wir uns doch vielmehr darüber gefreut, wären sie einander mit Liebe und Verständnis begegnet und hätten damit ein Zeichen für den Zusammenhalt in unserer Familie gegeben. Da sie aber versuchten, ihre Unstimmigkeiten untereinander gegenüber uns zu verheimlichen und nicht zur Sprache zu bringen, hat dies wiederum den Zusammenhalt zwischen meiner Schwester und mir gestärkt. Denn in einer kühlen Atmosphäre vermochten wir uns gegenseitig zu wärmen.

Jedenfalls haben Monika und ich schon seit unserer frühen Kindheit auf eine diffuse nicht ausgedrückte Weise gespürt, dass den Erwachsenen Zuneigung und gegenseitige Fürsorge weniger wichtig war, als all die viele Arbeit, die es Tag für Tag zu verrichten galt.

Die Arbeit war so aufgeteilt, dass Großmutter Käthe für das Führen des kleinen Textilgeschäftes, einen Teil des Haushaltes und auf die Versorgung unserer kleinen

Landwirtschaft zuständig war. Mein Vater und meine Mutter hingegen fuhren mit ihrem Kombi (und im Sommer oftmals auch mit einem Anhänger) Kunden in verschiedenen Orten an, um sie mit Lebensmittel und Textilien zu versorgen.

So kam es, dass meine Zwillingsschwester und ich manches mal mit unserer Großmutter alleine zu Hause waren. Trafen wir auf sie, dann begegnete sie uns als kleine, grauhaarige und Brille tragende Großmutter, die einen nüchternen Blick besaß und meistens, mit einer Schürze bekleidet, sehr geschäftig war.

In ihrem Ausdruck erkannten wir beide eine gewisse Strenge. Da sie uns niemals aggressiv gegenüber trat konnten wir sie so akzeptierten wie sie war und empfanden sie auch nicht als störend, so wie unseren Vater.

Daneben kann ich mich noch daran erinnern, wie Oma Käthe regelmäßig sonntags den Gottesdienst besuchte und stets das Brot segnete, bevor sie es an-schnitt.

Meine Großmutter hatte es in ihrem Leben auch nicht leicht gehabt. Den Ersten Weltkrieg erlebt, verlor sie ihren Mann früh an einem Herzinfarkt. Mit vier Söhnen musste sie sich als selbständige Frau alleine durchs Leben schlagen.

Für Gefühle oder Träumereien war da in ihrem täglichen Überlebenskampf kein Platz. Stattdessen funktionierte sie und erwartete dieses Funktionieren schließlich auch von ihren vier Söhnen, denen sie wenig liebevolle Zuwendung zeigen konnte.

Bemerkenswert fand ich, dass sie einem aufkommenden aggressiven Verhalten meines Vaters mit Schweigen begegnete. Ja, sie tat so, als ignoriere sie ihn oder nähme seine Aggressionen nicht richtig wahr. Das wiederum erhöhte das Aggressionspotential meines Vaters ihr gegenüber. Bis die Situation einmal eskalierte und mein Vater sie schreiend und mit eindringlicher Stimme aufforderte, die Küche zu verlassen und ein anderes Zimmer aufzusuchen. Dieser Rauswurf schockierte meine Großmutter offensichtlich, zumal sie nicht rechtzeitig wahrgenommen zu haben schien, dass mein Vater nach all seinen Erfahrungen im Krieg nun nicht mehr das Kind war, das sie noch immer in ihm sehen wollte.

Durch den 1. Weltkrieg selbst kriegstraumatisiert konnte sie – möglicherweise aus Selbstschutz – nicht wahrnehmen, dass auch mein Vater mit traumatischen Erfahrungen im Krieg belastet war. Mein Vater brauchte auch keine Befehle, sondern vielmehr Verständnis und Zuneigung. Doch ein offenes Gespräch zwischen ihr und meinem Vater ist mir leider nie zu Ohren gekommen.

Es wurde einfach hart gearbeitet und für Gefühle war da kein Platz. Zärtlichkeiten wurden einfach keine ausgetauscht und von einem empathischen Umgang war nichts zu spüren.

Unabhängig davon konnte niemand wissen, was mein Vater im Krieg wirklich erlebt hat – und ich denke und spüre, dass es furchtbar gewesen sein musste! Vielleicht lag er zitternd oder weinend in einem Schützengraben und bangte in Todesangst um sein Leben? Oder er war gezwungen zu töten? Vielleicht war er auch von einem schlechten Gewissen und Albträumen geplagt, die ihm das Leben zur Hölle machten.

Es lag auf der Hand, dass er mit all dem Schrecken des Krieges und der damit verbundenen psychischen Belastung überfordert war. Hilfe oder gar Verständnis für traumatisierte Soldaten gab es zu dieser Zeit nicht. Leider auch keine Gespräche oder eine Aufarbeitung des Erlebten.

Seltsam war auch, dass er sich auffällig oft die Hände wusch, so, als müsse er sich von einer gewissen Schuld reinwaschen.

Ich könnte heute noch grollig auf diesen Volksverführer sein, der meinem Vater seiner Jugend beraubte und dadurch meine Kindheit bis weit ins Erwachsenenalter hinein nachhaltig beeinträchtigt hat.

Mit seinen beachtlich rhetorischen Fähigkeiten setzte Adolf Hitler in seinem Wahn und mit all seinen Lügen die ganze Welt in Brand.

Aus meiner heutigen Sicht ist es enorm wichtig, sich die Programme der Parteien genau anzuschauen und unsere Politiker und Volksvertreter nicht an ihren Worten, sondern an ihren Taten zu messen.

Da aber mein Vater all seine traumatischen Erfahrungen für sich behielt, fand er auch keinerlei seelische Entlastung, sodass er sich innerlich unter Druck setzte, um vor seinen Mitmenschen und Kunden funktionieren zu können.

Also versuchte er sich seine Führungsrolle in der Familie mit Gewalt und letztlich auch mit Geschrei zu behaupten. Er wies damit auch seiner eigenen Mutter einen Platz zu, den sie in einem eigenen Zimmer am Rande der Familie finden sollte.

In der Position des Familienoberhauptes kam es hin und wieder vor, dass er am Sonntagmorgen mit seinen hohen schwarzen Stiefeln die Küche betrat. Von dort aus schoss er dann mit seinem Luftgewehr durch das geöffnete Fenster hindurch auf all die Vögel, die ihm die Kirschen vom Baum stehlen wollten. Kirschen, die er neben dem Obst, frischen Eiern und Textilien seinen Kunden zum Verkauf anbot, um den Lebensunterhalt zu sichern. Obwohl er auf die Wildvögel schoss, erinnere ich mich gleichzeitig daran, wie er zirka zwanzig Vögel in einem Gehege hielt, weil ihn das Singen der Vögel zu beruhigen schien. Das Halten der Vögel wurde zu seinem Hobby, sodass er hin und wieder mit einem Bekannten zu Ausstellungen fuhr.

Was in dieser Zeit meine Augen etwas zum Leuchten brachte, war das Erblühen der Bäume im Frühling. Sie lösten einen kleinen Zauber in meiner Seele aus. Zeigte sich doch hier eine Neugeburt, die mich auch durch die Besuche von Gottesdiensten an die Auferstehung Jesu an Ostern erinnerte. Zudem genoss ich es, wenn ich Maikäfer durch die Luft fliegen oder einen Grashüpfer durch das hohe noch ungemähte Gras springen sah. In einer Natur, die gerade in meinen damaligen Kinderaugen auch im scheinbar Kleinen ihre Größe zeigte. Sie ließ mich erahnen, auf welch wundersame Weise alles mit allem zusammenhängt und wie alles Seiende auf eine geniale Weise miteinander harmoniert. In einer Natur, in der wir uns gemeinsam mit anderen Kindern im Wald ein Häuschen bauten, in der wir an einem glasklaren Bachlauf über Steine sprangen und in der wir bis zur Dunkelheit auf steilen Abhängen Schlitten fuhren. Auf Schlitten, die wir manchmal auch zusammenbanden, um auf diese Weise eine heiteres Gemeinschaftsgefühl zu genießen, das unseren Zusammenhalt stärkte. Ja, damals schien die Welt noch etwas ruhiger und beschaulicher als sie aus meiner Sicht heute ist.

Manches Mal sah ich meinen Vater das hohe Gras in seinen Obstgärten mit der Sense in der Hand mähen, weil es damals noch kein motorisierten Rasenmäher gab.

❧ ❧ ❧ ❧

Mein Vater Alfons war im Übrigen der jüngste der vier Brüder. Der drittälteste, Raimund, hatte als Soldat unter Rommel an der Front in Afrika gedient.

Auch Raimund besaß ein Lebensmittelgeschäft in unserem Dorf und wurde, weil er wohl sehr tüchtig war, für einige Jahre zum Bürgermeister gewählt. Er schien wohl psychisch etwas stabiler zu sein als mein Vater, denn eine post-traumatische Belastungsstörung durch den Krieg war ihm nicht anzumerken.

Wilfried, der älteste Bruder meines Vaters, war bei der Bahn beschäftigt und Toni, der zweitjüngste wurde in jungen Jahren bei einem Motorradunfall tödlich verletzt.

Fuhren mein Vater und ich später an der Unfallstelle vorbei, weil wir Obst für den Verkauf bei seinem Onkel Ernst abholen wollten, dann verlor er kein Wort über den Tod Tonis. Ganz so, als habe es dieses tragische Ereignis oder ihn selbst nie gegeben. Mich jedenfalls berührte der Tod meines unbekannten Onkels auf eine für mich befremdliche Weise, obwohl ich ihn nie kennengelernt hatte. Ja, es war die Existenz des Todes schlechthin, die mich beschäftigte und auch ängstigte. Doch über solche Ängste sprachen wir zwei nicht. Vielleicht auch, weil er so viele Soldaten hat sterben sehen.

Genaugenommen sprachen wir nie über meine eigenen Ängste. Auch dann nicht, als ich eines Nachts furchtvoll wegen starker Zahnschmerzen im Dorf einen älteren Zahnarzt aufsuchte, den ich nicht kannte und zu dem ich, wie auch zu meinem Vater, kein Vertrauen finden konnte. Seine Erscheinung in seinem weißen Kittel löste Furcht und Panik in mir aus.

Sicher, Jammern hätte mir in dieser Situation auch nicht geholfen, dennoch empfand ich mich trotz meiner Schmerzen ihm gegenüber wie ausgeliefert. Etwas Rückenstärkung und Ermutigung von meinem Vater hätte mir gut getan. Doch für Arztbesuche schickte er grundsätzlich meine Mutter, die rund um die Uhr beschäftigt war, vor. Er hatte dafür „keine Zeit".

In meinen Kindheitstagen litt ich immer wieder unter geschwollenen Lymphknoten, Meine Mutter behandelte mich mit einem Hausmittel, indem sie einen in Öl getränkten Wattebausch auf die angeschwollene Stelle legte.

Heute vermute ich, dass dies ein erster Hinweis auf meine erst sehr spät erkannte rheumatische Erkrankung gewesen sein könnte. Jedenfalls hat man mir die Ursache für die geschwollenen Lymphknoten damals nicht erklärt, vielleicht auch nicht erklären können und mich daher auch nicht zu einem Facharzt überwiesen. Heute denke ich, mein Körper hat sich vielleicht schon damals wegen meiner bedrückenden Erfahrungen im Elternhaus selbst bekämpft

Leider zeigte mir mein Vater in jeder Situation, die mich belastete, und die ihn etwas Zeit oder Zuwendung hätte kosten können, Distanz. Und dies wiederum erzeugte in mir eine innere Leere, die mich in der Nähe meiner Mitmenschen, ausgenommen meiner Zwillingsschwester, zunehmend verunsicherte. Ja, in dem ständigen Zusammensein mit meinem Vater, kam ich mir ungeborgen, unverstanden und verloren vor,

Diese erlebte Distanz glaubte ich dann auch in der Nähe meiner Mitmenschen zu erfahren.

Auch Ernst, bei dem wir das Obst mit einem Anhänger abholten, erschien mir unnahbar. Bei den Gesprächen, die sie unter sich als Erwachsene führten, ließen sie mich unbeachtet und gewährten mir keinerlei Aufmerksamkeit. Vielleicht erschien ich ihnen zu klein und zu unbedeutend, um mich in ihr Gespräch mit einzubeziehen. Außen vorgelassen, ging ich dann selbst etwas in den Rückzug und stand gelangweilt und etwas betrübt für mich da.

Dann träumte ich vor mich hin und hatte nur noch den Wunsch, so bald als möglich wieder nach Hause zu kommen. Nur hin und wieder nahm ich ein paar Gesprächsfetzen zwischen meinem Vater und seinem Onkel Ernst wahr. Dann erfuhr ich, dass es in ihrem Dialog um Wirtschaftspolitik ging, die dann auch zum Lieblingsthema meines Vaters in unserer Familie werden sollte. Doch dabei führte er uns in einem von Eifer angetriebenen Monolog vor, was ihn als selbstständiger Kaufmann alles an der Wirtschaftspolitik der Regierung ärgerte. Aussagen, die weder meine Mutter und noch weniger uns Kinder interessierten. So kam es, dass wir seine Äußerungen zwangsweise abnickten, um ihm zu signalisieren, dass wir ihn verstanden hätten obwohl wir ihm gar nicht zugehört hatten.

❦ ❦ ❦ ❦

Tod und Kindsein

Das Verhältnis zwischen Sohn und Mutter wurde zusehends angespannter. Klärung zwischen ihnen fand nicht mehr statt.

Unversöhnt wie er sich zeigte, besuchte er sie nicht einmal mehr auf dem Sterbebett. Das machte mich traurig, weil ich meine Großmutter auf eine gewisse Weise mochte und es als unwürdiges Verhalten meines Vaters ansah, wenn er sie vor ihrem Tod nicht mehr aufsuchte.

Mich jedenfalls machte sein Verhalten einfach nur sprachlos. Ja, ich konnte meinen Vaters nicht verstehen, getraute mich aber auch aufgrund meiner Angst vor ihm nicht, ihn darauf anzusprechen. So wurde das Thema Sterben nach dem Tod meiner Großmutter Käthe zu einem Tabuthema und sollte in unserer Familie auch nie mehr zur Sprache kommen. Aber vielleicht war mein Vater ja auch durch den Tod vieler Kameraden, wie man damals sagte, im Krieg soweit abgestumpft, dass es ihm leichter zu fallen schien, seiner verstorbenen Mutter so würdelos zu begegnen und schließlich zu verabschieden.

Erwähnenswert bleibt noch die Tatsache, dass Oma Käthe vor ihrem Tod von meiner Mutter fürsorglich gepflegt wurde. Und dies, obwohl meine Mutter keinerlei Zuneigung, geschweige denn irgendeine Art von An-erkennung weder seitens ihrer Schwiegermutter noch von meinem Vater erhielt.

Ja, niemand sprach mit mir über den Tod meiner Groß-mutter, obwohl ich sie – ich war etwa sieben Jahre alt – als erster abgemagert in ihrem Bett tot auffand und nicht wusste, wie ich damit umgehen sollte. Und als ich sie dort so kalt und bleich liegen sah, hatte ich das Gefühl, auch in mir selbst ein Stück weit gestorben zu sein.

Sah ich mich doch jetzt nach ihrem Tod etwas mehr mit ihr verbunden als ich dies zuvor angenommen hatte. Und sicher hätte ich es als entlastend empfunden, wenn mich jemand getröstet oder auch einmal in den Arm genommen hätte.

Auch mit diesem schweren Lebensthema alleingelassen, legte sich meine empfundene Trauer wie ein grauer Schleier auf meine Seele, sodass mir auch meine kindliche Unbeschwertheit wieder ein Stück verloren ging. Begegnete mir der Tod doch hier mit einem befremdlich verstörenden Gesicht.

In der Zeit nach dem Tod meiner Großmutter ging ich meinem Vater aufgrund seines bedrohlichen Charakters am liebsten aus dem Weg.

Auch wenn meine Großmutter faktisch das Zeitliche gesegnet hat, gehe ich heute davon aus, dass das, was sie ausgemacht hat, nicht wirklich tot ist, weil sie mir in den Erinnerungen meines Herzens noch heute so nahe ist, als hätte ich sie gerade eben das letzte Mal gesehen. Doch als Kind dachte ich über diesen Aspekt erst gar nicht nach und der Tod erschien mir wie ein schreckliches Gespenst.

Auch meine Mutter zeigte nach außen hin keine Trauergefühle, auch wenn ich mir sicher bin, dass sie ein warmes, liebevolles und mitfühlendes Herz besaß.

Als Oma Käthe in unserem Heimatort beigesetzt wurde, verweilte auch Ernst, ihr Bruder, bei dem mein Vater und ich immer das Obst geholt hatten, an ihrem Grab. Er stellte seinen eigenen Apfelwein her und war dafür bekannt, dass er gerne einen über den Durst trank.

Niemand verwunderte sich, als er völlig betrunken an ihrem Grabe stand. Ja, er war so betrunken, dass er beinahe kopfüber in das Grab seiner Schwester gefallen wäre. Jedenfalls fanden Monika und ich diese Situation so komisch und amüsant, dass wir laut darüber lachten mussten. Waren wir uns doch als kleine Kinder nicht der Tragweite eines Begräbnisses bewusst, das in einer ziemlich spannungsgeladenen Atmosphäre stattfand. Wir konnten unser Lachen solange nicht stoppen, bis uns unsere Mutter, mit eigenen Schamgefühlen behaftet, zum Aufhören drängte.

Ebenso erschienen uns auch die damals in die Mode gekommenen hohen Hüte der Frauen, an denen sich teilweise ein durchsichtiger Schleier befand, auf der anschließenden Trauerfeier so belustigend, dass wir uns auch hier nur schwer das Lachen unterdrücken konnten. Vielleicht mag auch die große Anspannung mit ein Grund gewesen sein, dass sich unsere Hilflosigkeit einen Ausdruck im Lachen suchte. Und dies in einer Zeit, in der auch viele Menschen in die Kirche gingen, um gesehen zu werden.

Menschen, die nach dem Gottesdienst dann unter vorgehaltener Hand über andere tratschten – anstatt mit ihnen zu reden. Das war gewiss kein guter Beitrag für den Zusammenhalt in der Gemeinde.

Erwähnen möchte ich an dieser Stelle noch, dass meine Großmutter Käthe noch einen Bruder (Johann) hatte, der von Kopf bis Fuß gelähmt war und stets im Bett lag. Wenn wir einmal bei ihm zu Besuch waren, berührte uns dies zutiefst. Doch auch über dieses Thema und das Schicksal dieses armen Mannes wurde einfach nicht gesprochen.

Nachdem sich die Trauergäste im Gasthaus versammelt hatten, wandte sich mein Vater zu meiner Überraschung zu mir und flüsterte: *„Bleib bei mir, ich habe Angst."* Eine Aussage, wie ich sie mir so nie hätte von ihm vorstellen können! Möglicherweise sagte er das nur, weil seine Angst so groß war, dass er glaubte, auf der Beerdigung jeglichen Halt verlieren zu können. Und dies wollte er sich bei all den Menschen, unter denen sich auch einige seiner Kunden befanden, nicht erlauben.

Und dem Alkohol, mit dem er sich früher immer etwas entspannte, hatte er ja nun abgeschworen Jedenfalls konnte ich mir die von ihm ausgedrückte Angst bei ihm nicht wirklich vorstellen, weil er zu Hause ausschließlich dominant und aggressiv, ja unberechenbar auftrat, sich aber hier in der Gemeinschaft mit anderen zu meiner Verwunderung scheinbar sehr verloren und hilflos vorkam.

Vielleicht hatte er aber auch Angst, auf seine Kriegserfahrungen und das Verhältnis zu seiner Mutter angesprochen zu werden, nachdem er sie ja vor ihrem Tod komplett aus seinem Leben gestrichen hatte.

Die Umkehrung – der Kleine stützt den Großen – ihn in seiner Angst zu begleiten, machte mich sprachlos und überforderte mich, sodass ich auf diese Aufforderung nicht reagieren konnte. Und wie bitte, sollte ich einen Vater, vor dem ich immer wieder Angst hatte und der für eine gewisse Anspannung in meiner Kindheit und Jugend mit verantwortlich war, beschützen? Eine für mich absurde Situation! *Ich* hätte seinen Trost und Beistand gebraucht!

Ich frage mich, ob er sein Handeln mir gegenüber denn niemals in Frage stellte, nachdem er doch in erster Linie nur an sich selbst dachte. In diesem Moment kam ich mir benutzt vor, nachdem er sich ja ansonsten nicht für mich interessierte und mir auch so keine Zuneigung zeigte. Vielmehr hätte ich mir von ihm gewünscht, dass er in einem harmonisches Verhältnis mit seiner Mutter gelebt hätte und mir dieses unausgesprochene und bedrückende Verhältnis zwischen ihnen erspart geblieben wäre. Zumal diese beklemmende Stimmung zwischen ihnen jegliche Freude in unserem Familienleben erstickt hatte.

🐝 🐝 🐝 🐝

Meine Mutter stammte aus einer musikalischen Familie und bevor sie meinen Vater kennenlernte, spielte sie gerne Klavier. Dies hatte ihr aus meiner Sicht auch gut zu Gesicht gestanden, erschien sie mir doch im Grunde als zarter, sensibler und vertrauenswürdiger Mensch, dem sicher auch gerne viele Menschen zugehört hätten.

Auch ihr Bruder, mein Pate Josef, mochte die Musik sehr und wurde sogar zum Vorsitzenden in einem Männergesangverein gewählt, wo er dann auch mit großer Freude sang.

Über den Tod meiner Großmutter Käthe jedenfalls sprach man einfach nicht mehr. Jetzt war sie tot, und damit hatte das Thema für meine Schwester und mich erledigt zu sein. Das galt es zu akzeptieren und damit war es gut.

Das Gleiche galt auch für den Tod meiner geliebten zehn Meerschweinchen, die ich eines morgens unerwartet allesamt regungslos in ihrem Gehege fand.

Das Ereignis bedrückte mich sehr, meinen Vater aber ließ es offensichtlich unberührt. Er zeigte sich unbeteiligt, und wie schon bei dem Tod seines Bruders nach dem Motorradunfall tat er so, als sei nichts geschehen.

Jedenfalls erinnere ich mich noch heute an diesen Geruch, den die toten Tiere verbreiteten und an die Trauer, die ich jetzt nach dem Tod meiner Großmutter zusätzlich in mir trug. Eine Trauer, die ich aber nicht ausdrücken konnte, sodass ich sie im Innersten meiner Seele einschloss. Unfähig, darüber nachzusinnen, nahm ich das als „Höhere Gewalt" hin.

Heute hingegen bleibt der Verdacht, dass mein Vater hier Hand angelegt hatte, um sich der „nutzlosen" und unliebsamen Tiere zu entledigen. Desgleichen geschah auch meiner Schwester, die ebenfalls plötzlich eine Katze vermisste, an der sie sehr gehangen hatte.

Ja, Trauer zeigte man im Beisein meines Vaters einfach nicht und schließlich wollte auch ich im Dorf kein „Weichei" sein. Zumal auch noch der Spruch von Friedrich Nietzsche im Dorf kursierte, der da hieß: *„was uns nicht tötet, das härtet uns nur mehr ab."*

Ich jedenfalls getraute mich nicht, meinem Vater meine Trauer zu zeigen, da ich seine entwürdigende Reaktion fürchtete. Und das konnte er! Einmal vernichtete er mich mit einem einzigen Wort, mit dem er mich ungespitzt in den Boden rammte: *„Bettpisser!"*

Heute weiß man, dass nächtliches Einnässen die zurückgehaltenen und ungeweinten Tränen sind. Ist das verwunderlich mit dem Druck, den ich psychisch auszuhalten hatte?

Diese zutiefst entwürdigende Wort genügte, mein ohnehin fragiles Selbstwertgefühl niederzumachen und mich vor ihm wie ein Versager zu fühlen.

❦ ❦ ❦ ❦

Sein Umgang mit dem Thema Angst war ambivalent. Immer wieder betonte er, ich hätte vor allem Angst – und ich glaubte ihm. Er verstand es nicht nur, mir Angst zu machen, sondern darüber hinaus verspottete er mich, wenn ich welche zeigte.

Heute frage ich mich, ob er in seinem Leben als junger Soldat nicht auch viel Geschrei und Unterdrückung erlebt hatte, dass er sich selbst auf diese Weise so entwürdigend gegenüber mir zeigte?

Statt der permanenten Zurückweisung hätte ich mir so sehr gewünscht, von ihm respektiert und gefördert worden zu sein. Seine Worte trafen mich immer wie Schläge mitten ins Gesicht. Und zwar so tief, dass ich in meiner inneren Ohnmacht und Lähmung nicht einmal darüber weinen konnte.

Männliche Willkür und autoritäres Verhalten machten mich klein und gefügig. So auch ein groß gewachsener Nachbar, der mich hinter dem Rücken seiner Frau, vor einem Misthaufen stehend, aufforderte, in einer kleinen Kneipe, die sich neben seinem Haus befand, Bier für ihn zu holen. Dafür genügte ein kurzer Wink aus der Ferne und ich ging, wie ich es bei meinem Vater gelernt hatte, gehorchend zu ihm hin, um ihm seinen Wunsch, den ich wie ein Befehl verstand, zu erfüllen. Seine Frau sollte nichts von seinem Trinkverhalten erfahren, weil er sonst mit heftigen Vorwürfen und einem Streit rechnen musste. Und Streit will ein Alkoholiker in seiner Suche nach seinem Stoff gewiss nicht haben.

Also schickte er mich so unauffällig als möglich als Kurier in diese Kneipe. Eine Aktion, die heute undenkbar wäre! Glücklicherweise verwehrt man Kindern und Jugendlichen inzwischen den Erwerb von Alkoholika.

In der düsteren Kneipe trat ich dann mit all meiner Schüchternheit etwas verängstigt durch die Tür, weil ich damit rechnen musste, dort auf ältere betrunkene Männer zu treffen, die sich in ihrem Rausch über mich und meine schüchterne Art lustig machen. Belächelt werden wollte ich auf keinen Fall, sodass ich etwas angespannt den Raum betrat.

Später erfuhr ich, dass dieser Nachbar, dem ich sein Bier holte, schon zwei Mal einen Entzug in einer Suchtklinik gemacht hatte, nachdem auch er zuvor als Soldat im Krieg gewesen war.

Ja, diese Nachkriegswehen im Verhalten dieser Männer waren für uns Kinder im Dorf spürbar, wenn auch nicht greifbar. Wir besaßen nicht die Fähigkeit, das Handeln der Kriegsheimkehrer so differenziert wie Erwachsene zu betrachten. Wobei – genaugenommen differenzierten sie es auch nicht, sondern verdrängten und verleugneten es. Jedenfalls zeigten diese Männer aufgrund ihrer Traumatisierung durch den Krieg kaum Gefühle.

Und dies alles in einer Zeit, in der ich noch sah, wie ein anderer Nachbar oftmals angetrunken auf einer Pferdekutsche sitzend durch das Dorf fuhr. Wie er mit großer Freude mit seiner Peitsche auf das Pferd vor dem Wagen einschlug und ich diesem Geschehen erschrocken zusah, da mir das Pferd leid tat.

Oder ich sah, wie meine Großmutter Käthe im Hof den Hühnern den Kopf abschlug, sodass sich auf den grauen Betonplatten eine größere Blutlache ergoss.

Oder ich hörte, wie in der Nachbarschaft einige Meter weiter ein Schwein vor Angst schrie, weil es spürte, dass es zum Schlachter gebracht wurde. Ein Schwein, von dem dann die gewonnene Wurstsuppe an die Nachbarn verteilt würde.

Situationen, die man als sensibles Kind durchaus als emotionsgeladen empfinden kann, in denen aber aufgrund der Notwendigkeit kein Mitgefühl erwünscht war. Damals pumpten wir auch noch an einer Trinkstelle das Wasser ab, um es dann mit Eimern nach Hause zu tragen.

❧ ❦ ❦ ❧

Meine Mutter war im Übrigen eine hübsch anzusehende und zart wirkende Frau, die ich liebte und die ich mehr und mehr beschützen wollte. Nicht zuletzt, weil ich auch bemerkte, wie sie immer wieder aufs Neue den Drohungen meines Vaters ausgesetzt war. Besonders, wenn er seine Erkrankung als Waffe benutzte und zu ihr sagte: „*Wenn du gehst, dann bringe ich dich um. Und mich werden sie dann nicht mal zu einem Gefängnisaufenthalt verurteilen, weil ich ja psychisch krank bin*"…

So, als habe er sich schon das schlimmste Szenario ausgemalt. Er rechnete mit der Möglichkeit, bei einem seiner Wutanfälle die Kontrolle über sich selbst zu verlieren. Es schien ihm nichts auszumachen, im Affekt zu einem Täter oder gar Mörder werden zu können, weil er wohl im Krieg in einer – vielleicht sogar lebensbedrohlichen Situation – einen Menschen getötet hatte.

Und vielleicht kam ihm die Vorstellung, verlassen zu werden wie eine Kriegserklärung vor.

Jedenfalls schien er sich innerhalb seiner Beziehung selbst nicht über den Weg zu trauen. Vielleicht war er verunsichert und spürte in sich eine gewisse Ohnmacht, die nach seiner traumatischen Erfahrung nicht von ihm weichen wollte.

Ich jedenfalls erlebte meinen Vater von Anfang an als bedrohlich und unberechenbar. Ich hatte regelrecht Angst vor ihm, auch wenn ich mich im alltäglichen Umgang mit ihm an diese gewöhnte.

Heute frage ich mich, warum meine Mutter ihn, so wie ich später mal erfuhr, ihn dennoch heiratete, obwohl sie einen anderen Mann mit dem sie um viele Ecken herum verwandt war, wahrhaftig geliebt hat. Die Antwort: ihre eigene Mutter verbot ihr in dieser konservativen Zeit den Umgang mit dem weit entfernten Verwandten.

Jedenfalls spürte ich schon früh, dass meine Mutter auf eine für mich damals nicht definierbare Weise unglücklich war und sich den Verhältnissen anpasste. Sie funktionierte zwar, zeigte aber nicht diesen Biss, der erkennbar wird, wenn ein Mensch einen inneren Standpunkt hat und seinen Willen behaupten will.

Zumal wir damals in einer Zeit lebten, in der eine geschiedene Frau schnell zum Gespött der Leute wurde. In der man die vollzogene Trennung einer Frau nach der Hochzeit vorzeitig verurteilte, sie vor-schnell schuldig sprach und sich keine Mühe machte, sich in die Person einzufühlen, die sich da getrennt hatte.

Eine fragwürdige Haltung, weil es wahrscheinlich einige oder gar viele traumatisierte Männer gab, die nach ihren

Verletzungen im Krieg ihre Frauen unterdrückt, misshandelt und geschlagen hatten.

Dabei sind es doch sehr oft die Frauen, die eine soziale Ader für ein gemeinsames Miteinander mit in diese Welt bringen und eine Fürsorglichkeit zeigen, von denen viele Männer etwas lernen können.

Frauen, die scheinbar auch nur deswegen als das schwächere Geschlecht bezeichnet werden, weil Männer im allgemeinen mit der körperlichen Kraft überlegen sind und sie dies dann auch mit Gewalt spüren lassen.

Gewalt und Unterdrückung jedenfalls hat absolut nichts mit einem liebevollen Umgang zu tun. Schließlich wird jeder Mann von einer Frau geboren. Kein Mann wäre ohne eine Frau am Leben. Das ist die Realität der Männer in diesem Leben.

Meine Mutter schien für meinen Vater einfach nur zu funktionieren, habe ich sie doch neben ihm niemals freiherzig offen lachen erlebt.

Und sicher war dies einer von mehreren Gründen, warum sie ihr hübsches Äußeres aus einem inneren Frust heraus mit dem Backen von fettem, aber wohlschmeckendem Kuchen nach und nach zu ihrem Nachteil veränderte. Sah sie doch als Arbeitskraft meines Vaters schließlich keinen Sinn mehr darin, ihm in seiner groben Art in irgendeiner Weise zu gefallen. Ja, sie backte Kuchen, die auch mir als ihr Unterstützer sehr schmeckten, was dann wiederum auch bei mir zu einem gewissen Übergewicht führte.

Im Großen und Ganzen waren wir fast Selbstversorger, denn bei der Zubereitung der Mahl-zeiten verwertete sie das Gemüse und Obst aus unserem biologischen Anbau im eigenen Garten.

Da unsere Mutter uns Zwillingen auch aufgrund der vielen Arbeit nicht immer die Zeit schenken konnte, die wir gebraucht hätten, erlaubte sie uns vielleicht auch aufgrund eines eigenen Schuldgefühls gegenüber uns, am Morgen vor Schulbeginn im Küchenschrank etwas Kleingeld aus der Brieftasche des Vaters zu nehmen. Trotz ihrer Erlaubnis hatten wir ein schlechtes Gefühl dabei und empfanden große Angst, von ihm auf frischer Tat erwischt zu werden. Jedenfalls kauften wir uns von diesem Geld Zitronenbonbons bei einem Bäcker, der sich direkt an unserem Weg zur Schule befand. Bonbons, an die ich mich mehr und mehr gewöhnte und die mit ihrem süß-sauren Geschmack zu einem Ersatz für die bedrückende Stimmung in meinem Elternhaus werden sollten.

Möglicherweise erlaubte uns unsere Mutter auch deswegen das Geld aus der Brieftasche meines Vaters zu nehmen, weil sie davon ausging, dass er uns von sich aus kein Geld in die Hand geben würde. Zudem hatte er all die Geldscheine in seiner Brieftasche oftmals mehrmals nachgezählt, weil er selbst verunsichert war. Ich glaube, meiner Mutter war ihre einst hübsche äußere Erscheinung nicht mehr so wichtig. Im Grunde ein geselliger Mensch, fand sie in der Beziehung zu meinem Vater keine Gemeinschaft mehr. Gab er ihr doch zu verstehen, dass er – ausgenommen seine Kunden – aufgrund seiner Erkrankung nun keine Menschen mehr in seiner Gegenwart vertragen könne – und das schien sowohl sie als auch uns mit einzuschließen.

❧ ❧ ❧ ❧

Es galt als unschicklich in der damaligen Zeit, als Frau alleine auszugehen. Dies wäre in einem Dorf, in dem jeder jeden kennt sofort aufgefallen. Sie musste also damit rechnen, dass sich die Leute im Dorf gleich die Mäuler über sie zerrissen und sie zum Gesprächsstoff gemacht hätten. In einem Dorf, in dem ja auch unsere Kunden lebten und in dem nicht die Anonymität herrschte, wie sie in der Stadt zu finden ist. Zudem musste man damit rechnen, dass gerade die alten Menschen, die damals noch überwiegend in den Familien bis zu ihrem Ableben verblieben, hinter den Fenstern saßen und – vielleicht aus Neugier und auch aus Langeweile – ihre Umgebung und die Menschen beobachteten. Sicher wäre es für meine Mutter gut gewesen, sie hätte eine Freundin gehabt, mit der sie sich austauschen oder bei der sie sich auch einmal hätte ausweinen können. Doch mein Vater bestimmte ihren gesamten Tagesablauf. Sie wehrte sich nicht und ließ all dies in dieser absolut konservativ geprägten Zeit aus Angst vor ihm zu. Nur an Sonntagen, an denen im Dorf niemand arbeitete, nahm unsere Mutter uns Zwillinge hin und wieder an die Hand, um mit uns unsere Großmutter im sechs Kilometer entfernten Ort zu besuchen. So gewann sie etwas Abstand zu meinem Vater; sodass sie sich wenigstens für eine kurze Zeit weniger kontrolliert und etwas freier fühlen konnte.

Hatte ich zwischendurch mal etwas freie Zeit, dann spielte ich mit zunehmendem Alter am liebsten Fußball oder Tischtennis. Allerdings wurde mir beim Mannschaftstraining von meinem Trainer mitgeteilt, ich ginge zu mitfühlend und nachsichtig mit meinen Gegenspielern um und solle doch bei einem gegnerischen Angriff etwas härter zutreten.

Das fiel mir schwer und mit diesem Charakterzug fand ich auch keine Anerkennung bei ihm. Das belastete mich auch nicht sonderlich, weil ich dominant auftretenden Männern in der damaligen Zeit ohnehin etwas aus dem Weg ging und ich nicht viel mit ihnen zu tun haben wollte.

Ich tat zwar in der Regel was man von mir verlangte, stellte mich aber auch aufgrund einer gewissen Schüchternheit nicht in den Vordergrund, um besser gesehen zu werden. Vielmehr habe ich mir damals einen Vater gewünscht, der mich auch einmal auf den Platz begleitet und mir den Rücken gestärkt hätte. Doch mein Vater verteidigte seine Krankheit und ich blieb alleine.

Selbst wenn ich beim Training einmal fest getreten wurde, ließ ich mir das nicht anmerken und zog mich lieber lautlos mit dem Schmerz zurück, als das ich gegen den, der mich gefoult hatte, zurückgetreten hätte. Mir erschien es wichtiger, meinen Ball möglichst gefühlvoll und präzise auf einen bestimmten Punkt zu schießen. Dies jedenfalls machte mir viel Spaß und genügte mir.

Was mich außer dem Fußball spielen sehr erfreute, war der an Samstagen im Herbst von meiner Oma Käthe frisch gebackene und wohl schmeckende Zwetschgenkuchen, von dem ich gerade in meiner Wachstumsphase am liebsten den ganzen Kuchen auf einmal gegessen hätte. Ein selbst gebackener Kuchen mit all den unbehandelten Zwetschgen, die bei uns im Garten an den Zweigen hingen und so gut schmeckten, wie ihn aus meiner damaligen Sicht kein Bäcker auf der Welt herzustellen vermochte!

❧ ❦ ❦ ❧

Mein Vater gehörte in der damaligen Zeit zu den besonders Privilegierten, da er nicht nur das dritte Auto im Dorf besaß, sondern auch über eines der ersten Telefon verfügte, welches dann auch gerne einmal von einem Nachbarn oder Kunden benutzt wurde.

War mein Vater mit meiner Mutter geschäftlich unterwegs, und niemand in unserem Textilgeschäft, dann tummelten wir Kinder uns im Verkaufsraum und träumten davon, später selbst einmal einen solchen Laden führen zu können. Manchmal ließ ich auch genüsslich meine Finger durch die Münzen in der Kasse gleiten, während meine Schwester ihre Freundinnen mit Schokoküssen und Gummibärchen beschenkte, die eigentlich zum Verkauf angeboten waren. Da aber mein Vater keinen kompletten Überblick über all seine Waren hatte, mussten wir uns auch nicht vor seiner Strafe fürchten.

Manchmal stieß ich in einem Raum auf abgestellte Kisten, in denen noch die wertlosen Geldscheine aus der Zeit der großen Inflation aufbewahrt wurden. Scheine, auf denen die Zahl Eine Million und andere hohe Nummern abgedruckt waren und einen großen Eindruck auf meine junge Kinderseele machten. Ja, sie beeindruckten mich so sehr, dass ich glaubte, unsere Familie sei trotz des bescheidenen Lebens, das wir führten, sehr reich. Bis ich irgendwann erfuhr, dass diese Geldscheine, nur bunt bedrucktes Papier, im Grunde nichts mehr wert waren.

Einmal hörte ich, unbeobachtet in meinem Zimmer, wie mein Vater meiner Mutter klagte, als Kind habe er des Öfteren in einem Handwagen auf seine Mutter warten müssen, wenn sie unterwegs gewesen war und mit Kunden gesprochen hatte. Und sicher brachte er damit zum Ausdruck, wie vernachlässigt er sich von ihr fühlte.

Das er mit mir aber genauso umging und mich in den unterschiedlichsten Situationen immer wieder wie einen dummen Jungen dastehen und warten ließ, schien er nicht wahrzunehmen. Ja, er beklagte sich über seine Mutter, gab aber das erlebte Verhalten unreflektiert an mich weiter. So aber blieb er in seiner Klagerolle und damit verbunden in seiner Opferhaltung stecken und zeigte nicht die Selbstprüfung, die notwendig ist, um eine Veränderung bei sich selbst herbeizuführen.

So aber blieb er das Opfer seines Umfeldes. Sicher hatte er das damals meiner Mutter von seiner gefühlten Vernachlässigung erzählt, weil er sich als der Jüngste gegenüber seinen drei älteren Brüdern von ihr nicht genug beachtet fühlte. Etwas Anerkennung für seine geleistete Arbeit hätte seiner Seele auch gut getan.

Wurden doch damals noch viele Arbeiten mit der Hand getätigt, die heute mit Maschinen und Geräten, betrieben mit fossilen Brennstoffen, verrichtet werden.

So wurde damals zum Beispiel die Wäsche in einem großen Kessel erhitzt und von Hand gewaschen oder das Gras mit der Sense gemäht. Ja, damals benutzten wir sogar noch ein Plumpsklo, sodass wir uns mit dem Einbau einer Toilette mit Wasserspülung oder dem Einbau einer Badewanne noch etwas gedulden mussten.

Jedenfalls gab es in unserer Familie so viel Arbeit, dass ich bereits im Alter von zehn Jahren sowohl auf dem Kartoffelfeld als auch auf dem Obstgrundstück kräftig mithelfen musste. Und dabei wurde ich erst gar nicht gefragt, ob ich das wolle oder nicht. Dort wurde jede Hand gebraucht und es war auch für die Kinder selbstverständlich und üblich, auf dem Hof oder im Garten widerspruchslos mitzuhelfen. Dabei erinnere ich mich noch sehr gut daran, wie ich in meiner frühen Wachstumsphase, gerade beim Auflesen der Kartoffeln starke Rückenschmerzen bekam, über die ich aber mit niemandem sprach.

Was ich damals trotz allem liebte, war die offene Fahrt auf einem Anhänger. Wehte mir die frische Luft um die Nase, genoss ich ein gewisses Gefühl von Freiheit. Freude bereitete es mir auch in diesen Jahren, immer etwas Abwechslung beim Fußball- und Tischtennisspielen zu finden, mich mit anderen in einer nahegelegenen Tischtennishalle zu treffen und dort das bisschen Freizeit zu verbringen, die mir meine Pflichten erlaubte.

Ich erinnere mich noch daran, wie der auf mich arrogant wirkende Trainer einen Pokal, den wir als Mannschaft gewonnen hatten, uns nicht einmal zeigte und ihn in seinen eigenen Schrank stellte. Wir waren Autorität leider gewohnt und akzeptierten sein Verhalten ohne uns dagegen zu wehren.

Auch im Winter erfreute ich mich beim Langlauf mit meinen Skiern . Hin und wieder spielte ich auch mit einem befreundeten Mädchen aus der unmittelbaren Nachbarschaft auf der Straße Fußball. Sie sollte eines Tages Hessenmeisterin mit einer Fußballmannschaft werden, weil sie so gut kicken konnte.

Manchmal versuchte ich auch alleine in unserem Hof meine Fähigkeiten am Ball zu verbessern: Irgendwann konnte ich so gut mit dem Ball umgehen, dass ich jeden Elfmeter in die obere Ecke des Tores schießen konnte. Zudem gelang es mir auch bei einem Wettbewerb auf einem Langstreckenlauf trotz meines leichten Übergewichtes einer der vorderen Plätze zu belegen.

Schon damals spürte ich, dass ich sowohl bei den ausgeübten Sportarten als auch bei gymnastischen Übungen ein besseres Körpergefühl bekam. Verschaffte mir dies doch einen gewissen Ausgleich gegenüber einer zunehmend aufkommenden seelischen Schwere, die ich in meinem Elternhaus erlebte.

Letztlich führte meine Liebe zum Fußball dazu, dass ich die drei bis vier Jahre älteren Jungs beim Elfmeterschießen mit meinen präzisen Schüssen zum Staunen brachte. Dann aber, wenn mich gleichaltrige Freunde aufforderten, auch einmal vor den älteren Jungs meine Ballkünste vorzuführen, versagte ich auf klägliche Weise vor versammelter Mannschaft.

Ja, dann war ich vor all den Augen, die auf mich gerichtet waren, so verunsichert, dass ich meine zuvor erlebte innere Leichtigkeit und Ungezwungenheit beim Elfmeter-schießen von jetzt auf gleich verlor.

Eine Verunsicherung, die ich zuvor schon oft in der Nähe meines Vaters erlebte, wenn er mich bei einer Arbeit mit verbissenem Blick beobachtete, mir nichts zutraute und mich sofort kritisierte, sollte mir ein Fehler passieren. Auch daraus entstand eine Versagensangst in mir, die zu mehr Anspannung in mir führte.

Zudem erwartete mein Vater von mir, dass ich meine Freunde vom Grundstück fernhalte, wenn er – aus welchen Gründen auch immer – die eingekauften Waren so verbarg, dass sie niemand sehen konnte.

Mich bedrückte es, wenn ich meine Freunde abwimmeln sollte, war ich doch froh über jeden Besuch den ich bekam! Was mich daran am meisten ärgerte war die Tatsache, immer wieder Lügen erfinden zu müssen, um sie vom Grundstück fernzuhalten.

Manchmal schrie mein Vater mich auch an, wenn etwas nicht nach seinen Vorstellungen verlief und ich mit einem seiner Aufträge nicht schnell genug fertig wurde. Dann sagte er mir mit finsterem Blick, ich sollte mich doch etwas mehr beeilen und die Hände aus den Taschen nehmen (die ich gar nicht drin hatte…). Oder er sagte einmal ganz nebenbei; „ *Im Laufschritt Marsch! Marsch!*".

Ja, mein Vater merkte gar nicht, dass er der Auslöser war, warum ich mich in seiner Gegenwart immer wieder so antriebslos und müde fühlte. Einerseits erwartete er eine gewisse Dynamik von mir, andererseits übte er aber auch Druck auf mich aus. Vielleicht auch, weil er sich bei einem Befehl oder einem Pfeifton eines Vorgesetzten in der Kaserne oder bei einem feindlichen Angriff an der Front immer selbst schnell in Bewegung setzen musste, wenn er denn in seiner empfundenen Todes-angst überleben wollte. Ja, langsam durften sie bei einem gegnerischen Angriff im Krieg gewiss nicht gewesen sein…sie mussten oftmals blitzschnell reagieren und gehorchen, wollten sie dem eigenen Tod entgehen.

Vermutlich hatte er diese äußeren und inneren Antreiber auch mit in seinen Alltag übernommen, weswegen ich nicht ausschließe, dass er bei einer terminierten Arbeit viel Dynamik und Einsatz von mir erwartete. Ihm war schließlich in seiner Jugend auch keine Zeit zum Träumen, Schwärmen oder gar Feiern geblieben. Selbst noch halbe Kinder, dürfte es sie zutiefst erschüttert haben, wenn wieder einmal ein Kamerad, wie es damals hieß, sein Leben verlor[1].

Irgendwann kam dann eine allgemeine innere Versagensangst, nicht nur in der Nähe meines Vaters bei mir auf, sondern auch in dem Beisein meines Paten.

So spielte ich einmal meinen drei Cousins ein selbst erdachtes Theaterstück mit dem Kasper als dem Guten und dem Teufel als dem Bösen vor. Von diesem Theaterstück waren sie dann so begeistert, dass sie ihren Vater, meinen Taufpaten Josef baten, mir einmal bei meinem vorgeführten Theaterstück zuzusehen. Doch als der Erwachsene vor Ort war, versagte ich kläglich! Aufgrund meiner Angst vor älteren, männlichen Autoritäten enttäuscht, zog ich mich in mich selbst zurück. Denn nur dort wo auch Vertrauen wächst, kann auch Offenheit entstehen.

❦ ❦ ❦ ❦

Die Ferien verbrachte ich – abwechselnd mit Monika – gerne bei meiner Großmutter Maria. Schade, dass wir uns nie zusammen dort aufhalten konnten. Die Räumlichkeiten, die meine Oma bewohnte, waren sehr eingeschränkt und es konnte immer nur ein Zwilling zu

---

[1]Anschauungsunterricht für die traumatischen Erlebnisse 16 jähriger Soldatenkinder bietet hier auch der Film „die Brücke", ein deutscher Antikriegsfilm von Bernhard Wicki aus dem Jahre 1959

Besuch kommen. Ich vermute, meine Oma wäre mit Zweien auf einen Schlag auch überfordert gewesen.

Einmal gründete ich auch mit meinen drei Cousins im Dorf meiner Großmutter eine von mir zusammengestellte Fußballmannschaft und lud dann eine Mannschaft aus meinem Heimatdorf zu einem Testspiel ein. Einmal sagten diese das zuvor zugesagtes Treffen einfach ab, was mich sehr enttäuschte.

Daneben aber empfand ich die Ferienzeit bei meiner Großmutter Maria immer als eine schöne Zeit, weil ich dort – außerhalb des väterlichen Kontrollbereiches – mehr zur Ruhe kam, auch wenn ich deswegen nicht zu mehr Selbstbewusstsein fand.

Irgendwann stellte ich mir vor, wie schön es doch wäre, könnte ich meinen Vater für immer verlassen und bei ihr wohnen. Doch ich erzählte ihr nichts von meiner heimlichen Sehnsucht, weil mir klar war, dass sie mich in ihrer kleinen Wohnung nicht hätte aufnehmen können. Zweifellos war meine Großmutter diejenige, bei der ich zu mehr innerer Ruhe fand. Bei ihr spürte ich keinen Druck und konnte mich auch über etwas Zuneigung freuen, die sie mir mit freundlichen Gesten wie eine Umarmung zeigte. Ja, von ihr fühlte ich mich gesehen, geliebt und so angenommen, wie ich war.

Holte mich mein Vater nach der Ferienzeit bei ihr wieder ab, dann legte sich ein grauer Schleier auf meine Seele und läutete eine Stimmungsänderung bei mir ein. Dann konnte ich ihn, mit einem Hut auf seinem Kopf in ihrem Sessel sitzend, nur schwer ertragen. Mir war klar, dass er jetzt wieder mein Leben bestimmte und ich all die Freiheit verliere, die ich im Umfeld gemeinsam mit meinen drei Cousins erlebt hatte. Sobald er die Tür betrat wurde ich sprachlos und ergab mich meinem Schicksal. Hatte ich doch bei meinem Vater immer den Eindruck, dass er mich in erster Linie zum Arbeiten abholte, nicht aber weil er sich freute mich wieder zu sehen.

Ich erinnere mich, wie er nur ein einziges Mal mit mir zu einem Fußball Regionalliga Spiel nach Koblenz fuhr. Neben ihm sitzend, empfand ich mich als leer. Ich glaube, er versuchte etwas mit mir zu unternehmen, doch in dieser Zeit war er so belastet, dass er es künftig unterließ. Einerseits zu meinem Glück, da ich mich in seiner Gegenwart nicht wohl fühlte, andererseits zu meinem Bedauern, weil ich gerne (wie so manche andere) solche Vater-Sohn-Aktivitäten unternommen hätte.

Auch er suchte in seiner Freizeit niemanden privat auf Jedenfalls erlebte ich neben ihm immer wieder ein bedrückendes Gefühl, das ich am liebsten betäubt hätte, weil es immer schwerer wurde und kaum auszuhalten war.

Mit dem Gefühl der ständigen Vereinnahmung und der Unsicherheit, bekam ich auch in meinem Heimatdorf das Gefühl, mich gegenüber meinen Mitmenschen falsch zu verhalten. Ich glaubte, meine innere Schwere gefiele ihnen nicht – und deshalb möge man mich nicht besonders... Sicher, ich überspielte dies, war mir aber nicht sicher, ob mir das auch wirklich gelingt.

Es liegt mir fern, über meinen Vater zu klagen. Doch es ist mir wichtig, einfach einmal all die Gefühle aus-zudrücken, die ich in der damaligen Nachkriegszeit immer und immer wieder in mir unterdrückt habe. Ich bekam das Gefühl, mitten im Leben, in dem ich auch gerne mehr ich selbst geworden wäre, ein Stück weit in mir selbst zu sterben.

❦ ❦ ❦ ❦

Wieder zu Hause, saß, mein Vater nach der Schule schon erwartungsvoll in der Küche, weil er wieder einen Auftrag für mich hatte. Es war sein Lieblingsplatz, weil er von dort aus über den Hof hinweg auf die Straße schauen und all die Menschen beobachten konnte, die dort gerade vorüber gingen. Und vielleicht entspannte ihn das auch, denn er schien etwas ruhiger zu werden.

Zu meinen Pflichten gehörte es, samstags das Auto zu waschen, bei seinem Bruder Raimund in einem engen, fensterlosen, dunklen und muffigen Raum für eine Mark „Trinkgeld" am Tag, Kartons zu zerreißen.

Kartons, die er aus seinem Lebensmittelgeschäft, das etwa 300 Meter von meinem Elternhaus entfernt war, entsorgen wollte. Eine Arbeit, die mich viel zu sehr anstrengte. Niemals wagte ich es, meine Abneigung gegenüber dieser Tätigkeit auszusprechen. Erschien mir doch auch mein Onkel Raimund so unnahbar und wenig emphatisch wie mein Vater.

Hin und wieder kaufte ich mir die Zeitung Bravo oder etwas für meine Eltern in seinem Geschäft, fand aber aufgrund seiner kühl wirkenden Haltung und meiner eigenen zurückhaltenden Art keinen Zugang zu ihm. Ja, es blühte kein einziges Lächeln zwischen ihm und mir auf, sodass ich mich unwohl fühlte und nach dem Bezahlen an der Kasse den Verkaufsraum so schnell als möglich verließ.

Warum Raimund seine beiden Töchter nicht für diese Arbeit heranzog, vermag ich nicht mit Gewissheit zu sagen. Vermutlich haben er und seine Frau Gudrun jegliche körperliche Arbeit in erster Linie als eine Aufgabe für das männliche Geschlecht angesehen.

So durften seine beiden Töchter ihren Interessen nachgehen, während ich als sein Neffe in dem Kabuff Kartons zerlegte. Doch wer gedacht hätte, dieses Thema würde einmal zu meinen Gunsten von meinen Eltern angesprochen, der sieht sich getäuscht. Die beiden Männer hatten es untereinander so besprochen und abgemacht – und damit hatte es gut zu sein.

Ich war da nur die stumme Materie, die es zu verhandeln gab. Unabhängig davon sah ich nicht, dass mein Vater und sein Bruder sich einmal besucht hätten. Weder an einem Feiertag, noch an einem Geburtstag. Und vielleicht konkurrierten sie als selbständig Tätige auch etwas miteinander und wollten oder konnten sich nicht um eine gute Beziehung bemühen.

Ich jedenfalls war nicht in der Lage meinem Onkel Raimund zu sagen, dass ich keine Lust hätte, den ganzen Tag in einem dunklen Raum für eine Mark seine Pappkartons zu zerreißen.

So erlebte ich diese Aufgabe als eine Geduldsprobe, die mir eine andere Selbstdisziplin abverlangte, als wenn ich sie für ein geliebtes Hobby gebraucht hätte. So zwang ich mich schon im Alter von zehn Jahren sowohl bei meinem Vater, als auch bei meinem Onkel zu einer aufdiktierten Arbeit, weil man mir zu verstehen gab, ich hätte den Mund zu halten und die Aufgabe gefälligst widerspruchlos zu erledigen. Ja, ich solle mich mit meinen Worten zurückhalten, solange ich nichts gefragt würde, damit es ihnen keinen unnötigen Ärger mache.

✿ ✿ ✿ ✿

Mit dem Wunsch, irgendwo dazuzugehören, verhielt ich mich auch in der Kirche als Messdiener eher zurückhaltend und angepasst. Der alte Pfarrer, der auch die Nazi Zeit erlebt hat, strahlte ebenfalls keinerlei Empathie auf mich aus und sprach kaum ein Wort mit mir. Dennoch ging ich pflichtschuldig samstags bei ihm beichten, sodass mich dies schon Stunden zuvor in

meinen Gedanken quälend beschäftigte. Ja, ich über-
legte im Voraus, was ich ihm sagen könne und was nicht
– spürte ich doch in mir selbst eine große Scham.

Meine damaligen Freunde aus der Jugend, die nicht
so unter dem Druck ihrer Väter standen, waren in ihrem
Umgang mit ihm sehr viel schmerzfreier, konnten sich
ihm gegenüber anders verhalten und erlaubten sich
sogar einmal einem wenig schönen Scherz: Sie warfen
ihm mit einer Mistgabel Mist vor seine Tür. Auch wenn
mich das nicht verwunderte – ich hielt es für völlig
unsinnig .

Letztlich zeigte ich mich aber auch gegenüber dem
Pfarrer, den ich als unantastbare Autorität erlebte,
gehorsam und pflichtbewusst. Mit ihm aber über meine
Probleme im Elternhaus zu sprechen, wäre mir nie in
den Sinn gekommen. Zumal er wie der Arzt oder der
Lehrer im Dorf ein solch großes Ansehen in der Gesellschaft besaß, dass man ihnen mit einer gewissen
Ehrfurcht begegnete. Wie aber sollte ich dem Pfarrer
erzählen können, wo ich schuldig geworden war, wenn
ich doch kein Vertrauen zu ihm finden konnte und
schnell unter unangebrachten Schuldgefühlen litt?

Ja, wie sollte ich ihm mein Herz ausschütten können,
wenn mir doch das notwendige Vertrauen zu ihm fehlte
und ich ohnehin unter einer latenten Angst vor
Bestrafung litt?

Das ich damals meine Angst vor meinem Vater nicht
unbewusst auf Gott übertragen habe, verdankte ich
letztlich meiner Großmutter und meiner Tante. Fühlte

ich mich doch durch das gelebte Vorbild meiner Großmutter im Glauben und durch das vorbildliche Leben meiner im Kloster lebenden Großcousine Marianne in der Kirche, trotz aller Unterdrückung, die ich erlebte, zu Hause.

So empfand ich es auch immer als etwas Besonderes, wenn an einem kirchlichen Feiertag in der Nähe meines Elternhauses an einigen Straßen Altäre aufgebaut und anschließend geschmückt wurden, sodass die ganze Kirchengemeinde in einer äußerlich angenehmen Atmosphäre unter freiem Himmel, Gott singend und betend, loben konnten.

Diese zuversichtliche Stimmung in Gemeinschaft wiederum gab mir etwas mehr Halt, zumal ich daran glaubte, dass es neben diesem Leben eben doch eine höhere Macht geben müsse. Zudem erlebte ich Marianne und andere Verwandte mütterlicherseits als sehr warmherzige Menschen. Eine positive Erfahrung, die mit dazu beitrug, dass ich mich für die Aufgabe als Priester interessierte und mir dies-bezüglich gar einen eigenen, kleinen Altar in meinem Zimmer aufbaute. Allerdings blieb ich skeptisch, ob ich das Ziel, Priester zu werden, auch erreichen könne, weil ich unter meiner Schüchternheit litt und davon ausging, dass ich aufgrund meiner erlernten Verschlossenheit nicht fähig sei, frei und offen zu den Menschen zu sprechen.

Ich erinnere mich an die Zeit, da ich als Messdiener voller Hingabe am Altar meinen Dienst ausführte und die anderen Jungs etwas abseits in der voll besetzten

Kirche vor dem Beichtstuhl standen. Sie beteten bei der Litanei nicht wie üblich das *„Bitte für uns"*, sondern muttersprachlich Dialekt *„Bidde für Burns"*, welches dem Namen einer im Dorf lebenden Familie mit dem Namen Born entsprach. Damit versuchten sie mich am Altar vor allen Gottesdienstbesuchern zum Lachen zu bringen und aus dem Konzept zu bringen – was ihnen aber nicht gelang. Allerdings kann ich nicht verhehlen, dass ich mich bei ihrem Versuch mich zum Lachen zu bringen, absolut zusammen gerissen und regelrecht auf die Zähne gebissen habe, um nicht den Gottesdienst mit meinem Gelächter zu stören. Zugute kam mir dabei meine Angepasstheit. So war es mir unmöglich, bei einer solch feierlich-ernsten Amtshandlung über die Strenge zu schlagen.

Leider war ich stets bemüht, „Everybody's Darling" zu sein, der sich nicht in der Lage sah, auch einmal die eigene Überzeugung, die eigene Wut oder auch seine Trauer zum Ausdruck zu bringen.

Selbst dann, als ich einmal mit den Rollschuhen einen steilen Berg hinunter fuhr, wo sich mir ein älterer Junge mit der bösen Absicht, mich zu Sturz zu bringen, in den Weg stellte. Ich überschlug mich und knallte mit dem Kopf gegen eine Betonwand.

Benommen erhob ich mich wieder, tat so, als sei nichts geschehen, sprach mit niemandem über den seelischen Schmerz und die körperlichen Verletzungen, die ich mir durch den Sturz zugezogen hatte und ging benebelt und schweigend nach Hause. Ganz (wie mein

Vater) so, als sei überhaupt nichts geschehen. Nach diesem Ereignis hatte ich eine Zeitlang das Gefühl, etwas neben mir zu stehen.

Ähnliches geschah mir, als mir einmal ein von einer Ecke getretener nasser Fußball mit großer Geschwindigkeit an den Kopf geschossen wurde. Sicher, Kopfball spielen war ich gewohnt, doch dieser nasse Ball, der nicht in meinem Blickfeld lag und auf den ich mich nicht einstellen konnte, knallte ohne Vorwarnung wie ein Hammer gegen meinen Kopf. Auch hier verbarg ich schweigend den Schmerz.

Genauso, als ich bei einem ausgegrabenen Strommasten in ein tiefes Wasserloch fiel, in dem ich fast ertrunken wäre, wenn mich nicht ein Freund aus dem kalten Wasser gezogen hätte. So ging ich auch nach diesem Ereignis an einem kühlen Herbsttag mit einer gewissen Todesangst im Nacken, durchnässt und unterkühlt gegen Abend nach Hause, ohne meinen Eltern ein Wort davon zu erzählen.

Ging ich doch davon aus, dass mein Vater alles Unerwünschte und für ihn Unangenehme bemängeln würde. Er, der immer etwas von mir erwartete und stets der Kranke war. Er vertrug nichts, wollte keinen Ärger haben, verlangte nichts als Leistung von mir und kam nicht auf die Idee, mich zu trösten, wenn es mir einmal schlecht ging – weil es mir einfach nicht schlecht gehen durfte…(Die Position hatte er ja inne…)

Auch dann nicht, als ich auf dem Nachhauseweg nach Schulschluss völlig unerwartet mit dem Thema Tod konfrontiert wurde…

Vor mir auf dem Boden lag Charly, ein Nachbarjunge, im Sterben.

Charly hatte bei einem Indianerspiel einmal meine Schwester Monika und ihre Freundin an einen Baum gefesselt, und sie dann, ohne sie wieder loszubinden, verlassen. Charly war für sein aufbrausendes, draufgängerisches und wildes Verhalten bekannt.

Jetzt lag er, gerade eben von einem Bus überfahren, unter einer weißen Decke, spuckte Blut und hauchte sein Leben aus.

Der Bus befand sich noch am Unfallort – ansonsten war niemand zu sehen und ich, zutiefst erschüttert und schockiert, ganz allein mit dem schrecklichen Szenario!

Eine Situation, die mir sehr nahe ging, doch Trauer zeigte man in unserem Hause einfach nicht. So schwieg ich also auch hier, nachdem der Tod aus meiner damaligen Sicht wieder sein schreckliches Gesicht gezeigt hatte. Um den inneren Schmerz nicht aushalten zu müssen, ihn etwas auszugleichen, nahm ich mir etwas Süßes, Wohlschmeckendes in den Mund und sprach auch hierüber zu Hause nicht.

Was mich nach diesem Unfall verwunderte, war die Tatsache, dass der ältere, selbständige Busunternehmer, der den Jungen überfahren hatte, auch wenige Zeit danach wieder seine gewohnte Tour fuhr. Offensichtlich hatte der Unfall mit Todesfolge keine weiteren Konsequenzen für ihn. Ich allerdings fragte mich, wie er wohl mit diesem bedrückenden Ereignis weiterhin am Straßenverkehr teilnehmen könnte.

Auch wenn der Junge mit seinem Fahrrad noch nicht verkehrstüchtig gewesen sein mag und den Unfall vielleicht sogar verursacht hatte – als Fahrer eines Autos oder Busses sollte man – besonders innerhalb eines Ortes – grundsätzlich gewahr sein, dass genau so etwas passieren kann und sich unversehens ein Kind auf der Fahrbahn befindet…

Wie gut, dass ich wenigstens Monika mein Herz ausschütten konnte und in ihr um einen Menschen wusste, der mich so annahm wie ich bin und zu mir stand.

Sogar hier verstand es mein Vater, zwischen uns Zwietracht zu säen und mich gegen meine Zwillingsschwester aufzuhetzen, in dem er mich aufforderte, sie mit gewissen Wörtern zu hänseln.

Oder er nannte sie in seiner Wut auch mal eine Missgeburt oder beleidigte sie mit herabwürdigenden Worten wegen ihres Übergewichtes. Ja, hin und wieder sagte er mit einer nicht zu übersehenden Freude auch „Dicke“ zu ihr, wodurch meine Schwester langsam einen Komplex entwickelte.

Führten die lieblosen Bemerkungen meines Vaters doch dazu, dass sie sich immer häufiger im Spiegel betrachtete und mich öfter ängstlich fragte, ob sie wieder dicker geworden sei.

Keine guten Voraussetzungen, um eine selbstbewusste Frau zu werden! Wollte er mit seinem Hänseln, zu dem er mich gegenüber ihr aufforderte, herausfinden, auf wen ich eher höre? Vielleicht auch, weil er sich selbst gegenüber Vorgesetzten im Krieg und gegenüber seiner Mutter so unterwürfig verhalten hatte? Ob ich ihn oder meine Schwester als den mir am meisten nahestehenden Menschen ansähe?

Ein aus meiner Sicht krankes Verhalten! Heute frage ich mich, wie ungeliebt er sich wohl selbst gefühlt haben muss, wenn er es nötig hatte, uns gegeneinander ausspielen oder sich durch uns stark machen zu müssen. Dieser emotionale Missbrauch an uns Kindern hat Spuren bis in unser Erwachsenenleben hinterlassen.

Monika, die doch niemandem etwas tat und erst deswegen ihm gegenüber so widerspenstig wurde, weil er sich so provokant und desinteressiert gegenüber ihr verhielt. Er hat auch sie nie in den Arm genommen, wobei sie doch ein gutes ein gebendes Herz besaß und noch heute besitzt

❦ ❦ ❦ ❦

Was mich damals ablenkte und mich die Belastung mit meinem Vater etwas vergessen ließ, war der Besuch des Kinos im etwa. drei Kilometer entfernten Nachbardorf. Dabei erinnere ich mich noch an den Film „Winnetou“, der als friedfertiger Indianer gegen Schurken und Ungerechtigkeit kämpfte. Sein Filmtod berührte mich ungemein tief. Ein wahrhaftiger Mann mit Mut, Aufrichtigkeit, Charakterstärke – alles Merkmale, die ich bei meinem Vater vermisste und in diesem Helden fand.

❧ ❧ ❧ ❧

Nach den gemeinsam verbrachten vier Jahren Dorfgrundschule, wechselten Monika und ich für weitere vier Jahre auf die am Rande unsere Ortes gelegene, nächst höhere Schule. Diese war erst kürzlich erbaut worden.

Für die Fächer Mathematik und Physik wurde uns ein höchst autoritärer, groß gewachsener Lehrer zugeteilt. Auch dieser erschien mir unangemessen streng und gefühllos. Es liegt nahe, dass auch er noch einer der übrig gebliebenen rassistischen Nazis war, der nach dem Krieg, wie viele andere auch, unbehelligt im öffentlichen Dienst agieren konnte.

Jedenfalls schlug er einen Mitschüler so ins Gesicht, dass er zunächst in einen großen Papierkorb und dann mit einer blutigen Nase zu Boden fiel. Dieser Junge namens Gerhard wurde nach einer späteren Aussage meines Jugendfreundes auch deswegen von dem Lehrer geschlagen, weil er zu dem Thema, welches der Lehrer behandelte, mehr zu sagen wusste, als der Lehrer selbst. Das widerstrebte dem arroganten und eingebildeten Lehrer, von einem gebildeteren Schüler überholt zu werden. Der Lehrer wähnte sich in seinem Stolz verletzt, sah sich bloßgestellt und reagierte mit drakonischer Strafe.

Leider erklärte sich niemand für Gerhard, der als Waise in einem Nachbarort in einem Jugendheim aufwuchs, solidarisch. Niemand verließ aus Protest den Raum oder suchte Hilfe bei den Eltern, damit dieser Lehrer zur Rede gestellt oder auch wegen Körperverletzung zur Rechenschaft gezogen würde.

Lebten wir doch in den 1960er Jahren noch in einer autoritären konservativ geprägten Zeit, in der Schlagen als Disziplinierung noch salonfähig war oder maximal als Kavaliersdelikt angesehen wurde.

In einer Zeit, in der die Schüler oftmals Angst vor ihren Lehrern hatten – und nicht wie heutzutage, in der Lehrer sich des Öfteren vor gewissen Schülern fürchten müssen.

Dieser Lehrer trat so dominant und autoritär vor uns auf, und niemand wagte es, ihn für sein gewaltsames und übergriffiges Handeln zu kritisieren.

Schlug er nach einer Klassenarbeit sein kleines Notizbuch auf, um uns auf unsere Leistungen anzusprechen, dann erwartete ich mit innerer Anspannung grundsätzlich eine unangenehme Botschaft.

Auch weil ich befürchtete, vor allen Schülern auf eine beschämende Weise vorgeführt oder bloßgestellt zu werden. Auch während der Klassenarbeiten war ich sehr angespannt, weil ich einen gewissen inneren Druck verspürte, um eine gewisse Leistung zu erbringen.

Erfahrungen und Ängste, von denen meine Eltern nichts wussten und mit denen ich mich alleine herumschlug. Doch wie hilfreich wäre es gewesen, wenn ich zumindest einmal mit einem vertrauten Menschen hätte sprechen und meine Angst einmal artikulieren können! So aber steckte ich in der dauerhaften Angst vor der strafenden Wortwahl des Lehrers fest. Damals empfand ich jegliche Autorität als bedrohlich.

Ja, ich sehe diesen damaligen gewalttätigen Lehrer in seinem hellgrauen Anzug, seiner Krawatte und seinem grimmigen Blick noch immer vor mir stehen. Erschien er mir doch so unnahbar, sodass ich ihm aus dem Weg ging.

Doch wie, frage ich mich heute, kann ich von einem Lehrer etwas lernen , wenn ich kein Vertrauen zu ihm habe? Schlussfolgernd traute ich mich im Unterricht nicht, mich zu melden. Vielmehr wünschte ich mir, die Schulstunde möge bald vorbei sein, damit ich diesen kantigen Lehrer nicht mehr sehen und ertragen müsse. Diesen kühlen Klotz, der sich sehr wichtig zu nehmen schien, immer den Wortlaut *„wir Physiker"* in den Mund nahm und sich auf seinen Titel etwas einzubilden schien. Er, der aber nicht als Physiker arbeitete, sondern in einer Grund- und Hauptschule tätig war.

In seinem Verhalten glich er meinem Vater, der einmal mit einer Schippe auf mich zulief und mich zu erschlagen drohte, nachdem ich mich endlich einmal gegen einen seiner vielen Befehle gewehrt hatte. In bestimmten Momenten schien mein Vater einfach nicht zu merken, dass wir uns nicht mehr im Krieg befanden und sich das Leben nicht nur um Befehl und Gehorsam drehte.

Vermutlich hat er als 16-jähriger Soldat großen Schaden genommen und er blieb in seinem dauerhaft angespannten Zustand völlig überfordert. Diese ständige Gefahr an der Front ließ einfach nicht mehr zur inneren Ruhe kommen, denke ich. Er hat sich offensichtlich an diesen chronischen Unruhezustand gewöhnt und diesen dann auch mit in die Familie hinein getragen.

Glücklicherweise war es dann für mich erleichternd, als uns nach einem Klassenwechsel in der Schule ein junger, 24-jähriger Klassenlehrer zugeteilt wurde, der uns Schülern sympathisch war und frischen Wind in unsere Klasse brachte..

Er lud uns zu unser aller Überraschung einmal sogar alle zu sich nach Hause ein und bewirtete uns dort mit Essen und Getränken. Dort betonte er, er sei SPD Mitglied und strebe ein Mandat im Bundestag an. Schließlich wurde ich trotz meiner zurückhaltenden, schüchternen Art – auch gegenüber diesem Lehrer – zu meiner eigenen Überraschung zum Klassensprecher gewählt. Scheinbar machte ich trotz meiner Probleme bei Gleichaltrigen nach außen hin den Eindruck, vertrauenswürdig und damit anerkannt zu sein.

Doch als ich eine Antrittsrede vor der Klasse halten sollte, versagte ich kläglich und bekam außer einem einzigen Satz kein Wort heraus. Ich sagte, und das gleich zweimal: *„Wenn ihr Probleme habt, könnt ihr gerne zu mir kommen."* Doch dabei blieb es dann auch. Mehr fiel mir einfach nicht ein, nachdem ich mich innerlich blockiert fühlte. Dies wiederum stärkte mich in dem

Glauben, bei meinen Mitschülern nun das Ansehen verloren zu haben.

Ich ärgerte mich sehr über mich selbst, wieder einmal den Mund nicht aufbekommen zu haben!. Mir innerlich den Druck selbst machend, merkte ich schon damals, dass ich so nicht weiter käme. Heute denke ich, man hat mich damals zum Klassensprecher gewählt, weil ich sehr angepasst und zu jedermann freundlich war und es viele Jahre gelernt hatte, all meine Ängste gut hinter meiner äußeren Fassade zu verstecken.

Da ich nie gelernt hatte, meine Gefühle auszudrücken, verwundert es mich nicht, dass die Menschen in Finnland gegenwärtig auch deswegen als die glücklichsten Menschen der Welt gelten, weil bei ihnen das Thema emotionale Kompetenz fest im Lehrplan der Kinder verankert ist. Die Menschen können einander mehr Vertrauen entgegenbringen, haben gelernt Gefühle zu benennen und trotz einer zunehmend digitalisierten Zeit menschliche Nähe zuzulassen

Die Politik hierzulande täte gut daran, das Lehrfach emotionale Kompetenz auch an unseren Schulen fest in den Lehrplan zu integrieren, um so die seelische Gesundheit der Menschen bereits im Vorfeld zu fördern..

Meine eigenen Schulerfahrungen waren damals so grundlegend anders, als sie heute gemacht werden.

Während wir in den frühen 6oer Jahren in der Nachkriegszeit noch viel Unterdrückung und Autorität durch das Lehrpersonal erlebt haben, sind heute viele Lehrkräfte aus unterschiedlichen Gründen mit ihrer pädagogischen Aufgabe überfordert. Neben einem Zuviel an Bürokratie haben sie oftmals auch noch die Erziehungsaufgaben von Eltern zu bewältigen, die ihrerseits mit ihrer Erziehungspflicht überfordert sind.

Mit steigender Tendenz stellen bei zugewanderten Kindern und jungen Heranwachsenden die Eltern in ihrer Vorbildfunktion und orthodoxem Verständnis ihrer Religion diese über das Grundgesetz. Das Konfliktpotential ist mächtig – und Gewaltbereitschaft, beziehungsweise ausgeübte Gewalt nimmt zu.

Auch der hohe Smartphone-Konsum von Kindern und Jugendlichen, die in den sozialen Medien verrohenden Angebote (wobei sogar beispielsweise der Anbieter von Tik-Tok selbst eine Teilnahme erst ab 16 Jahren empfiehlt….), hat zerstörerische Wirkung auf die Entwicklung einer jungen und noch so formbaren und beeinflussbaren Seele.

Wie aber sollen wir mit all diesen Herausforderungen umgehen, nachdem wir uns doch nicht wirklich auf diese Herausforderungen vorbereitet haben?

Im Gegensatz zu einer Regierung, die sich (bis 2025) nur mäßig ihren Aufgaben widmet, weil sie sich seit Jahren in Grabenkämpfen ergibt, hält ein starkes Machobild in Schule und Gesellschaft wieder Einzug. Populistische Politiker tragen ihr Übriges dazu bei. Jeder ist sich selbst der Nächste…

Auch durch die Selbstzerlegung der Kirchen finden christlichen Werte immer weniger Beachtung. Vielen Menschen ist auch nicht mehr bewusst, dass auch mein Nächster ein von Gott geschaffener und geliebter Mensch ist, dem mit Würde zu begegnen sei. Wo sind die guten Vorbilder?

Meiner Meinung nach täte es Kindern heute gut, wenn sie neben einem sich anzueignenden Lehrstoff und einem guten Vertrauensverhältnis zum Lehrpersonal auch Zeiten in der Schule verbringen könnten, in denen sie wenigstens von humanitären Einflüssen berührt werden, wie sie in der Kunst, in Musik und Sport zu finden sind. Ganz in der Hoffnung, dass sie über ein national übergreifendes Miteinander zu den lebens-bejahenden christlichen Werten und damit zu einem anderen Bewusstsein im gemeinsamen Miteinander zurück finden.

Eltern dürfen sich in ihrer Vorbildfunktion fragen, wie sie zu ihrem Kind stehen und was sie ihm vorleben wollen. Ob wir ein Kind zu einem gewaltsamen Durch-setzen in der Leistungsgesellschaft anspornen, oder ob wir es zu einem Leben in Liebe und Freiheit ermutigen, in dem wir selbst so gut als möglich nach diesem Ziel streben – gemäß der Maxime: *„Leben und leben lassen."*

Ja, wir sollten bereits unsere Kinder wieder mehr für Wertegrundlagen einer freiheitlichen Gesellschaft sensi-bilisieren, in der jeder so sein und sagen kann was er will und dieses vor seinen Mitmenschen selbstbewusst verteidigen – und das ohne Hass und Hetze gegenüber Andersdenkenden.

❦ ❦ ❦ ❦

Letztlich spielten sich all meine schulischen Erfahrungen in einer Zeit ab, in der ich am liebsten für immer vor meinem Vater geflohen wäre.

Meine Mutter hat in der Tat das eine oder andere Mal genau diesen „Notausgang" gesucht und versucht, ihn zu finden. Meistens dann, wenn mein Vater wieder ausgerastet ist und für uns alle zu einer ernst zunehmenden Bedrohung wurde. Um sich und uns zu schützen, flüchtete sie (häufig nachts) mit uns nach draußen. Wie immer sie es auch anstellte, unsere Fluchtversuche hat er zu ihrer Erleichterung nie wahrgenommen. Gewöhnlich kamen wir am Friedhof vorbei, der auf mich in dieser Situation einen wenig beruhigenden Eindruck machte. Wenn Monika und ich hernach wieder in unseren Betten zur Ruhe kamen, konnten wir aufatmen. Vermutlich bedingt durch diese Aufregung, träumte ich jahrelang nachts immer wieder den gleichen Albtraum: *plötzlich klebe ich neben dem Friedhof in unserem Dorf beim Laufen mit meinen Füßen am Asphalt fest. Panisch, bewegungs- und handlungsunfähig gerät die Flucht zum Fiasko!.*

Heute denke ich, es war damals eine traumatische Erfahrung. Meine Angst war während unseres Weg laufens immer groß. Oft hörte ich abends in meinem

Bett liegend auf beklemmende Weise immer wieder, wie mein Vater meine Mutter anschrie und ihr drohte. Doch auch hierüber sprach ich mit niemandem. Dazu kamen dann noch all die Überraschungsaufgaben, von denen Monika ein paar und ich auf Anordnung meines Vaters etliche mehr zu bewältigen hatten.

Kamen wir mittags aus der Schule, dann lagen plötzlich mal dreißig Zentner Briketts in unserem Hof, die wir in einem kleinen Abstellraum, in der die Ziege ihren Platz hatte, aufzusetzen hatten. Oft passierte es, dass ich in der Schule verabredete Treffen mit Freunden von jetzt auf gleich absagen musste.

Oder aber mein Vater hatte, ohne mir vorher etwas davon zu sagen, vor meiner Ankunft zu Hause bereits den Anhänger an seinem Kombi angekoppelt, weil er es kaum abwarten konnte, nach Schulschluss oder in den Ferien gemeinsam mit mir das Obst von fünfzig Obstbäumen zu pflücken und einzuholen.

Anstrengende, überraschende Aufgaben, die mich noch heute daran erinnern, welchen Frust sie damals in mir ausgelöst haben. Ja, sie nahmen mir regelrecht die Freude am Leben, sodass ich während der Arbeit immer wieder auf die Uhr schaute. Ganz in der Hoffnung, die Zeit, die wir für die Arbeiten benötigten, möge bald vorüber sein.

Von grünen Hecken umsäumt und von einem Zaun umgeben, war unser Haus von außen nicht einsehbar. Niemand konnte hören oder sehen, was sich in unserer Familie abspielte. Letztlich ging ich all die Arbeiten, die mein Vater von mir verlangte, immer mit einer großen Unlust an. Ja, ich zwang mich über viele Jahre immer wieder dazu, etwas zu tun, das ich im Grunde nicht tun wollte. Nie kam Freude bei der Arbeit in mir auf, sodass ich meine Jugend als eine anstrengende und freudlose Zeit erlebte. Sicher, gibt es sehr viele Menschen, die weitaus Bedrückenderes erlebt haben als ich, doch es waren die vielen Jahre der Unterdrückung, die sich in meiner Seele eingebrannt haben. Und bekanntlich höhlt ja der stete Tropfen den Stein.

Im Verhalten meines Vaters war es zur Regel geworden, uns immer auf eine unangenehme, eigentlich perfide Weise zu überraschen. So hat er uns einmal einen Ausflug angekündigt, auf den wir uns mächtig freuten. Am betreffenden Sonntag fragte er uns: *„und, wohin fahren wir heute?"* und bevor wir antworten konnten, kam er uns mit seiner Antwort zuvor: *„Mit dem Finger über die Landkarte, ha,ha!."*

Vielleicht wollte er witzig sein. Aber wir Kinder verstanden es nicht. Unsere Enttäuschung war bitter und den empfundenen Hohn, den er an den Tag legte, zutiefst schmerzhaft. Zeigte er doch hier ein Verhalten, wie es Heinrich Heine einst so treffend formulierte: *„Worte, Worte, keine Taten. Ganz viel Soße, keinen Braten."*

Jedenfalls gab sich mein Vater mit solchen Aussagen ganz viel Mühe, um bei uns seine ohnehin angekratzte Glaubwürdigkeit zu verlieren. Dabei hätte uns ein Ausflug bei all der Arbeit so gut getan! Gemeinsame Zeit als Familie gab es nicht – auch das Überprüfen der Hausaufgaben entfiel wegen ihrer pausenlosen und immerwährenden Geschäftigkeit.

So kamen wir Kinder erst gar nicht auf die Idee, uns um die Gunst unserer Mutter zu bemühen, da sie sich ganz von meinem Vater vereinnahmen ließ. Doch wie gut hätte es uns getan, wenn sie meinen Vater für sein Verhalten auch einmal kritisiert und uns einmal den Rücken gestärkt hätte. Doch sie hatte ständig Angst vor ihm, sodass sie immer wieder widerspruchlos und ergeben all das tat, was er von ihr verlangte.

Er erwartete beispielsweise vor dem Zubettgehen, im Unterhemd in der Küche sitzend, einen Gute-Nacht-Kuss auf die Wange von mir. Aus Angst vor Ablehnung sah ich mich gezwungen, ihm das Verlangte zu geben. Er forderte diese Art der Zuneigung von mir ein, war aber selbst nicht in der Lage, mir einmal auf eine freundliche Weise zu begegnen. Und wahrscheinlich, so denke ich heute, hatte er auch selbst nie Zuneigung erfahren, sodass er trotz seiner Drohungen in seinem Inneren ein armer Mann war.

Gab ich ihm aber einen Kuss auf die Wange, dann fühlte ich mich schlecht, verleugnete mich mit meinem Handeln in einer gewissen Weise auch selbst und ging lieblos mit mir um.

Einmal passierte Monika und mir ein Missgeschick. Wir stellten eine brennende Kerze in einen gerade neu gekauften Küchenschrank auf und erfreuten uns an dem gemütlichen und warmen Schein. Wir bemerkten nicht, wie die heiße Flamme einen Teil des Schrankes verbrannte und daraufhin an dieser Stelle ein schwarzer Fleck entstand. Wir hegten noch auf naive Weise die Hoffnung, dieses Missgeschick irgendwie vertuschen zu können, doch selbst wenn wir die Stelle überklebt hätten, es wäre ihm aufgefallen.

Unruhig und verängstigt erwarteten wir daraufhin den Moment, wenn der Vater durch die Tür käme und unser Malheur bemerkte. Doch wie durch ein Wunder bestrafte er uns nicht, was eigentlich so gar nicht zu seinem Verhalten passte. Vielleicht befand er sich aber auch gerade in einer depressiven Phase, sodass er zu sehr mit sich beschäftigt war und ihm der Schaden nichtig erschien. Aber vielleicht waren es auch die ständigen Gebete meiner Großmutter Maria und von Marianne, die ihn milde stimmten.

1970er

Was mich damals ablenkte und mir gut tat, war die Rockmusik der damaligen Zeit. So spürte ich auch ein wenig innere Freiheit und mehr Leichtigkeit, wenn ich die Musik von Jimi Hendrix, Rolling Stones, Kinks, Carly Simon und anderen hörte.

Insbesondere die genialen Gitarrenklänge von David Gilmour in meiner Zeit als Erwachsener sind mir bis heute unvergessen geblieben. Ja, diese Art der Musik berührte mich bis unter die Haut und lockten auch so manch nicht geweinte Träne aus mir hervor. Vermochte doch gerade die elektrischen Gitarrenklänge meine Seele so in Schwung zu bringen, dass ich mich zeitweise etwas von meiner inneren Lähmung befreit fühlte.

Drehte ich aber die Musik voll auf, dann schrie mein Vater, ich solle doch diese wilde Musik leise stellen. Zumal mein Vater nur selten Musik hörte. Eine der wenigen Ausnahmen war das Lied – *„Ein Schiff wird kommen"* – von Lale Andersen. Der Inhalt des Hits aus den 6oer Jahren spricht von der Sehnsucht nach Liebe und einem Neuanfang, den mein Vater sich vielleicht insgeheim wünschte, den er aber aufgrund seiner alltäglichen Zwänge nicht umsetzen konnte. Und wer weiß, vielleicht wollte er nach seinen Erfahrungen im Krieg zumindest für eine gewisse Zeit einfach einmal nur seine Ruhe haben. Doch danach wurde auch er nicht gefragt.

Zudem stelle ich es mir nicht leicht vor, nach dem Krieg unter die Fuchtel einer streng und hart arbeitenden Mutter zu gelangen, die ihn trotz seiner bitteren Erfahrungen an der Front auch weiterhin wie ein Kind behandelte. Zum Erholen und Verarbeiten seiner schlimmen Erlebnisse jedenfalls hat er niemals Zeit gefunden.

Und die vielen Soldaten, die mit ihrem Schweigen so taten, als seien sie nie im Krieg gewesen, zeugt von der Verdrängung einer ganzen Gesellschaft, die den Krieg nicht umfänglich aufgearbeitet hat.

Sicher sollte nun von Deutschland nie mehr ein Krieg ausgehen. Doch was war mit all den Angehörigen, die unter diesem Krieg gelitten hatten? Mit den Folgeerscheinungen eines Krieges, die auch Gewaltverhalten in den Familien hinterlassen hatten? Mit ihnen hat so gut wie niemand gesprochen sodass der Krieg auf eine schleichende Weise weiterging.

Lag ich am Wochenende bis mittags im Bett, dann sagte mein Vater zu meiner Mutter: „*Die faule Sau liegt immer noch im Bett!*" So war auch diese Aussage einer der von vielen, die ich als zutiefst missachtend und entwürdigend erlebt habe. Und wie entlastend war es da, dass ich schon damals, wenn auch auf nebulöse Weise, in Jesus um einen Freund wusste. Ein Jesus, der mich kennt und nach den Worten der Bibel sein Leben für seine Freunde gab. Der eine Liebe zeigt, wie sie größer nicht sein kann und allumfassend allen Menschen gilt. Ein Jesus, der keine Unterschiede zwischen den Menschen macht, egal welcher Hautfarbe oder welcher Nation sie angehören. Ja, an diesen Jesus, von dem ich mich gesehen und geliebt wusste, klammerte ich fest und vertrauensvoll im Glauben.

Mein Vater demütigte mich gerne mit solchen entwürdigenden Sätzen. Mir gegenüber zeigte er weder Respekt noch Anerkennung. Konnte er sich denn nicht vorstellen, dass ich auch einmal richtig entspannen musste bei all den Anforderungen, die er ständig an mich stellte? Denn richtig gehen lassen konnte ich mich in seiner Gegenwart nie. Dazu fühlte ich mich in seiner Nähe viel zu angespannt und oftmals wie gelähmt.

Ich begann langsam, Entspannung im Alkohol zu suchen. Das schien mir zumindest vorübergehend eine gewisse Anspannung zu nehmen und einen Ausweg aus der Realität zu versprechen – doch in Wahrheit löste er nichts und machte mich am Ende nur noch müder, als ich es ohnehin schon war.

Zudem veränderte sich mein Vater ja nicht, sodass auch der Grund, warum ich trank, nicht aufgelöst wurde. Daneben versuchte ich mich in einem Nachbarort in einer Gaststätte an einem Spielautomaten im Glücksspiel. Heute bin ich froh, dass diese Phase nur vorübergehend war und ich nicht in die Glücksspielsucht abrutschte.

Nach einer gewissen Zeit verlor ich das Interesse daran. Stattdessen wandte ich mich meinem damaligen Freund Gregor zu, der für eine kurze Zeit eine kleine Band mit mir gründete. Als Schlagzeug diente ihm eine leere Waschpulvertrommel. Und während er am Schlagzeug saß, nahm ich zum Singen einen alten Telefonhörer in die Hand, dessen Kabel er mit einem Lautsprecher verbunden hatte. Das hat sogar richtig gut funktioniert.

Ja, es war seine Begeisterung an der Musik, die ihn so erfinderisch werden ließ. Doch der Versuch, gemeinsam dauerhaft Musik mit mir zu machen, scheiterte durch mein Versagen am Ende kläglich. Scheute ich mich doch aufgrund meiner Schüchternheit eine längere Zeitspanne zu singen und dadurch mehr als gewohnt, aus mir heraus zu gehen.

Gregor wurde von seinen Eltern gefördert und ermutigt Musik zu machen. Dies verwunderte mich etwas, nachdem mir sein Vater, der eine Tankstelle und Gaststätte bewirtschaftete, mehr mürrisch als freundlich erschien. Ansonsten beobachtete ich, wie Gregor mit seiner Familie hinter der Theke ihrer Gaststätte am Essplatz sehr viel entspannter dasaßen, als ich es von zuhause aus kannte.

Wie sehr sehnte ich mich nach solch einem unbeschwerten Umgang! Gregor, der leider viel zu früh an Leukämie verstarb, erhielt damals Klavierunterricht.

Später trat er im Saal der Gaststätte mit einer Band auf – zu einer Zeit, in der uns beide die Rolling Stones mit ihrem Song *„She's A Rainbow"* begeisterten. Ein Lied, das mit seiner Schwingung vielen Menschen eine gewisse Aufbruchstimmung vermittelte und es wahrscheinlich auch heute noch tut, wenn es gespielt wird. Für mich sind es Lieder für die Ewigkeit, die die Stones bis heute nach wie vor kreieren.

Was meine eigene Gaben betrifft, sagte mir meine Mutter nur einmal, dass ich schön schreiben könne. Dies aber bezog sie mehr auf meine geschwungene

Handschrift und sicher weniger auf den Inhalt, den ich damals beim Schreiben zu Papier brachte. Dennoch machte sie mir damit ein liebevolles Kompliment, das mir bis heute unvergessen geblieben ist, weil es meinem kaum vorhandenen Selbstwertgefühl entgegenwirkte.

Letztlich ließ ich es mir trotz meiner Probleme in meinem Elternhaus nicht nehmen, aus einem eigenen Interesse heraus Modellmotorräder im Miniaturform zusammenzubauen. Oder ich besorgte mir eine Kassette, auf der der Klang von den Motorrädern auf der Motorrad Weltmeisterschaft wiedergegeben wurde. Hier faszinierte mich in der Regel der 4 Zylinder Motor der italienischen Marke MV Agusta oder der Zweitaktmotor von Yamaha.

Diese martialisch durchdringenden Geräusche vermochten meine oftmals unausgedrückten Gefühle in Bewegung zu bringen – laut und rebellisch – eine Haltung, die in mir selbst nicht zum Leben kam. Jedenfalls lenkte mich das Modellbauen und das Hören dieser Musikkassetten ab, und ich konnte dadurch auch etwas mehr ich selbst sein, mich selbst vergessen und damit mehr spüren.

❦ ❦ ❦ ❦

Ich begann meinen Interessenkreis auszudehnen und verschlang neben dem damaligen Kult-Magazin „*Bravo*" die Zeitschrift – „*Der Tierfreund*".

Ich liebte Tiere und freute mich darüber, eine Katze mein eigenen nennen zu dürfen. Ein anderer (viel zu früh verstorbener) Freund. schoss einmal ein Foto von mir und meiner Katze. Ich habe es bis heute aufbewahrt.

Obwohl der neurotische Schäferhund meines Vaters mit Vorsicht zu genießen war, tobte ich gerne mit ihm durch den Garten. Er hieß Greif und sein Spiel war eher Raufen und Beißen. Daher war es mir nur für eine begrenzte Zeit möglich, mich mit ihm zu beschäftigen bevor das Spiel „kippte" und zum Kampf wurde.

Obwohl ich Tiere mochte und auch mit Greif und seinem Verhalten vertraut war, gab es doch ein prägendes Erlebnis mit einem fremden Hund, das bis heute seine Wirkung zeigt.

Durch die Erfahrungen und den Umgang miteinander in meinem Elternhaus, war ich im Grunde meiner Seele ein zutiefst verängstigtes Wesen.

Als ich einmal durch unser Dorf ging, sah ich am Straßenrand einen schwarzen Mischlingshund sitzen. Sein deutlich angespannter Ausdruck verstärke meine Angst, sodass ich etwas schneller weiterging. Als ich dann an einer Straßenecke abbog und etwas bergauf lief, folgte er mir, ohne dass ich es zunächst bemerkte. Ohne Vorwarnung und völlig unvermittelt sprang er mir auf den Rücken und wollte mich beißen. Ich begann zu frieren und zu zittern und erstarrte. Ich weiß nicht mehr, ob er nun zugebissen hat und wie ich dann hernach nach Hause kam. Die Überrumpelung in dieser Situation hat mich nachhaltig so betroffen gemacht, dass

ich seit jeher jedem fremden Hund aus dem Weg gehe –
obwohl ich Hunde sehr mag.

Jetzt, im Erwachsenenalter besitze ich einen Airedale
Terrier, der mich im Übrigen so gut beschützt, dass ich
mich heute in der Begegnung mit anderen Hunden
wesentlich sicherer fühle.

Irgendwie fand ich mich grundsätzlich nicht richtig und
minderwertig. So begann ich, mich im Zusammensein
mit Freunden zu vergleichen.

Oft wäre ich am liebsten wie diese – so „gut" oder so
„frei" oder so „eloquent"! Dann versuchte ich andere
etwas nachzuahmen. In meinem Vater fand ich kein
Vorbild und in mir selbst sah ich oftmals mehr oder
weniger einen Niemand. Zudem fühlte ich mich oft in
Gesprächen mit meiner zurückhaltenden Sprache und
viel zu leisen Stimme nicht wahrgenommen

Doch in Wahrheit entfremdete ich mich mit dem
Vergleichen mit anderen Menschen noch mehr von mir
selbst anstatt mir zu begegnen.

Manchmal forderten sie mich bei einem Treffen in
der hiesigen Kneipe dazu auf, ihnen doch meine
Armmuskeln zu zeigen, worauf sie sich mit heimlicher
Bewunderung köstlich amüsierten und mit ihrem
Lachen kein schnelles Ende fanden. Meine von der
Arbeit starken Muskeln schienen Eindruck auf sie zu
machen.

Auch meine Hobbys vermochten meine zwischenmenschlichen Konflikte nicht zu lösen, jedoch fand ich dadurch eine Möglichkeit, innerlich etwas abzuschalten. Und dies war wichtig, weil ich mich vor dem Einschlafen ziemlich angespannt fühlte.

Um mich zu beruhigen, wiederholte ich vor dem Einschlafen bestimmte Sätze auf geradezu meditative Weise, was mir dann auch gut tat und mich etwas zur Ruhe brachte. Zudem erinnere ich mich daran, wie mir unser damaliger Hausarzt, von dem bekannt war, dass er öfter angetrunken war, einmal Valium verschrieb, weil ich über eine sehr lange Zeit einen Schluckauf hatte, der einfach nicht aufhören wollte. Die Hoffnung, durch die Einnahme von Valium „runterzukommen" erfüllte sich nicht. Eher wurde ich unruhig, weil mich das unerwünschte bedrückende Gefühl überbekam, die Kontrolle über meinen Körper zu verlieren. Als der Schluckauf dann irgendwann endlich von selber aufhörte, war ich sehr erleichtert.

Später habe ich erfahren, dass der Arzt, der mir das Rezept ausstellte, derjenige war, der den Tod des jüngsten Sohnes (1944) meiner Großmutter Maria im zarten Alter von zehn Jahren mit zu verantworten hatte. Wie es hieß, habe er damals vielleicht auch in seinem alkoholisierten Zustand eine falsche Diagnose gestellt – mit fatalen Folgen.

Es wurde nie weiter verfolgt, da meine Großmutter sich scheinbar klaglos diesen „Schicksalsschlag" mit gläubig-demütiger Haltung akzeptiert hatte.

Nichtdestotrotz war sie klug genug, noch einen anderen Arzt zu Rate zu ziehen. Der diagnostizierte eine schwere Lungenentzündung und wies das Kind umgehend in ein Krankenhaus nach Frankfurt ein. Als dieses Krankenhaus dann im 2. Weltkrieg von Flugzeugen bombardiert wurde und der kleine Norbert sich in unmittelbarer Lebensgefahr befand, stieg meine Oma umgehend in einen Zug, um ihn abzuholen. Viele Menschen standen bei ihrer Ankunft vor der Klinik Schlange, um ebenfalls ihre Angehörigen nach Hause zu holen.

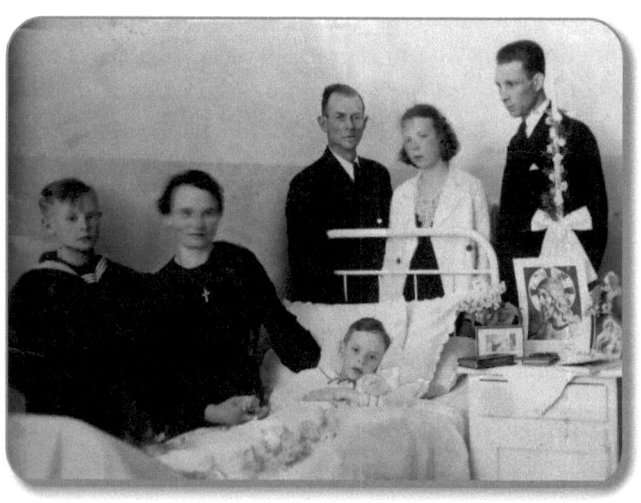

Der kleine Norbert in der Frankfurter Klinik. Am Bett sitzend Maria, dahinter die noch junge Ilse mit Bruder und Onkel

Meine Großmutter aber, die um das Leben ihres Sohnes fürchtete, trat couragiert auf und erlangte umgehend Einlass. Als sie ihren Sohn schwer krank mit dem Zug nach Hause gebracht hatte, pflegte sie ihn dort noch einige Monate, bis er schließlich starb.

Den Schmerz über den Verlust des Kindes hat sie tief in sich verborgen.

Mir persönlich hat sie nie etwas über ihn erwähnt, wohl aber stand auf ihrem Nachtschränkchen ein Foto von ihm. Meine Mutter erzählte mir später, Norbert sei ein sehr gläubiger Junge gewesen, der vor seinem Tod sagte, er stünde vor einem großen Tor, wolle aber jetzt noch nicht sterben! Leider war ihm ein Weiterleben jedoch nicht vergönnt.

❧ ❧ ❧ ❧

Irgendwann – ich war etwa sechszehn Jahre – kam ich dann an dem Punkt, wo ich meinen Vater nicht mehr sehen wollte und regelrecht erleichtert aufatmen konnte, wenn er mit dem Auto unterwegs war. Und wie schön war es da, für eine kurze Zeit das Zusammensein mit meiner Mutter zu genießen.

Blühten dann noch im Frühling die Bäume in unserem Garten, dann fühlte ich mich zumindest einmal für eine kleine Zeit in ihrer Nähe geborgen. Kam mein Vater am späten Nachmittag wieder zurück, rutschte die Stimmung wieder schnell auf dem Nullpunkt. Dann konnte ich nicht nur die Unruhe und die Angst meiner Mutter gegenüber meinem Vater erkennen, sondern auch ihre Neigung, all das so schnell wie möglich zu tun, was er von ihr wollte. Das betrübte mich, weil ich dann dachte, ich sei ihr in keiner Weise mehr wichtig.

Wenn die Stimmung meiner Eltern in Schieflage geriet, fühlte mich von ihr vernachlässigt und emotional missbraucht, da sich das Eltern-Kind-Gefüge umkehrte. Sie, die Mutter, kam – anstatt mich zu trösten – des Öfteren in mein Zimmer und weinte sich bei mir über ihn aus, suchte Zuwendung und Trost bei mir.[2]

Natürlich stand ich ihr auch gerne bei, weil ich sie liebte. Ich wurde zum Parteigänger und spürte kaum, wie sehr mich die Probleme meiner Eltern überforderten! Umgekehrt wusste meine Mutter nicht viel von meinen eigenen Nöten. Sicher, sie sorgte immer finanziell so gut sie konnte für uns, wenn auch auf eine versteckte Weise vor meinem Vater. Oftmals legte sie sich heimlich etwas Geld weg, sagte dann aber gegenüber meinem Vater, sie habe das Geld für mich oder meine Schwester von ihrer Mutter bekommen. Ihr gelang es nicht, gut für sich zu sorgen und Position gegen ihren Ehemann zu beziehen (eine Frau hatte sich zu dieser Zeit dem Willen des Gatten zu fügen) und blieb in der Opferhaltung.

---

[2]das nennt man Parentisierung – was zu schweren Entwicklungsstörungen führen kann, die sich bis ins Erwachsenenalter nachhaltig auswirken

Wie wichtig wäre es gewesen, hätte sie anstatt mit mir, auch einmal mit einer Freundin oder einem Fachmann über ihre Probleme gesprochen. Aber auch dies schien ihr in der Gegenwart meines Vaters nicht möglich zu sein.

Ja, sie bot ihm einfach nicht die Stirn und vermochte so auch kein herausforderndes Gegenüber sein, an dem sich mein Vater hätte reiben und vielleicht auch positionieren müssen. So aber konnte er alles, ohne Gegenwehr zu erwarten, bestimmen. Damit machte sich meine Mutter gefügig für jede Form von Erpressung. So sagte sie beispielsweise mitten in einem spannenden Film: *„macht den Fernseher aus, der Papa kommt! Er verträgt das nicht."*

Papa, Papa und noch mal der Papa…. Das hieß für uns: Verzicht. Freute ich mich auf eine Sendung, die ich nicht sehen durfte, ging ich auch einmal zu einem Jungen aus der Nachbarschaft und schaute diese beim ihm.

Ich denke, ich hätte vielleicht mehr Verständnis für das Verhalten meines Vaters aufbringen können, wenn sie uns mehr über seinen Gesundheitszustand erzählt hätte. Auch wenn wir es in diesem Alter nicht voll-umfänglich verstanden hätten – es wäre hilfreich gewesen.

Vielleicht hätten wir besser erst gar keinen Fernseher gehabt. War dies doch so, als besäßen wir ein Fahrrad, mit dem wir nicht fahren dürften. Jedenfalls bestimmte allein mein Vater den Programmablauf, wo es außer der Tagesschau und Sport nichts anderes zu sehen gab. Einen Krimi oder einen Kriegsfilm zu sehen … absolut unmöglich. Gemeinsame Freizeitgestaltung gab es einfach nicht.

Daneben schien das Schreien und Drohen nach dem Kasernenton sein wirksames Mittel für unsere Erziehung zu sein. Ganz nach dem Motto: *„und willst du nicht mein Freunde sein, dann schlag ich dir den Schädel ein".*

Mein Patenonkel Josef, der Bruder meiner Mutter, meinte einmal treffend zu ihr: *„Wenn dich dein Mann euch weiterhin so behandelt, dann lasse ich ihn abholen und in eine Psychiatrie einweisen."* Wenn er gewusst hätte, wie nahe er an der Wahrheit gewesen ist!

Doch seinen Worten folgten keine Taten, wobei auch zu bezweifeln ist, ob dies rechtlich überhaupt möglich gewesen wäre. Andererseits hätte das seinen Krankheitsverlauf meines Vaters vielleicht gemildert.

Josef, selbst sehr herzkrank, sagte meinem Vater auf den Kopf zu, dass er sich mit seiner Krankheit nicht so in den Mittelpunkt stellen solle. Als Josef dann unser Haus verlassen hatte, machte mein Vater meiner Mutter eine Szene und sie für die Worte ihres Bruders verantwortlich. Ungehemmt ließ er seine Aggression an ihr ab, schrie herum und zerschlug einiges an Porzellan. Denn mein Vater war einfach nicht kritikfähig und nicht in der Lage, ein sachliches Gespräch zu führen.

Scheinbar hatte er sich nach seinem Leben im Schützengraben zu sehr in sich selbst vergraben.

Möglicherweise fühlte er sich von seinem Schwager nicht ernst genommen, weil dieser nicht, wie er, als Soldat im Krieg gedient hatte.

Vielleicht glaubte mein Vater auch, seine Erkrankung nicht öffentlich machen zu können, weil er in der damaligen Zeit aufgrund einer psychischen Erkrankung fürchtete für verrückt erklärt und somit ausgegrenzt zu werden.

Unabhängig davon hatten viele Menschen in unserem Dorf noch immer die Denkweise inne, Behinderte haben keine wirkliche Berechtigung zum Leben. Deswegen fürchtete mein Vater, dass ihn viele, die von seiner psychische Belastung erfahren könnten, ihm den Rücken gekehrt und somit auch nicht mehr sein Geschäft aufgesucht hätten. Dies aber konnte und wollte er nicht zulassen. Dazu war sein Überlebenswille, trotz Traumatisierung und Depressionen, zu stark.

Erschwerend kommt hinzu, dass während der NS-Zeit im Zuge der Euthanasie in der ehemaligen Landesheil- und Pflegeanstalt Hadamar, die nur wenige Kilometer von meinem Elternhaus entfernt lag, Menschen vergast wurden, weil sie geistig behindert oder psychisch erkrankt waren.

So möchte ich an dieser Stelle bemerken: Antisemitismus, der in Deutschland wieder aufkeimt und Juden Angst haben auf die Straße zu gehen oder eine Auswanderung aus Deutschland in Erwägung ziehen, ist mehr als ein Skandal, dem mit aller Konsequenz und Härte begegnet werden sollte. War es doch gerade das deutsche Nazi Regime, welches so viel Tod und Leid über das jüdische Volk gebracht hat. Unfassbar, dass es Menschen gibt, die den Holocaust leugnen!

Nach all den Schrecken dieses furchtbaren Krieges hatte mein Vater offensichtlich jeglichen Zugang zu einer Höheren Macht verloren. Einen liebenden Gott, der nach den Berichten der Evangelien jeden bedingungslos liebt und niemanden ausgrenzt.

Doch dazu hätte es für all die Toten, Verletzten und Angehörigen viel mehr Seelsorge in der Zeit des Krieges gebraucht. Ich denke, es war ihm wahrscheinlich kein liebendes Gottesbild bewusst, weil er sich, wie so viele andere auch, nicht schlüssig erklären konnte, warum eine liebende Macht so Entsetzliches zulässt. Er konnte und wollte nicht daran glauben, dass Gott trotz allem anwesend sein könnte.

Ein liebender Gott, der weder Angst macht, noch straft oder Kriege anzettelt – der die unbedingte Willensfreiheit jedes einzelnen Menschen achtet – auch wenn dann genau aus dieser Freiheit des Eigenwillens Böses dabei herauskommt.

Letztlich war es nicht verwunderlich, dass sich mein Vater aufgrund all der Umstände mehr in sich selbst zurückzog, in seinem Leben keinen tieferen Sinn mehr erkannte und bei seinen Kunden eine Maske aufsetzte, hinter der er seine wahren Gefühle und Erinnerungen verbarg. Unfähig zur Aufarbeitung wird ihn das viel Kraft gekostet haben. Das damalige Nazi Regime sprach einerseits psychisch erkrankten Menschen ihr Lebensrecht ab, sorgte aber gleichzeitig dafür, dass die Soldaten durch den Krieg psychisch deformiert, traumatisiert und verstört nach Hause zurückkehrten. Traumatisierte Soldaten, die dann nicht die Hilfe erhielten, die sie für ihre Wiederherstellung gebraucht hätten! Was für ein verlogener Widerspruch!

Da es aber mein Vater, wie es meine Mutter später auszudrücken pflegte, *„mit den Nerven hatte"*, war auch dies ein Anlass, warum meine Mutter mich öfter auf meinem Zimmer aufsuchte, um sich bei mir auszuweinen. Sie fühlte sich überfordert, verunsichert und verängstigt.

Hin und wieder sagte sie mir dann noch, dass sie sich wünsche, unter der Erde und somit tot zu sein. Eine Aussage, die mich Knaben sehr bedrückte und mich sprachlos machte, auch wenn ich mich ein wenig an ihre Todessehnsucht zu gewöhnen schien.

Einmal kam die Kritik, ich würde in meinem Zimmer immer nur in eine Ecke starren, wenn sie mit mir spräche. Ist das verwunderlich, wenn ich als Kind – in diesen Situationen emotional missachtet – versucht habe, der Überforderung meinerseits zu entgehen? Natürlich wollte ich diesen Tadel nicht hören, konnte ich mich doch nicht gesund abgrenzen.

Wie wertvoll wäre es doch da gewesen, wenn meine Mutter einer Tätigkeit außerhalb des Hauses hätte nachgehen können, um etwas mehr Abstand zu meinem Vater zu finden. So aber ließ sie ihren Ehemann über ihr ganzes Leben bestimmen. Sie tat alles was er ihr befahl und war weit von einer gesunden Selbstfürsorge entfernt, den Freiraum einzufordern, den sie unbedingt gebraucht hätte.

Sie aber trat nie selbstbewusst vor ihm auf und gab ihm nie eine Widerrede, Ihr devotes Verhalten prägte mich und wurde zu einem Vorbild. Jedenfalls wundert es mich nicht, dass wir Geschwister unsere Mutter als Opfer ansahen und sie in Gesprächen über sie die „arme Mama" nannten.

Diese unsinnigen Weglaufgeschichten, die sie mit uns gelegentlich startete, blieben ein verzweifelter Versuch, ihrem äußeren und innerem Martyrium zu entgehen. Nur: Wohin hätte sie fliehen können?

Bei ihrer Mutter war kein Platz für uns und ansonsten kannte sie auch niemanden, der uns eine Unterkunft hätte anbieten können. Zudem lebten wir in einer Zeit, in der Frauen noch mit einem verächtlichen Blick betrachtet wurden, wenn sie sich vom Ehemann trennten oder gar scheiden ließen. Ehefrauen, die oftmals der blanken Willkür ihrer (gewalttätigen) Männer ausgesetzt waren.

Zudem waren die Frauen in den 1960 und 1970 er Jahren alles andere als gleichberechtigt, sodass ihre Männer bestimmten ob sie einen Führerschein machen, arbeiten gehen oder ein eigenes Bankkonto führen dürfen. Sicher gab es auch – zu allen Zeiten – couragierte Frauen, die sich trotz allem nichts von ihren Männern vorschreiben ließen. Aber das fand hier, so wie ich es in meinem dörflichen Umfeld wahrnahm, nicht statt.

❦ ❦ ❦ ❦

Tatsache war, dass ich das wehrlose Verhalten meiner Mutter nachahmte, alles duldete und damit auch ausnutzbar für andere Menschen wurde. Ja, ich gab immer schön brav eine Antwort, wenn ich etwas gefragt wurde. Auch gegenüber Menschen, die ich nicht kannte und die meine persönlichen Verhältnisse eigentlich gar nichts angingen.

Ich funktionierte so, wie es mein Vater von mir erwartete. Vielleicht verbog ich mich auch innerlich für den tief verborgenen Wunsch, durch Anpassung endlich die Liebe und Zuneigung vom Vater zu erlangen, nach der ich mich so arg sehnte. Wie ein Untergegebener gegenüber einem Vorgesetzten verhielt ich mich.

Dieses von klein auf gelernte Verhalten stelle ich im Nachhinein in Frage: Hätte ich aufgrund meiner Prägung und meines Verhaltens nicht auch zu einem gehorsamen Mitläufer in einer autoritären Struktur werden können?

Aufgrund meiner Erfahrung schließe ich daraus, dass gerade Menschen mit einem geringen Selbstwertgefühl schnell ein Opfer von Verschwörungstheorien und rechtsradikalen Gruppen werden können. Erhalten sie doch dort in einer Gruppe scheinbar Anerkennung, mit dem sie sich wertgeschätzt und beachtet fühlen? Vordergründig bestimmt (solange sie „mitlaufen") – wie es mit der Anerkennung wirklich ist, weiß ich nicht.

Nicht zu unterschätzen: Solche „Systeme" haben grundsätzlich sehr einfache Antworten auf komplexe Fragen… und das macht sie attraktiv und unerkannt gefährlich. Ich halte es für ungemein wichtig, unsere Kinder zu einem selbstbewussten Verhalten zu ermutigen.

Mir jedenfalls zeigt es, wie wichtig ein selbstbestimmtes, respektvolles, und liebevolles Miteinander sowohl in der Familie, als auch im Kindergarten und in der Schule – und im gesellschaftlichen Kontext – ist.

❦ ❦ ❦ ❦

Mit dem Argument seiner Erkrankung durfte *ich* (nicht Monika) zu Diensten für seine Belange sein. In mir blieb das Gefühl, dass er aus seiner Erkrankung etwas Kapital schlug. Über uns Kinder wurde elterlich bestimmt – ob es uns gefiel oder nicht.

So kamen wir zwei beispielsweise für sechs lange Wochen als Verschickungskinder in ein sogenanntes Erholungsheim. Trotz der scheinbar neuen Freiheit empfand ich paradoxerweise die ungewollte Trennung als bedrückend und fühlte mich unsäglich verloren und verraten.

Auch dort war nicht der Raum, über meine Gefühle noch über meine Wünsche zu sprechen. Ich nahm einfach alles hin und ging dadurch aber auch sehr hart mit mir selbst um, weil ich meine eigenen, wirklichen Bedürfnisse unter den Teppich kehrte. So kam es, dass ich mich auch das erste Mal gegenüber meiner Schwester als entfremdet empfand, obwohl sie doch diejenige war, mit der ich mich in dieser Zeit nach wie vor verbunden fühlte. Ich fühlte mich in diesem Heim einsam und leer, sodass sich meine Stimmung zusehends verschlechterte.

Ansonsten erlebte ich zu meiner Überraschung bei den Jungens bezüglich meiner auffällig muskulären Erscheinung Anerkennung und sogar etwas Bewunderung. Mir half das nicht wirklich, fühlte ich mich im Grunde traurig, abgeschoben und ausgegrenzt. Ich wollte einfach nicht in dieses Heim und deswegen konnte ich dort auch keine richtige Freude empfinden.

Während dieser sechs Wochen sah ich Monika, nachdem wir in Gruppen von Jungen und Mädchen aufgeteilt wurden – bis auf die Mahlzeiten, die (Jungen und Mädchen saßen getrennt) gemeinsam in einem großen Speisesaal eingenommen wurden – kein einziges Mal.

Während ich damals schon kein Problem mit dem Essen hatte – im Sinne von: ich aß immer gern, was man mir vorsetzte, sah das bei Monika (und manchen anderen Kindern) anders aus.

Es ging schon damit los, dass übrig gebliebener Proviant, der von den Kindern auf der Hinfahrt ins Heim mitgebracht wurde, dort schlussendlich auch restlos aufgegessen werden musste

Auf etwaige Lebensmittelunverträglichkeiten (die zu dieser Zeit noch kaum ein Thema waren) oder eine Abneigung gegenüber bestimmter Lebensmittel wurde keine Rücksicht genommen.

Eine Situation ist mir unvergesslich geblieben: Monika, die sich vor Milch, (die im geronnenen oder erhitzten und „häutchenbildenden" Zustand) dann auch mal eine schleimige Konsistenz hatte, ekelte, verweigerte bei einer Mahlzeit ein solches Milchprodukt. Die Aufsichtsperson, die an diesem Tag Tischdienst hatte, nötigte sie gnadenlos zum Essen. Monika würgte das ihr Zuwidere unter Tränen herunter und erbrach es wieder. Die Strafe für ihren „Ungehorsam": Man steckte ihr das Erbrochene wieder in den Mund! Unglaublich, wie respektlos und despotisch man mit uns Kindern in den 60er Jahren umgegangen war!

Unabhängig davon, dass Telefonate nach Hause nicht stattfanden und Briefe gelesen und zensiert wurden, kam ich erst gar nicht auf die Idee meine Eltern zu Hause anzurufen – ich hätte nicht gewusst, worüber ich mit ihnen reden sollte. Ihnen das mitzuteilen, was sie von mir erwarteten zu hören? Wie schön es doch hier sei und wie froh ich zu sein hätte, dort zu sein? Nein, auf diesen Gedanken kam ich gewiss nicht, nachdem ich mir so verloren vorkam und genau wusste, dass man über Bedürfnisse oder Befindlichkeiten zu Hause ohnehin nicht sprach. Mein Vater fand keine Worte für seine Gefühle und musste mit Taten antworten.

Erinnern aber kann ich mich noch daran, wie ich nach einer Bergwanderung sehr viel Kuchen aß. Das fühlte sich warm, weich und geborgen an. Was immer ich da schon auszugleichen versuchte…

Als ich nach dem Aufenthalt wieder nach Hause kam, fühlte ich mich verändert und selbst gegenüber meinen alten Freunden etwas fremd. Dann aber heiterte sich meine Stimmung passend zu einem schönen Frühlingstag etwas auf.

Bei einem schulischen Wettbewerb mit Rechtschreibfragen hatte ich zu meiner Überraschung den zweiten Platz belegt und ein Kofferradio gewonnen! Ein Ereignis, das mich „stolz wie Oskar" machte und solch ein Erfolg nach einer langen Zeit wieder einmal so richtig froh stimmte! Doch diese Freude hielt nicht lange an. Denn kaum hielt ich das Radio in meinen Händen, nahm es mir mein Vater ab und legte es in seinem Auto demonstrativ vor meinen Augen auf die Ablage oberhalb des Lenkrades. So konnte ich täglich sehen, wo er mein Kofferradio aufbewahrte.

Ich verstehe bis heute die Beweggründe nicht, warum er mir dieses Radio weggenommen hat – mich zu demütigen, sich zu bereichern? Jedenfalls habe ich mich nie getraut, ihn danach zu fragen und es stillschweigend ertragen..

Und obwohl mich dies lange Zeit bedrückte, vermochte ich auch darüber nicht zu sprechen oder gar Wut zu empfinden. Ja, ich hatte mich bis dahin von all seiner Kälte und seinem Druck zu einer Marionette machen lassen.

So fraß ich, wie es auch meine Mutter tat, alles in mich hinein und fühlte mich in meinem Körper steif und müde – auch von den übermäßigen Zuckerprodukten, die mir einen gewissen Trost spendeten.

❦ ❦ ❦ ❦

Wie gut war es da, dass ich mich damals mit Horst, einem gleichaltrigen Jungen anfreunden konnte. Obwohl dessen Vater nicht als Soldat im Krieg war, nahm er sich einige Zeit später in einem psychiatrischen Krankenhaus das Leben. Er hatte so sehr an seinen Depressionen gelitten und keine andere Lösung gefunden, als aus dem Fenster zu springen.

Zuvor hatte Horst seinen Vater bereits schon einmal blutüberströmt nach einem gescheiterten Selbstmordversuch im Keller gefunden.

Ein Albtraum, den er verständlicherweise nie ganz vergessen konnte und der ihm aufzeigte, wie sehr sein Vater unter der Ablehnung der Mitbürger in unserem Dorf gelitten hatte.

Wurde ihm doch nach einem Arbeitsunfall, der ihn nach einem lebensgefährlichen Stromschlag bereits mit dreißig Jahren arbeitsunfähig machte, nachgesagt, er sei zu faul zum Arbeiten. Und damit fühlte er sich offensichtlich von der Gesellschaft ausgegrenzt. Auch hier bestätigt sich, welche Sprengkraft ein traumatisiertes Kollektiv entwickeln kann!

Einmal, noch vor dem Tod seines Vaters, hatte ich Horst zu Hause besucht und während ich im Esszimmer auf ihn wartete, wollte mich die Grabesschwere der mich umgebenen Atmosphäre schier erdrücken.

Ich war heilfroh, als er sobald als möglich vom Tisch aufstand und dann gemeinsam mit mir den Raum verließ. Mich jedenfalls wunderte es bis heute nicht, dass eine Schwester von ihm zur Alkoholikerin wurde, ein Bruder stotterte und selbst Horst (auch nach einem wiederholten Selbstmordversuch) über eine sehr lange Zeit therapeutische Hilfe in Anspruch genommen hatte

Bemerkenswert und entlastend war, dass ich mit ihm nicht nur über unsere traumatisierten Väter, sondern auch über die damalige Rockmusik austauschen konnte

Ja, wir erlebten gleichsam eine Schicksalsgemeinschaft, in der wir uns auch über unsere Interessen verbunden fühlten.

Und als wir uns bereits über eine längere Zeit kennengelernt hatten und einander vertrauten, kamen wir auf die verrückte Idee, gemeinsam von zu Hause abzuhauen.

Allerdings drehten wir bei der Umsetzung unseres Planes bei aufkommender Dunkelheit mit unseren Fahrrädern wieder um, weil wir Angst bekamen, die Orientierung zu verlieren.

Ein Lichtblick, den es damals in meinem Leben gab, war wie bereits erwähnt, meine liebe Großmutter Maria. Trotz so manchem schweren Schicksalsschlags machte sie nie einen verbitterten Eindruck auf mich. Und dies, obwohl sie ja, schon so früh zwei ihrer Söhne – den zehnjährigen Norbert und einen weiteren Sohn, meinen Patenonkel Josef im Alter von nur fünfzig Jahren durch einen plötzlichen Herzinfarkt verloren hatte. Noch heute sehe ich das Foto von ihrem geliebten kleinen Norbert auf ihrem Nachtschränkchen stehen. Auf dem Foto wirkte der Bub so unschuldig und friedlich zugleich auf mich.

Auch hatte Oma Maria viele Jahre vergeblich auf ihren durch den Krieg vermissten Ehemann gewartet, der nach dem Bericht meiner Mutter ein sehr liebevoller Vater gewesen sei und an den freien Sonntagen gerne mit ihnen spielte.

Ich glaube, meine Großeltern hätten eine wunderbare Ehe gelebt, getragen von Zuneigung und Respekt. Das bezeugt ein Brief, den Helmut 1927 an seine geliebte Maria schrieb:

Meine liebe Maria!

Fast weiß ich mich nicht auszudrücken über deinen lieben Brief der Freude, die mein Herz höher schlagen lässt. Vernimm nun auch von Deinem lieben Helmut die herzlichsten Grüße. Es geht mir wieder ganz gut. Was ich auch gleichfalls von dir hoffe. Jetzt Maria habe ich dein liebes Herz wieder einmal sprechen gehört, nachdem ich mich so lange gesehnt. Auch mich trägt mein ganzes Gefühl..

Liebe Maria! Ich verzeihe dir, wenn du dich schuldig findest, nicht als Richter mein aus übervollem liebenden Herzen, der von Anfang an uns beseelt und geleitet hat. Ich habe ja auch Fehler. Vergib und verzeih's.

Meine liebe Maria! Sonntag ging vorüber, und der Montag auch bald. Es ist so ein sehnsüchtiges Gefühl in mir wach, dass mein Herz jetzt doppelt höher schlägt. O könnt ich dich doch nur einmal umschlingen. Doch das Gefühl scheint mir zuzustehen. Ja die Liebe, sie macht glücklich, sie macht froh. So singen wir. So möge es auch in unseren Herzen sein.

Deine, Meine ewig nie erlöschende Liebe.

Lieber Schatz! Deine Herzenswünsche sind mit den meinen unzertrennbar. Sie werden und müssen unser Glück besiegeln. So wollen wir, in mit Liebe Freud und Leid uns gegenseitig unterstützen. Nicht wahr Maria?

Was kann es Schöneres geben Maria, du sollst mein Führer und meine Weggetreue sein. Möge dich nun diese Liebe leiten und führen, solange unsere Herzen schlagen. Fast hätte ich das andere vergessen. Was macht Tante? Hoffentlich wieder besser. Habe das anderen mit den Schuhen besorgt. Oma sagte, der Zettel von den Schuhen hätte darin gelegen.

Sonst alles beim Alten liebe Maria. Die Nacht rückt vor und die Augen leider werden schwer. Sandmännchen kommt geschlichen. Oder gut Abend, gut Nacht mit Rosen. (Lied).

So spielt ich, nachdem ich deinen herzlichen Gruß gelesen. Die Hand hat gezittert, das Aug es wollte?

Lass dir aber kein schlimmes Heimweh bekommen, denn bald wird der Trennungsschmerz geheilt.

Nun sei am Ende meiner Gedanken noch einmal recht herzlich gegrüßt von deinem dich ewig liebenden Helmut

Grüße von allen, D.., den 14.3.1927

❦ ❦ ❦ ❦

Die liebe Marianne sagte im Nachhinein, mein Großvater sei – trotz der schlechten Zeiten (sie bezog das u.a. auf den Ersten Weltkrieg) und persönlicher Belastung – ein ganz besonders liebevoller Mensch gewesen.

Offensichtlich war mein Großvater ein Mensch mit einer hohen Resilienz und starker, psychischer Struktur. Leider habe ich ihn aufgrund des Krieges nie kennengelernt. Was der Krieg doch so alles zerstört.

Helmut wurde wohl recht spät zum Volkssturm eingezogen, um vor Ende des Hitlerreiches in Kystrin an der Ostfront die Heimat gegen russische Angriffe zu verteidigen. In dieser Zeit soll er bereits Mitte 40 Jahre alt gewesen sein. Sohn Norbert war in dieser Zeit bereits schwer krank. In dieser Zeit hätte meine Großmutter sehr viel geweint, wie mir berichtet wurde.

Vor dem Krieg war Opa Helmut einer sehr kräftezehrenden Arbeit nachgegangen, hatte im gleichen Ort in einem Steinbruch gearbeitet, in dem die Steine noch mit der Hand gespalten wurden. So wie wir, hatte auch er Tiere aus seiner kleinen Landwirtschaft zu versorgen.

Vor Kriegsende erhielt meine Großmutter noch einmal einen Brief von ihm von der Ostfront

Meine liebe Frau!

Aus dem neuen Standort der Ostfront sende ich dir die herzlichsten Grüße. Bin noch gesund, welches ich von dir und unseren Lieben annehme. Die Karten wirst du wohl inzwischen von mir erhalten haben vor der Abreise von Hildesheim von Berlin – Pankow und von hier. Soweit hats noch gut gegangen.

Liege noch hinter der Front, obwohl nicht allzu weit davon. Es wird schwer gebumst. Haben bis jetzt Glück gehabt und hoffen, dass es uns nicht verlässt. Viel weiß man ja nicht zu schreiben, denn man hat ja keine Nachricht von euch und wann solche eintrifft. Wer weiß es. Das Einzige, was man hier vermisst und wonach man sich sehnt, ist die Heimat. Bei dir und den Kleinen immer wieder mal richtig leben und schlafen zu können. Man liegt hier auf Stroh in einer Bauernstube. Habe immer das Bett geschätzt – was gäbe man darum, wieder einmal in einem Bett zu schlafen. Es geht auch einmal vorüber muss man denken.

Wolle dasselbe noch einmal willig auf uns nehmen, in der Hoffnung das wir uns am Ende dieses Ringens gesund erhalten wieder alle zusammenfinden. Die Tage und Wochen fliegen richtig dahin . Bloß fragt man sich manchmal, was für ein Tag es denn heute ist. Sonntag gibt's bald nicht mehr, für uns nicht. Möge bald wieder auch der Sonntag erstehen.

An Ilse ihren Geburtstag habe ich auch gedacht mit allem, was vor 15 Jahren war, ja man vergisst es so leicht nicht. Inzwischen ist sie 15 Jahre geworden. Wünsche ihr Gesundheit, Glück und alles was ihr nicht schadet.

Was machen denn die zwei, Josef und Norbert? Möchte mal wieder von euch allen Post erhalten. Denke doch nicht, dass eins wieder im Krankenhaus liegt. Was gibt's sonst Neues? Was machen die Bekannten Ernst und Gerda, Oma, Ulla und die anderen all? Was macht mein Papa, Mutter und Geschwister ? Sind doch wohl nicht alle beim Volkssturm? Wird wohl auch heißen, das Vaterland braucht Männer.

Heute da ich diesen Brief schreibe, sind die Frauen und Mädchen aufgerufen worden. Urlaub gibt's keinen bis der Krieg aus ist. Hoffentlich dauerts keine Jahre mehr. Mach dir so keine großen Sorgen um mich. Betet für ein baldiges Ende des Krieges und Schirm und Schutz für deine Mama und Papa zum frohen Wiedersehen.

Dies sei mein und euer beschriebenes Gebet. Ich schließe diesen Brief mit guter Gesundheit, hoffe dass er euch auch so antrifft. Sei nun sehr herzlich geküsst von deinem lieben Mann Josef. Dasselbe auch für unsere Kinder von ihrem Papa.

Diesen Brief habe ich auf den Knien geschrieben, es ging nicht anders.

Nochmals dein Mann Helmut auf ein frohes Wiedersehen.

Nachdem er aber nicht mehr aus dem Krieg zurückkehrte, musste meine Großmutter ihn dann irgendwann für tot erklären lassen, weil dies die Voraussetzung war, um eine Witwenrente beantragen zu können. Das war ihr ungemein schwer gefallen, weil sie immer noch gehofft hatte, Helmut käme vielleicht doch noch nach Hause zurück. Letztlich aber stellte sie den Antrag, weil sie auf die finanzielle Hilfe angewiesen war.

Später fiel Oma Marias Bruder Heiner, der als Dach-decker im Dorf sehr beliebt war, bei einem Arbeitseinsatz vom Dach und starb an seinen Verletzungen.

Doch trotz aller schmerzlichen Verluste in ihrem Leben, erschien mir meine Großmutter stets als ver-ständnisvolle, verlässliche und gutmütige, ja herzens-gute Frau, die auch täglich für uns und auch mit uns betete. Sie war es, die mir stets die Tür offen hielt und mir auch den Haustürschlüssel hinterlegte, falls ich es zu Hause mit meinem Vater nicht mehr aushielt und zu ihr floh.

Meine Großmutter erinnerte mich nicht nur mit ihrem Namen an Maria, die Mutter Jesu, sondern sie strahlte auch diese gläubige und geduldige Liebe aus.

Eines Tages sagte sie einmal mit einem traurigen Blick zu mir, sie hätte ihre Ilse nie zu meinem Vater gehen lassen dürfen. Sie machte sich im Nachhinein Vorwürfe, obwohl sie nicht ahnen konnte, dass mein Vater sich erst nach ihrer Hochzeit krank und verändert zeigte. Offensichtlich hatte mein Vater meiner Mutter vor der Hochzeit ein anderes Bild von sich gezeigt und ihr was vorgemacht. Ich vermute, er hatte (durchaus berechtigte) Sorgen, eine solch hübsche und nette Frau würde keinen psychisch kranken Mann heiraten, wenn er ihr zu früh sein wahres Gesicht zeige.

Die Störungen, die bei meinem Vater schon vor-handen waren, hatten sich mit der traumatisierenden Kriegsneurose verschlechtert. Psychisch krank zu sein bedeutete damals den Ausschluss aus der Gesellschaft.

Und wie tröstlich war es für meine Oma Maria, dass sie trotz aller schmerzlichen Verlusten die sie im Leben erlebte, Halt und Zuversicht in ihrem Glauben fand. Ja, sie glaubte fest daran, ihre geliebten verstorbenen Angehörigen seien im Himmel und sie werde diese irgendwann wiedersehen.

Das einzige was mich damals an ihr störte – weil ich es nicht besser wusste – , war die Tatsache, dass sie immer wieder betonte, ich solle meinen Vater in Ruhe lassen. Damals hätte ich mir etwas mehr Verständnis und Rückenstärkung für meine Situation von ihr gewünscht.

Heute aber denke ich, sie spürte zu Recht, es könne etwas Tragisches geschehen, wenn sie bei mir Stimmung gegen meinen unberechenbaren Vater mache – weil der Rest der Familie sozusagen mit ihm als eine tickende Zeitbombe auf einem Pulverfass saß.

Oma Maria ahnte, die dauernde Belastung in meiner Seele könnte sich einmal als loderndes Feuer wie bei einem Vulkanausbruch entladen. Die Belastung, die Unruhe, die Unnahbarkeit und Angespanntheit meines Vaters waren auch für sie deutlich zu spüren, wenn sie zu Besuch kam.

❦ ❦ ❦ ❦

Mich belastete die Nicht-Beziehung zu meinem Vater so sehr, dass ich mich einmal in meiner inneren Not in einer Diskothek maßlos betrank und am Ende weinend an der Theke saß. Am nächsten Tag aber, als ich wieder nüchtern war und die Diskothek erneut aufsuchte, schämte ich mich so sehr für mein Verhalten, dass ich mich gegenüber meinen Mitmenschen zurück zog. Auch weil ich in meiner Seele die Aussage verinnerlicht hatte, ein echter Mann weine nicht.

Da aber die unterdrückte Wut in mir bestehen blieb, kam es dann eines Tages doch dazu, dass ich mich aufgrund einer Provokation meines Vaters körperlich im Affekt gegen ihn wehrte.

Und dabei rang ich solange mit ihm, bis ich mit ihm auf dem Boden liegend oben auf ihm lag. Eine für mich traumatisierende Erfahrung! Kreidebleich stand ich auf und zog mich zurück.

Er sprach tagelang nicht mehr mit mir. Und letztlich war es dann auch seine Sprachlosigkeit, die mir starke Schuldgefühle bescherte und mir ein Gefühl von Ohnmacht verlieh. Ja, ich hatte den Eindruck mich nicht wehren zu dürfen, obwohl ich an der Grenze meiner Belastungsfähigkeit angelangt war. Und wie gut war es da, dass es da dennoch eine Sperre in mir gab, die mich trotz all der angestauten Wut davor bewahrte, so auf ihn einzuschlagen, dass es möglicherweise tödlich ausgegangen wäre!

Empfand ich ihn doch mittlerweile wie einen dauerhaft quälenden Geist, den ich kaum noch ertragen konnte. Letztlich wurden durch sein Schweigen nach unserem Kampf meine Schuldgefühle so groß, dass ich mich absolut hilflos fühlte. Ganz so, als hätte ich ein

Verbrechen begangen, das nun niemals mehr wieder gut zu machen sei.

Als „Bediensteter" (der gut genug war, mit ihm Bäume auszugraben und dreißig Zentner Briketts aufzusetzen) behandelt und als Sohn nie wahrgenommen, wartete ich vergeblich auf eine versöhnende Geste von ihm.

Ich sah es damals nicht, dass auch ich mich mit meinem Verhalten ins Unrecht gesetzt hatte. Als der innere Druck immer größer wurde, ging ich irgendwann auf ihn zu und suchte die Versöhnung. Mir erschien es unmöglich, in dieser Missachtung weiter mit ihm zusammenleben zu können. Wie sehr sehnte ich mich nach einem ermutigenden Wort, einer liebevollen Geste und einer väterlichen Zuwendung von ihm!

Aus Sicht meines Vaters war ich für meine Attacke gegen ihn ganz alleine verantwortlich – er wähnte sich als reines Opfer meiner Gewalt und hatte damit überhaupt nichts zu tun….

Ein Kampf, der vielleicht schon viel früher zustande gekommen wäre, hätte sich meine Mutter nicht schon einmal mit all ihrer Verzweiflung zwischen uns gestellt.

Nach dieser körperlichen Auseinandersetzung mit meinem Vater fühlte ich mich so unsagbar erschöpft, dass ich nur noch schlafen wollte. Wie entlastend war es da, zu meiner Großmutter zu fahren und auch einmal dort übernachten und aufatmen zu können.

Wenn ich dann den Kontakt mit meinem Vater vermied, meine Oma Maria aufsuchte und dann bei ihr auf dem Sofa lag, sagte sie: *„immer müde Herr Doktor, nur wenn ich im Bett liege, dann geht's…"*.

Ihre humorvolle Bemerkung fühlte sich für mich ambivalent an. Wollte sie scherzen? Wollte sie mich für meine Erschöpfung tadeln und interpretierte sie diese als Faulheit? Wollte sie mich zum Nachdenken anregen? Konnte sie wahrnehmen, wie es mir im Umgang mit meinem Vater wirklich ging? So zog ich es vor, wenig bis gar nichts auf ihre Aussage zu erwidern oder gar eine Diskussion vom Zaun zu brechen.

Schlussendlich war sie es, die mich immer so annahm wie ich war und mich bei der Begrüßung auch warmherzig und mit Freude umarmte.

Ja, sie zeigte mir eine Zuneigung, wie ich sie von meinen Eltern nicht kannte. Und dann gab sie mir auch noch zu verstehen, wie sehr sie sich über meinen Besuch freue – was mich wiederum berührte und besänftigte. Jemand, der mich, mich meinte – nicht meinen Nutzen.

Ich betrachte sie im Nachhinein wie einen irdischen Engel, der mir gerade in dieser Zeit so hilfreich beistand. Dennoch kam ich mir bei meinem Besuch bei ihr auch etwas wie ein Eindringling vor, weil die Familie von Josef im Erdgeschoss des Hauses wohnte und Gerda, seine Frau, mich mit einem immer mürrischen und skeptischen Blick ansah. Ich glaube, sie mochte mich nicht sonderlich.

Unsere Familiensituation war ihnen wohl bekannt. So kam ich mir Gerda gegenüber wie ein Mensch zweiter Klasse vor. Wie jemand, mit dem etwas nicht stimmt, während in dieser Familie – zumindest äußerlich – alles in Ordnung zu sein schien.

Auch hier herrschte das unausgesprochene „Familien-gesetz": *Es ist nicht, was nicht sein darf…*

Streit, Ablehnung oder Unterdrückung schien es in dieser „perfekten" Familie nicht zu geben. Jedenfalls kann ich mich an ein Lächeln von Gerda beim Öffnen der Tür nicht erinnern. Geschweige denn, sie hätte mich einmal nach meinem Befinden gefragt, wie es mir gehe. Sie zeigte mir keinerlei Anteilnahme.

Dahingegen fühlte ich mich von meiner Großmutter geachtet und angenommen, besonders dann, wenn sie mich beauftragte, beim Bäcker Kuchen zu holen, um gemeinsam mit ihr Kaffee zu trinken. Ein Ritual, das ich im Übrigen bis heute beibehalten habe.

Trank ich mit meiner Großmutter Kaffee, dann spürte ich einen süßlich feinen Geschmack auf meiner Zunge, auf den ich mich schon auf dem Weg zu ihr freute und den ich bis heute zu schätzen weiß.

Als Oma Maria dann über 70 Jahre alt war, litt sie aufgrund ihrer körperlichen Beschwerden und ihrer zunehmenden Schlaflosigkeit mehr und mehr unter Einsamkeit, zumal sie sich von ihrer Schwiegertochter auch nicht angenommen fühlte.

Aber vielleicht war meine Tante Gerda auch etwas eifersüchtig auf meine Großmutter, weil sie ein gutes Verhältnis zu Josef hatte. Saß meine Großmutter aufgrund ihres fortgeschrittenen Alters dann häufiger gemeinsam mit ihm, Gerda und ihren drei Kindern an einem Tisch, dann kam sie mir etwas verloren vor. Ja, dann wirkte sie wie das fünfte Rad am Wagen auf mich, das sich nicht wirklich zugehörig fühlte. Gleichzeitig verhielt sie sich aus meiner Sicht sehr klug, weil sie sich nicht in die Beziehung zwischen ihrem Sohn und ihrer Schwiegertochter einmischte.

Ich hörte sie nie über Menschen klagen oder schlecht über andere reden. Allerdings hätte sie aus meiner Sicht meinem Vater durchaus mal ihre Meinung sagen können. Vielleicht befürchtete sie, dass dann auch der Kontakt zu meiner Mutter abgebrochen wäre. Und das wollte sie auf keinen Fall, zumal sie sich für deren Hochzeit mit meinem Vater mit verantwortlich fühlte.

Also ging sie möglichst einfühlsam mit meinem Vater um und versuchte das Beste aus allem zu machen. Und wahrscheinlich war ihr auch bewusst, dass es Menschen gibt, die zu keiner Selbstkritik fähig waren, sich bei jeder noch so kleinen Anmerkung gleich persönlich bedroht fühlen und sich dann grundsätzlich zurückziehen und nicht mehr „erreichbar" sind.

Kein Mensch ist frei von Fehlern und jeder benötigt ein Feedback, um sich mit dem unerwünschten Verhalten des anderen auseinanderzusetzen. Ja, viele Menschen haben auch nicht den Mut, ihre Schattenseiten anzusehen, weil sie sich überschätzen und glauben stärker zu sein, als sie es in Wirklichkeit sind.

❦ ❦ ❦ ❦

Einmal wartete ich unten bei Onkel Josef auf meine Großmutter, da sie noch nicht mit dem Essenkochen fertig war. Ich fühlte mich in seiner Umgebung genauso angespannt, wie ich es in meinem Elternhaus am Tisch empfand. Dann ging ich davon aus, dass sie meinen Vater als asozial ansahen, gleichzeitig aber nichts über seine Traumatisierung wussten. Aus ihrer Sicht war er halt komisch, doch warum er so war wie er war, das hinterfragte niemand. Ihr schwarz-weiß Denken jedenfalls trug nicht dazu bei, dass es etwas Annäherung zwischen der Familie meines Paten und meiner Familie gegeben hätte. Es gab keine Aussprache, kein sich Mitteilen. So wäre vielleicht verhindert worden, dass ein Mensch sein ganzes Umfeld willkürlich beherrscht.

Bemerkenswert fand ich bei meiner Großmutter, dass sie noch in hohem Alter ehrenamtlich eine Kirchenzeitung austrug und Frauen ihres Alters zum Kaffee einlud. Etwas, das ich bei uns zu Hause nicht kennengelernt hatte und sicherlich auch in meinem Elternhaus das allgemeines Gemeinschaftsgefühl positiv beeinflusst hätte. Hätte, hätte…Fahrradkette.

Meine Großmutter Maria lud immer Menschen ein, die nett und vertrauenswürdig auf mich wirkten, sodass auch ich mich in deren Nähe wohl fühlte.

Wie ich von meiner Mutter erfuhr, gab es auch eine Kehrseite in der täglichen Gelassenheit meiner Oma. Sie nahm für die Nacht starke Schlaftabletten ein.

Waren sie aber verschwunden, weil ihre Schwiegertochter der Meinung war, dass die Dosis zu hoch sei und sie die Pillen offensichtlich wegnahm, dann suchte Maria verzweifelt nach ihren Tabletten und durchwühlte vergeblich ihre Schränke. Für mich unbegreiflich, da sie in meiner Wahrnehmung ihren Alltag stets so ruhig und gelassen meisterte.

Doch wie es ihr in der Nacht erging, konnte ich natürlich nicht wissen. Ich, der ich als Kind in den Ferien neben ihr schlief und dabei auf ein Ölbild schaute, auf dem ein schützender Engel mit einem Schwert zu sehen war. Ein Bild, das mich beruhigte, mir Hoffnung verlieh und mich im Glauben an das Gute stärkte.

Ja, ich fühlte mich bei ihr so geborgen, sodass ich mich gar darüber freute, wenn Josef morgens in aller Frühe mit seinem Auto das Haus verließ und ich mit ihr alleine sein konnte. In ihrer Nähe fand ich zu einer inneren Ruhe, wie ich sie sonst nicht kannte.

Wenn ich bei Oma Maria weilte, begann ich aus mir unverständlichen Gründen immer wieder zu frieren. Oft brachte sie mir dann eine zusätzliche Decke, um mich zu wärmen. Ich denke, es war die seelische Reaktion auf die permanent unterkühlte Stimmung im eigenen Elternhaus, die sich, in der Wärme der zwischenmenschlichen Beziehung zeigte.

Ich hatte mich zu sehr an dieses innere Gefängnis in meinem Elternhaus gewöhnt und fühlte mich aufgrund meiner Abhängigkeit nicht mehr in der Lage, eine erstrebenswerte Perspektive in meinem Leben zu erkennen.

Die Gefangenschaft, die mein Vater real im Krieg erlebte hatte, hatte sich auf der psychischen Ebene auf mich übertragen.

Obwohl mein Vater nicht wirklich krankheitseinsichtig war, suchte er doch einmal ein psychiatrisches Krankenhaus auf. Der behandelte Arzt empfahl meiner Mutter: *„Lassen Sie ihren Mann in Ruhe. Er ist krank und hat es mit den Nerven!"* Mehr sagte er nach Angaben meiner Mutter nicht zu ihr. Das war nicht sehr hilfreich für sie, zumal dieser Arzt nicht wusste, wie mein Vater im Alltag mit meiner Mutter umging und wie sehr sie unter ihm litt. Und warum hatte er sie nicht in ein Gespräch mit meinem Vater mit einbezogen – auch sie hätte seelische Unterstützung gebraucht.

So aber blieb mein Vater auch weiterhin der Nabel der Welt, der sich verbat, ihn in irgendeiner Form zu kritisieren oder sich gegen ihn zu wehren, auch wenn er auftrat wie ein Tyrann. Und wie hätte er sich selbst in Frage stellen können, wenn ihn nicht einmal der behandelnde Arzt in einem Fachkrankenhaus auf den Umgang mit seinen Angehörigen ansprach?

Zu alledem war mir von Anfang klar, dass auch meine Schwester keinerlei Vertrauen zu unserem Vater hatte und ihn weitestgehendst mied. Außerdem blieb ihr die Art der Auseinandersetzung, die ich mit ihm erlebte, erspart.

Sie wurde nicht zu der anstrengenden, körperlichen Arbeit herangezogen. Außerdem konnte sie sich – im Gegensatz zu mir – verbal gegen ihn wehren. Vielleicht auch deswegen, weil sie nicht die unmittelbare Nähe zu ihm hatte, wie ich sie bei den gemeinsamen Arbeiten erlebte.

Da auch sie den eigenen Vater in jeglicher Hinsicht ablehnte, ging sie ihm aus dem Weg, wo sie konnte. Auch sie hatte keine gute Vater-Tochter-Beziehung zu ihm, was sich natürlich auch auf ihre späteren Beziehungen zu Männern auswirken sollte.

Besonders dramatisch war es, als sie die schreckliche Erfahrung einer Vergewaltigung machte – und es zu meinem Entsetzen niemandem mitteilte. Nachdem sie zu später Stunde mit blauen Flecken nach Hause kam, sah sie sich nicht in der Lage, außer mit mir, über dieses schreckliche Ereignis zu sprechen. In einer Zeit, in der man ohnehin nur hinter vorgehaltener Hand und einem gewissen Schamgefühl über das Thema Sexualität sprach und sexueller Missbrauch eher als Kavaliersdelikt betrachtet wurde. Der betroffenen Frau oder dem Mädchen wurde eher noch eine Mitschuld angelastet…

Als sie mir von dem Vorfall erzählte, stieg eine große Wut gegenüber dem Mann in mir auf, der ihr das angetan hatte. In dem Drang sie zu beschützen und auch ihre Ehre wieder herzustellen, nahm ich mir vor, dem Täter bei einer passenden Gelegenheit aufzulauern und zu bestrafen. Mir war in diesem Moment nicht bewusst, dass Selbstjustiz auch eine Straftat ist.

Mein Vorhaben misslang … glücklicherweise. Kurz darauf erfuhr ich von Bekannten im Dorf, dass er als Vorbestrafter mit einer kriminellen Vergangenheit stets ein Messer bei sich trug. Bei einem Kampf – ich wäre unbewaffnet gewesen – hätte ich mit tödlichen Verletzungen rechnen müssen.

Damals ließ ich mir vieles gefallen, aber das, was meiner Zwillingsschwester widerfahren war, weckte verborgene Kräfte in mir. Dennoch blieb ich, Gott-sei-Dank, trotz aller Wut, besonnen. Um die Vergewaltigung bei der Polizei anzuzeigen, hätten wir uns den Eltern anvertrauen müssen – und weder Monika noch ich fanden den Mut. Sie wollte es nicht und ich fühlte mich nicht stark genug dazu.

Wie wichtig wäre es hier gewesen, dass wir mit unsern Eltern darüber hätten sprechen und er demzufolge die Polizei hätte einschalten können! So gab es keine Konsequenzen für den Täter. Bei uns wurde alles verschwiegen, was es auch war. Selbst das… furchtbar!

❧ ❧ ❧ ❧

Weiterhin sorgte ich mich, meine Freunde könnten mich irgendwann mit skeptischem Blick anschauen, sollte ich ihnen beispielsweise in der Gaststätte von meiner familiären Situation erzählen. Niemand sprach über sein Elternhaus und jeder verhielt sich so, als sei zu Hause alles in bester Ordnung. Es war ein gesellschaftliches Tabu, Familiäres nach außen zu tragen.

Ein wahrer Freund war für mich damals Roger, dessen Vater ebenfalls im Krieg gedient hatte. Mit Roger konnten ich mich aufgrund dieser „Gemeinsamkeit" gut austauschen. Es herrschte immer noch die nachkriegszeitliche Binsenweisheit: *„was uns nicht tötet, das macht uns nur noch härter"*, was ausdrückt, dass wir alles, auch wenn es noch so belastend ist, ohne Wenn und Aber zu ertragen haben und es auch keinen Grund gibt, über Belastendes zu sprechen.

Aber zu welchem Preis? Eine Aussage, die auf mich unsinnig wirkt.

Auch wenn es damals noch kein Begriff für das gab, was mich niederdrückte, merkte meine Mutter irgendwann dann doch, wie schlecht es mir seelisch ging und suchte gemeinsam mit mir einen Psychologen auf, von dessen Beratung sie sich Hilfe erhoffte. Der wiederum gab ihr zu verstehen, dass sie mich ausziehen lassen solle. Aus seiner Sicht war ich ein Helfer, der mehr auf seinen Schultern trug, als ich in der Zeit meiner eigenen Entwicklung tragen konnte. Einerseits konnte ich ja meine Mutter nicht retten, andererseits konnte ich ihr aber auch keine Bitte ausschlagen, was wiederum dazu führte, dass ich mich innerlich zerrissen fühlte und nicht so recht in der Lage war, mich ganz von ihr zu distanzieren und mich mehr um mich selbst zu bekümmern. Ich saß – wie üblich – gewissermaßen zwischen den Stühlen und kam so keinen Schritt weiter.

Sowohl mein Vater, als auch meine Mutter beharrten beide in ihrer Opferrolle (er offensichtlich, sie subtil) und schrieben sich gegenseitig die Täterrolle zu. Mit dieser ehelichen Dynamik waren wir nicht nur als Kinder, sondern auch als Heranwachsende überfordert. Hatten wir auch nachts nicht die Nähe zu meinem Vater erlebt, wie sie meine Mutter zu ertragen hatte. Und weil ich nicht wusste, was sie wirklich fühlte, vermochte ich ihr Verhalten auch nicht in Frage zu stellen. Sie sprach ja nicht darüber, sagte aber, dass er nicht einschätzbar sei, wenn er herumschrie und uns allen als unberechenbar und bedrohlich erschien.

Zudem kann ich nicht sagen wie ich an ihrer Stelle gehandelt hätte. Tatsache aber war auch, dass sie den Rat des Psychologen, mich ausziehen zu lassen, erst mal Beiseite schob und es bei mir nicht mehr ansprach.

Im Nachhinein stelle ich mir die Frage, ob es für bestimmte Menschen mit einer schweren Geschichte verantwortungsvoll genug ist, Kinder in diese Welt zu setzen. Andererseits vermögen Kinder trotz dieses schweren Erbes etwas Gutes aus ihrem Leben zu machen, wenn sie ein Wofür finden, für das es sich aus ihrer Sicht zu leben lohnt. Unabhängig davon, ob sie ein schwieriges Umfeld hatten oder nicht. Hängt dies doch letztlich von ihrer Einstellung ab.

Davon, ob sie sich von ihren bedrückenden Erfahrungen erdrücken lassen oder ob sie sich dagegen aufbäumen und aus gesunder Liebe zu ihrem Leben oder gegenüber liebgewonnenen Menschen ihre neu gewonnenen Erkenntnisse auf positive Weise an andere weiter geben.

Ich jedenfalls hatte daneben das Glück, um eine Zwillingsschwester neben mir zu wissen, mit der ich mich immer wieder austauschen konnte und bei der ich mich auch ungezwungen fühlte. Wegen ihr hätte ich mich nicht gewagt, mir aus Verzweiflung das Leben zu nehmen.

Ja, wir hatten immer viel Verständnis füreinander und hielten auch in Krisenzeiten fest zusammen. Zudem wussten wir uns auch ohne Worte über unsere Mimik gut zu verständigen. Und wenn die Situation einmal sehr angespannt war, dann fanden wir über den Humor ein Ventil, in dem wir über irgendetwas Komisches auf fast schon weltmeisterliche Weise lachten.

Mir tat es einfach gut, um einen Menschen zu wissen, dem ich etwas bedeute und dem ich wichtig war.

❦ ❦ ❦ ❦

Da mein tiefer Berufswunsch als Priester für mich nicht möglich schien, besuchte ich halt von September 1969 bis August 1970 die kaufmännische Berufsfachschule in Limburg. Ich brach die Schule ab und startete meine Ausbildung als Bürokaufmann (die ich 1973 erfolgreich abschloss).

Und wieder sah ich mich einem autoritären Chef unterstellt, erhielt einfache Aufgaben wie Telefondienst, unwesentliche Schreibarbeiten auf der Schreibmaschine und andere unwichtige Kleinigkeiten. Das hatte ich stereotyp zu wiederholen und lernte nichts Neues.

All diese mehr oder weniger monotonen Arbeiten führte ich gehorsam aus. Auch dann, als ich mit giftigem Ammoniak im Keller arbeitete, um Lichtpausen von Plänen anzufertigen. Schon wenn ich die Kellertreppe hinunter ging, kam und ich den Geruch des giftigen Ammoniaks wahrnahm, wäre ich am liebsten wieder umgedreht. Doch ich tat immer was man mir sagte. Ich war halt ein braver Bub, wie es mein Vater einmal auf seine genüssliche Weise ausdrückte. Arbeitsschutz war damals ein Fremdwort…

Nach getaner Arbeitszeit trat ich dann nach Feierabend meinen Dienst bei meinem Vater an. Auch hier funktionierte ich gut – insbesondere dann, wenn wir wieder einmal eine schwere Arbeit hinter uns gebracht hatten.

Oft ackerte ich mit meinem Vater öfter auf seinem Obstgrundstück, auf dem er seine Bäume mit dem giftigen Mittel E 605 spritzte. Er sagte mir, ich solle den Mund zu machen und das Zeug nicht einatmen, wenn er es versprühe.

Monika begann ebenfalls im gleichen Ort ihre Ausbildung zur Fotolaborantin, die sie nach zwei Jahren leider nicht erfolgreich abschließen konnte. Das Ehepaar, das sie in ihrem kleinen Fotoladen ausbildete, nutzte Monika mehr ausbeuterisch als Hausangestellte, denn als Lehrling.

Wie auch bei Monika galt in diesen Zeiten ein Lehrling nicht viel – und anstatt ihn gut auszubilden, musste er gewöhnlich für Hilfsarbeiten hinhalten. So bin ich froh, dass ich die Abschlussprüfung als Azubi gerade so mit ausreichend bestand.

Das einzig wirkliche – aber zweifelhafte – Highlight in dieser Zeit war die Mitfahrt beim Juniorchef in einem damals flotten BMW 2002 TI. Dieses ultra-sportliche Fahrzeug begeisterte mich kolossal!

Auch bewunderte ich neben meinem Chef, meine Kollegen und eine Kollegin, die mit ihrer kreativen Gabe Baupläne entwarfen.

Einer der Kollegen war Hessenmeister im Kugelstoßen und ich konnte ihn damit überraschen, dass ich ihn in der Pause im Beindrücken besiegte. Dies wollte er so nicht stehen lassen und suchte noch mal den Wettkampf mit mir, den er aber auch verlor. Daraufhin versuchte er es trotz seiner Muskelkraft erneut, doch es gelang ihm einfach nicht mich zu besiegen. Kurze Momente, die meinem sehr schmalen Selbstwertgefühl Auftrieb gaben und in denen ich mich sicher auch deswegen stark fühlte, weil ich durch die dauernden körperlichen Arbeiten mit meinem Vater viel Muskelkraft und Ausdauer entwickelt hatte. Es fühlte sich unsagbar gut an, einen Hessenmeister zu besiegen!

Monika bestand am Ende ihrer Ausbildungszeit zwar die schriftliche und mündliche Prüfung, nicht aber den praktischen Teil, weil sie in ihrem Ausbildungsbetrieb, wie auch ich in meiner Ausbildung für immerwährende einfache Arbeiten eingesetzt wurde. Ja, sie ging gegen den eigenen Willen für das Ehepaar einkaufen und mit deren Hund spazieren. Der Umgang mit ihrem Chef und ihrer Chefin erinnerte mich sehr an das Verhalten unserer Eltern, nachdem die Ehefrau aus einer gewissen Ängstlichkeit vor ihrem Mann vieles vor ihm versteckte und dabei auch noch auf eine übergriffige Weise Monika mit einbezog und von ihr Unterstützung erbat.

Monika verabschiedete sich nach diesem Misserfolg von dieser Arbeitsstelle und absolvierte ein einjähriges Praktikum in einem Kinderheim, welches ihr unser Onkel Josef vermittelte.

Dieses Kinderheim lag ungefähr dreißig Kilometer von unserem Heimatort entfernt, sodass sie unter der Woche dort übernachtete und an den Wochenende mit einem Mofa nach Hause in unser Elternhaus kam.

Einmal hatten sie und der Vater sich so sehr gestritten, dass meine Mutter zu ihr sagte, als sie den Vater von einer Geschäftstour nach Hause kommen hörte; *„geh'* *bitte, der Papa kommt!"* Hatte sie doch die Befürchtung, dass der Streit zwischen ihnen wieder aufflammen und eskalieren könnte. Eine Aussage, die meiner Schwester bis heute unvergessen geblieben ist.

Als sie am Wochenende drauf wieder mit dem Mofa nach Hause kam, verlangte unser Vater – obwohl sie die

Woche über nicht anwesend war – von ihrem kleinen Praktikumsverdienst Wassergeld. Monika zog daraus die Konsequenz und kam daraufhin nur noch zu Besuch, wenn meine Mutter alleine zu Hause war.

Ich hingegen verweilte in meiner gewohnten unglücklichen Rolle als der dienstbare Geist meines Vaters und meiner Mutter. So gewann ich in der einfachen Form eines Schwarz-Weiß-Denkens den Eindruck, dass ich der (unbeliebte) sensible und mein Vater der starke Mann war. So sah ich damals die Welt: Er war der Böse und ich sein Opfer.

Nach Abschluss ihrer Praktikumszeit entschied Monika, nicht wieder nach Hause zurückzukehren und mietete mit zwei Freundinnen etwa vierzehn Kilometer von unserem Elternhaus entfernt, ein Haus.

Dort lernte sie Hartmut kennen, der als Pflegekind bei einem vom Jugendamt zugewiesenen Ehepaar aufgewachsen war. Er wurde ihr erster Freund. Als sie sich näher gekommen waren, zog sie ein halbes Jahr später mit ihm nach Berlin, wo ich sie dann auch einmal besuchte.

❦ ❦ ❦ ❦

1973. Endlich 18!

Das Gefühl endlich 18 Jahre und volljährig zu sein und die Möglichkeit zu haben, selbständig ein Auto oder Motorrad fahren zu können, hat mir richtige Freude gebracht. Zumal ich von Kindheit an eine gewisse Leidenschaft für alles Motorisierte entwickelt hatte und mir das Fahren auch als Gabe mit auf meinen Lebensweg gegeben wurde. Ich war überglücklich über die bestandene Prüfung für den Pkw und Motorradführerschein! Ich benötigte tatsächlich nur sieben Fahrstunden für das Auto und eine Fahrstunde auf dem Motorrad – und legte auch sofort los. Bedeutete der Führerschein für mich eine gewisse Unabhängigkeit, mit der ich auch endlich räumlich von meinem Vater auf Distanz gehen konnte.

Kurz nach meiner Führerscheinprüfung stellte mir mein Vater völlig unerwartet und ohne jegliche Ankündigung einen Renault 4 mit der sogenannten Revolverschaltung in den Hof. Er schien mir eine Freude machen zu wollen und gab mir zu verstehen, dass er (ohne von mir gebeten worden zu sein) ein Auto für mich gefunden habe. Die 800 DM, die es kostete, hatte natürlich ich zu tragen, da der R4 mitnichten ein Geschenk gewesen ist.

Mein Vater hatte sich die Kiste von einem ihm bekannten Inhaber einer Kfz Werkstatt andrehen lassen, war wohl – mit wenig Verständnis für die technischen Funktionen und Mängel eines Auto – der Meinung, das Gefährt sei gut genug für mich.

Vordergründig vielleicht gut gemeint, empfand ich sein Verhalten jedoch als übergriffig – es machte mich einfach nur fassungslos. Ich wollte nie einen R4 haben!. Doch auch hier gab ich ihm keine Widerrede, sodass ich ihm das Auto abnahm und bezahlte, obwohl es mir nicht gefiel. Ich war einfach viel zu müde zu erschöpft, um einen inneren Standpunkt zu haben.

Gewöhnt an seine Unterdrückungsmechanismen hatte ich kapituliert, mein Selbstwertgefühl und meine Selbstachtung eingebüßt. Mir war, als hätte ich meine Seele sozusagen an ihn verkauft.

❦ ❦ ❦ ❦

Das Freiheitsgefühl war so mächtig in mir, sodass ich in meinem jugendlichen Leichtsinn und dem Wahn, „der König der Straße" zu sein, mit meinem Leben spielte, weil ich bisweilen alkoholisiert am Steuer meines Pkw saß. Und ja, ich verunfallte auch und erfuhr mehr als einmal das Wunder der Bewahrung.

Einmal war ich gemeinsam mit einer guten Bekannten, ebenfalls wie ich alkoholisiert, mit meinem Auto unterwegs und kam in einer starken Linkskurve von der Fahrbahn ab. Wir flogen einen kleinen Abhang hinab und landeten ohne jegliche Verletzung und nennenswerten Schaden des Wagens auf einer Wiese. Hier aber muss, davon bin ich heute noch überzeugt, ein Schutzengel seine Hand im Spiel gehabt haben.

Auch, als ich einmal nachts mit meinem R16 von meiner Großmutter knackig schnell nach Hause fuhr, geriet ich in einer scharfen Kurve ins Schleudern, drehte mich um die eigene Achse und fuhr dann zu meinem eigenen Erstaunen unverletzt und als wäre nichts gewesen, geradeaus weiter. Jedenfalls ließ mich diese schockartige Erfahrung kreidebleich werden und ernüchterte mich schlagartig! Mir wurde heiß bewusst, dass ich in einer äußerst prekären Situation (und das ohne einen Kratzer!) heil davongekommen war.

Tatsache war, dass meine im Kloster lebende Großcousine Marianne schon damals für unsere Familie betete. Bemerken möchte ich dabei auch, dass kurz vor meiner Führerscheinprüfung Alkohol am Steuer noch nicht gesetzlich geahndet wurde.

Die 0,8 Promille Grenze wurde erst am 20.Juli1973, also, drei Monate nach meinem 18. Geburtstag, eingeführt, sodass mir damals ein zu erwartendes Strafmaß für mein verkehrswidriges Handeln nicht so bewusst wie heute war.

Wir tragen alle die Herausforderung in uns, etwas Sinnvolles aus unserem Leben zu machen und es nicht zu vergeuden oder wegzuwerfen – unabhängig davon, was wir erlebt haben. Ja, meine Schwester und ich ließen es nicht zu, dass mein Vater einen Keil zwischen uns trieb, auch wenn er es geschafft hatte, uns etwas mehr zu Einzelgängern zu machen als es bei anderen Zwillingen, die harmonischer aufwachsen, üblich ist.

Glücklicherweise fanden wir immer ein Ventil, um in der schlechten Stimmung, die mein Vater verbreitet hatte, nicht zu ersticken oder in der wir am Ende vielleicht sogar asthmatische Anfälle oder andere psychosomatischen Symptome bekommen hätten.

Monika und ich sind uns nie überdrüssig geworden weil es zwischen uns Einvernehmlichkeit und keine Abhängigkeit gab.

Jeder nahm sich immer völlig ungezwungen die Freiheit, wie er es für richtig hielt und niemand hielt den anderen von seinem Vorhaben ab. Ein Verhalten, das ich auch allen Ehepartnern wünsche, weil sie sich oftmals in ihrem Egoismus so verhalten, als sei der eine das Eigentum des anderen. Nein, wir gehören unserem Schöpfer und keinem Menschen.

Abgesehen von kleineren Streitigkeiten, hatten wir uns gut aufeinander eingestellt. Neben Monika ist mir bewusst geworden, dass es bei einem Menschen niemals auf Äußerlichkeiten ankommt, sondern immer darum geht, seinen Gegenüber so anzunehmen wie es ist. Sind wir nicht alle Menschen einer großen Menschheitsfamilie?!

Ich erlebte die Gewalttätigkeit meines Vaters primär auf der psychischen als auf der körperlichen Ebene. So verwundert es mich, als eines Tages mich ein Freund fragte, ob ich mich noch daran erinnerte, wie mein Vater alle rausgeschickt hätte, um mich mit einem Gürtel zu schlagen. Eine Aussage, die mich zunächst einmal sehrt betroffen und sprachlos machte, mir aber dann keine Ruhe mehr ließ.

Und sollte dem wirklich so gewesen sein, dann habe ich seine gewalttätige Handlung komplett verdrängt!

Ich spürte in mir nach und es fallen mir in diesem Zusammenhang ein paar fragmentarische Situationen mit meinem Vater ein: Da mein Vater regelmäßig seinen Schäferhund Greif mit dem Stock schlug, ist es gut möglich, dass er mit mir genauso verfahren ist. Greif erschien deswegen so wild, weil er in einem Zwinger lebte, nicht viel Nähe kannte, keine Hunde zum Spielen hatte und demzufolge in seinem Verhalten durchaus gestört war.

So war es auch kein Wunder, dass ich immer etwas Angst vor dem Tier hatte, weil es im Grunde genauso unberechenbar wie mein Vater war.

Dennoch wollte ich mich in einem – für mich fast schon ungewöhnlich selbstbewussten Moment – mit dem Schäferhund einmal erwachsen zeigen. Also verließ ich ohne das Einverständnis meines Vaters gemeinsam mit ihm den Garten, um außerhalb seines Revieres Gassi mit ihm zu gehen. Doch bereits nach einigen Metern riss er sich unerwartet von der Leine los, jagte einer Passantin hinterher und biss sie durch ihren Pelzmantel hindurch ins Gesäß.

Später stellte sich heraus, dass es sich dabei um die Ehefrau eines Mannes handelte, der im Dorf Lügen über meinen Vater verbreitet hatte und ihn einen Bankert* nannte. Diese Form von Rufmord verunsicherte meinen Vater, denn in seinem kleinen Geschäft war er sehr auf einen guten Ruf bedacht und fürchtete sich vor dem Geschwätz der Leute.

Demgegenüber wunderte es mich, dass er nicht wie üblich herumschrie, als ich ihm ängstlich von der Bissattacke seines Hundes berichtete. Sicher war er selbst sehr irritiert und wollte auch keinerlei zusätzlichen Ärger mit der Geschädigten des Mannes, der meinen Vater im Dorf in Verruf gebracht hatte. Daher beglich mein Vater umgehend die Arztkosten und verlor mir gegenüber zu meiner Überraschung kein Wort mehr darüber – und ich wurde nicht bestraft.

Zudem erinnere ich mich daran, wie ich einmal mit einem Moped ohne Nummernschild fuhr, und mich die Polizei nach einer Kontrolle zu Hause aufsuchte. Ich befürchtete großen Ärger mit meinem Vater. Doch im Kontakt mit den Polizisten verhielt er sich zu meinem eigenen Erstaunen relativ zurückhaltend.. Doch immer dann, wenn wir alleine waren, trat er sehr drohend, rigoros und fordernd gegenüber mir auf. Dann, wenn ihn niemand beobachten und sein Verhalten in Frage stellen konnte.

Und immer wieder fragte er mich, was denn die Leute über mich dächten, wenn ich nicht nach seinen Vorstellungen funktionierte. Eine Aussage, die ich irgendwann selbst so verinnerlichte, dass ich einen schlechten Ruf befürchtete, sollte ich mich nicht so verhalten, wie mein Umfeld es von mir erwartete.

So war ich bestrebt, anderen zu gefallen und verriet

*Bankert = uneheliches Kind.
Von mittelhochdeutsch banchart. Der vordere Wortteil steht für die Bank,auf der das Kind mit der Magd gezeugt wurde (im Gegensatz zum Ehebett).Quelle: Wikipedia

mich dabei selbst, indem ich meine eigenen Bedürfnisse und Überzeugungen verleugnete. Und damit nahm ich eine Opferhaltung ein, die nicht aus einem liebenden oder hingebenden Herzen, sondern aus einem unterwürfigen Herzen entstanden. Als ich neben meinen Freunden, die alle ein Moped besaßen, aufgrund meiner eigenen Begeisterung selbst ein Zweirad fahren wollte und mir auch eines für wenig Geld selbstständig besorgt hatte, redete mein Vater solange und heftig auf mich ein, dieses zurückzubringen, bis ich enttäuscht seinem Willen folgte.

Trotz allem war ich es mittlerweile leid, ständig die gleichen Vorwürfe und Gardinenpredigten anzuhören. Allerdings kam ich damals aber auch nicht auf die Idee, dass er mir den Besitz eines Mopeds auch deswegen untersagte, weil sein Bruder einst mit einem Motorrad tödlich verunglückt war. Da er aber von seinem Tod nie sprach, bezog ich diese Haltung auch nicht in meine Überlegungen ein und wähnte mich attackiert.

Er verhielt sich mir gegenüber wie ein Aufseher. So fiel es mir schwer, ihm zu sagen, dass ich, nachdem ich Messdiener war, gerne Priester werden wolle. Als ich diesen Wunsch dann doch mit viel Überwindung über meine Lippen brachte, ließ ich mir dieses Vorhaben wieder schnell von ihm ausreden. Ja, er sprach erst gar nicht länger mit mir darüber und sagte nur, ich solle nicht so ein dummes Zeug reden. Er hielt rein gar nichts von Kirchen- und Glaubensdinge, die er auch nicht zu unterscheiden wusste. Ich sah ihn nie, wohl aber seine Mutter in die Kirche gehen oder beten. Vielleicht suchte er auch deswegen keinen Gottesdienst auf, weil er nach seinen Kriegserfahrungen in Gott keine liebende Macht erkennen und daher auch keinerlei Trost durch das Bodenpersonal der Kirche finden konnte.

All meine Berufsideen hat er mir schlechtgeredet oder verlacht. Eine Ausbildungsstelle bei einem Rechtsanwalt ließ ich mir ebenfalls ausreden, weil ich es dort, seiner Meinung nach, immer wieder mit kriminellen Ereignissen und Menschen zu tun hätte, was nicht gut für mich sei. So bestimmte auch er meinen beruflichen Weg, obwohl ich andere Pläne hatte. Er meinte zu wissen, was gut für mich sei und dabei hatte es dann aus seiner Sicht auch zu bleiben. Damals konnte ich mir auch nicht vorstellen, dass er mich mit seinem Verhalten möglicherweise schützen wollte. Vielmehr hatte ich das Gefühl, dass er bei meinen Vorschlägen zu meiner Berufswahl seine eigenen Ängste auf mich übertrug. Ja, einerseits glaubte er zu wissen, was nicht gut für mich sei, andererseits aber interessierte er sich auch nicht im Geringsten für meine Interessen.

Schon gar nicht für meinen Wunsch Priester zu werden, obwohl ich mich einfach dazu berufen fühlte. Die Botschaft des Evangeliums berührte mich zutiefst. Mich, der in einer Gefangenschaft vor dem leiblichen Vater lebte, dem meine inneren Berührungen und Gefühle nicht interessierten, weil er sich selbst so ferne war.

Ich hingegen vertraute blind der Liebe Gottes. Und wie wichtig und wertvoll war es doch damals schon, dass ich trotz der Prägung durch einem angsterzeugenden leiblichen Vater in Gott keinen strafenden, sondern einen erbarmenden und mitleidenden Gott erkennen konnte.

Mein Vater schickte mich trotz meiner Schüchternheit gerne immer wieder ins Dorf, um seinen Kunden Fragen (wie zum Beispiel, wann dieses oder jenes geliefert oder bezahlt werden wird) zu stellen. Es wäre in seiner Verantwortung als Erwachsener gewesen – und nicht den Ableger vorzuschicken.

Mich jedenfalls überforderte es, von ihm zu mir unbekannten Menschen geschickt zu werden, um sie zu Dingen zu befragen, deren Hintergrund ich nicht kannte. So kam es, dass ich mir aufgrund meiner inneren Verunsicherung die zu stellenden Fragen immer wieder durch den Kopf gehen ließ, um nichts Falsches zu fragen oder die Fragen, die mein Vater mir mit auf den Weg gegeben hatte, nicht zu vergessen. Diese damit verbundene Notwendigkeit des Auswendiglernens wendete ich dann auch bei anderen Herausforderungen, wie zum Beispiel bei bevorstehenden Prüfungssituationen an. Ob es Sinn macht, Worte auswendig zu lernen, ohne deren Inhalt und Bedeutung zu verinnerlichen, sei mal dahingestellt…

Ja, im Endeffekt lernte ich vieles nur für ein besseres Sicherheitsgefühl auswendig, ohne oftmals den Inhalt in seiner Gänze verstanden zu haben.

Auch hier wehrte ich mich nicht gegen diese aufgenötigte Order, Menschen gegen meinen Willen auszufragen, weil ich Vaters Strafe fürchtete, wenn ich nicht gehorsamst tat, was er von mir erwartete. Und wahrscheinlich steckten die verdrängten Schläge mit dem Gürtel so tief in mir, dass ich, ohne das es mir bewusst war, mich auf seine Befehle hin einfach nur wie eine Marionette bewegte.

Im Grunde empfand ich keine Freude im Kontakt mit meinem Vater. Das einzige, auf das ich mich in seiner Gegenwart freute, war die am Mittag beim Metzger gekaufte Fleischwurst, die wir gemeinsam im Auto sitzend mit je zwei Brötchen verzehrten. Dann, wenn ich mich auf seiner Geschäftstour in seiner angeordneten Mittagspause neben ihm zutiefst gelangweilt fühlte und auf die Uhr schauend darauf hoffte, dass die gemeinsame Zeit mit ihm bald vorbei sei. So genoss ich die Fleischwurst, weil es ja sonst nichts anderes zu genießen gab und ich neben ihm eine Schwere spürte, die mir immer wieder die Lebensfreude nahm.

So auch bei den an Sonntagen angeordneten mittäglichen Spaziergängen auf den ich ihn begleiten musste. Spaziergänge, die mich depressiv stimmten und an freien Sonntagen ohne ihn Kopfschmerzen bei mir auslösten. Dennoch kam ich nicht auf die Idee, dass diese auch durch diese unerwünschten Spaziergänge mit meinem Vater zustande gekommen sein könnten. Sicher, hieran gewöhnte mich, stand dabei aber innerlich immer etwas unter Druck. Zudem führten sie dazu, dass ich einmal gar ein erstes Rendezvous mit einem Mädchen absagen musste, obwohl ich mich von Herzen so darauf gefreut hatte!

Ansonsten war ich nach wie vor aus meiner Sicht bei meinen Freunden beliebt, auch wenn es sich im Nachhinein betrachtet, hierbei um oberflächliche Beziehungen handelte. Tatsache war auch, dass ich mich vor ihnen nicht wirklich so zeigte, wie es mir ging. Ich setzte eine Maske auf und tat so, als sei alles in Ordnung. Dabei aber war mir nicht bewusst, dass mich die Aufrechterhaltung eines nach außen gezeigten Bildes einiges an Energie kostete, und mir meine ursprüngliche Unbeschwertheit allen gegenüber mehr und mehr verloren ging.

Damit tat sich auch die Frage auf, wie lange ich dieses Unwohlsein in Gemeinschaft wohl noch durchhalten würde? Wie lange müsste ich all diesen Unmut verbergen und mich selbst so lange verbiegen, bis ich mir irgendwann selbst zu einer schweren Last würde? Etwas in mir kapitulierte und ich verlor nach und nach das Interesse an meinen einstigen Freunden und schloss mich den Zwillingsbrüdern Lucas und Cäsar aus einem Nachbarort an.

Sie kamen aus einfachen Verhältnissen, verbrachten die meiste Zeit gemeinsam miteinander und erschienen mehr wohltuend unkompliziert. Allerdings fiel mir auf, dass sie sehr viel Alkohol tranken, erschienen mir aber ansonsten sympathisch und lebensfroh. Das übte eine Anziehungskraft auf mich aus.

Leider sind beide einige Jahre später kurz hintereinander auf tragische Weise durch einen Motorradunfall ums Leben gekommen. Lucas deswegen, weil ihn ein Traktorfahrer, der aus einem Feldweg kam, übersah.

Cäsar, weil er vor Fahrtbeginn vergaß, (damals gab es noch keine Sicherung) den Seitenständer an seinem Motorrad hochzuklappen, sodass er mit diesem aufsetzte. Durch den entstehenden Kontrollverlust stürzte er und wurde (mit seinem Kopf zuerst) gegen einen Betonstein geschleudert, was zu seinem sofortigen Tod führte.

Als Lucas beerdigt wurde, nahmen neben mir auch eine hohe Zahl Jugendlicher an der Beisetzung teil. Und ich erinnere mich noch, welche eine große Trauer beim Vorbeigehen an seinem Sarg zu spüren war. Ein Tag, der mir, der ich auch immer selbst gerne Motorrad fahre, unvergessen geblieben ist.

Sonja

Als ich 19 Jahre alt war, besuchte ich mit einem Freund in meinem Renault 12 (den hatte ich mir selbst gekauft!) eine nahe gelegene Gaststätte, die sich auf dem Campingplatz in der Nähe unseres Wohnortes befand. Dort arbeitete eine junge Frau namens Sonja, in die ich mich auf den ersten Blick verliebte.

Ja, es war die Magie der Liebe auf den ersten Blick! Zutiefst von ihr beein-druckt, wollte ich sie unbedingt wiedersehen.

In Sonjas Gegenwart verflogen all die bedrückenden Gefühle. Ja, sie faszinierte mich so sehr, als habe sich gerade das Wunschbild von einer Traumfrau in mir erfüllt. Zudem ähnelte sie in ihrem ruhigen Verhalten meiner Mutter, sodass ich bei ihr die Geborgenheit zu finden hoffte, die ich bei meiner Mutter so manches Mal vermisst hatte.

Je mehr ich mich mit Sonja traf, desto größer wurde meine Sehnsucht nach ihr. Je mehr Zeit ich mit ihr verbrachte, desto mehr bekam ich das Gefühl, ohne sie nicht mehr leben zu wollen.

Ein Teil in mir hoffte, sie möge meine Rettung sein. Glaubte ich doch mit ihr einen Neuanfang in meinem Leben zu finden, sodass ich bereit war, alles für sie und unsere Beziehung zu tun.

In meinem Gefühlsrausch bedachte ich nicht, dass die Unterdrückung, die ich zu Hause erlebte, auch weiterhin in meinem Inneren eine Rolle spielen würde. Die innige Nähe zu meiner Zwillingsschwester gewohnt, war es mir nicht möglich, mich in gesunder Weise von Sonja abzugrenzen, beziehungsweise ihre Grenzen gut wahr-zunehmen. In meiner Verliebtheit neigte ich dazu, mich für ihre Liebe und Zuwendung zu verbiegen.

Doch trotz der innigen Nähe, die wir miteinander erlebten, sah ich mich mit meiner Schüchternheit nicht in der Lage, mit ihr offen über meine Gefühle zu sprechen. Ich empfand zwar viel, vermochte jedoch nicht, das in Worten auszudrücken. Es gelang mir noch nicht einmal, ihr meine aufrichtige Liebe zu gestehen

So verbrachten wir unbeschwerte, sehr intensive Monate zusammen und ich erlebte mit ihr meine ersten sexuellen Erfahrungen. In mir wuchs recht schnell die unausgesprochene Vorstellung, gemeinsam mit ihr eine Wohnung zu suchen, für immer mit ihr zusammen zu sein und mich so aus der Enge meines Elternhauses zu befreien.

Einmal besuchte Sonja mich, und ich konnte nicht anders, als sie vor meinem Vater als meine erste und feste Freundin zu verleugnen und sie regelrecht vor ihm zu verbergen. Der Gedanke, er könne sie bei einem Aufeinandertreffen neugierig ausfragen, berührte mich unangenehm. Es war mir geradezu peinlich ihr meinen Vater vorzustellen, sodass ich auch erst gar nicht mit ihr über meine Eltern sprach.

Vielleicht hatte ich aber auch – ich kann das im Nachhinein nicht mehr so genau sagen, Die Befürchtung, Sonja könne meine familiäre Verhältnisse nicht verstehen und wäre mit meiner häuslichen Situation überfordert. War es doch mein Anliegen, alles zu vermeiden, was mich bei ihr in Misskredit hätte bringen können!

Diese innere, geheim gehaltene Bürde, sorgte auch mit dafür, dass ich mich Sonja nicht so unbeschwert, wie ich es mir von mir selbst gewünscht hätte, zeigen konnte.

Und dann geschah eines Tages völlig überraschend das scheinbar Unvermeidliche: Ohne eine Wort des Abschieds verließ sie mich kurz vor der Einberufung zur Bundeswehr! Ich war völlig am Boden zerstört! Es war, als hätte mir jemand das Herz herausgerissen. Sonja nannte mir keinen Grund und war plötzlich wie vom Erdboden verschwunden.

Ganze fünf Nächte verbrachte ich vor ihrer Arbeitsstelle, um sie noch einmal zu sehen und mit ihr über alles sprechen zu können, was mir aber, warum auch immer, nicht gelang.

Dies wiederum erzeugte ein Gefühl des inneren Sterbens in mir, sodass mir jeglicher Antrieb zum Leben fehlte und ich nicht mehr wusste, wie ich ohne sie weiter leben sollte. Als ich nach diesem bedrückenden Abschied auch noch weiterhin zur Entlastung meines Vaters meine Mutter durch die Gegend fuhr, damit sie auch weiterhin mehr Abstand zu ihm habe, überkam mich eine schwere Depression, über die ich aber mit niemandem sprach und mit der ich den Dienst bei der Bundeswehr begann. Ich vergrub den tiefen Schmerz in mir und weinte nicht eine Träne in all meinem Liebeskummer. Auch mir wurde dann die Binsenweisheit… „spricht die Seele zum Körper: *sag du's ihm, auf mich hört er ja nicht*' "… drastisch vor Augen geführt, indem Lähmungserscheinungen folgten, mit denen ich während meiner Dienstzeit in der Bundeswehr einmal ohnmächtig zu Boden fiel. Ja, nach außen hatte ich immer meine Haltung bewahrt, bis der Körper mir signalisierte, dass es so nicht weiter gehe.

Letztlich brach durch die Trennung von meiner damaligen großen Liebe von jetzt auf gleich ein schweres Unwetter über mich herein. Auch, weil ich davon überzeugt war, Sonja hätte die Lösung für all meine Probleme sein können – sosehr glorifizierte ich sie. Zudem hatte ich darauf gehofft, mit ihr ein neues Leben zu beginnen und endlich mein Elternhaus verlassen zu können. Empfand ich doch in ihrer Nähe ein Glück, wie ich es zuvor in meinem gesamten Leben nicht kennengelernt hatte.

Ja, meine Gefühle, die nun in mir einzufrieren drohten, kamen nun auf eine ganz neue Weise so richtig in Bewegung. So erinnere ich mich noch daran, wie schön es doch war, als ich an einem Frühlingmorgen und dem Pfeifen der Vögel am Morgen neben ihr erwacht bin und etwas von dem verzaubernden Glück des Lebens spüren durfte. Allerdings zog ich mich auch gerne mit ihr zurück, weil ich mich durch meine Erfahrungen mit meinem Vater nicht wert genug fühlte und demzufolge dem Irrglauben verfiel, sie allein genüge.

Ja, für sie wagte ich es gar, mich ein wenig den Erwartungen und sogar auch den Anordnungen meines Vaters zu widersetzen.

So zum Beispiel dann, als ich auf einer Fahrt mit seinem Geschäftswagen, auf der ich etwas für ihn erledigen sollte, vom gewohnten Weg abwich und einen größeren Umweg in Kauf nahm, um Sonja zu sehen.

Von ihr fühlte ich mich das erste Mal auf eine ganz besondere Weise gewürdigt und anerkannt, besonders, als sie mich nach meiner ersten Leistenoperation – ich hatte aufgrund der zu starken körperlichen Arbeiten vier

Leistenbrüche – im Krankenhaus besuchte. Einen Besuch von meinen Eltern hingegen erfolgte nicht.

1975 Bundeswehr

In meine damalige, seelische Missstimmung hinein erhielt ich dann auch noch den Einberufungsbefehl der Bundeswehr zum Grundwehrdienst. Diesem folgte ich ungern, wohl aber gehorsam. Den Grundwehrdienst zu verweigern kam damals auch deswegen für mich nicht in Frage, weil ich mich mit den Fragen rund um die Bundeswehr nie beschäftigt hatte. Deswegen glaubte ich auch hier, dass ich einfach nur zu tun habe was man als Stabsdienstsoldat von mir verlange.

Gut war, dass ich damals für den Weg in die Kaserne eine Fahrgemeinschaft mit einem jungen Mann aus einem Nachbarort bilden konnte. Eine Freundschaft zwischen uns ergab sich allerdings nicht. Sicher auch, weil wir sehr unterschiedliche Erfahrungen in unseren Herkunftsfamilien gemacht hatten und das Leben im Allgemeinen aus verschiedenen Blickwinkeln betrachteten. Wir fuhren zwar miteinander, wussten aber im Grunde nur wenig von dem, was den jeweils anderen wirklich bewegte.

Ja, ich schleppte meinen gesamten seelischen Ballast mit zur Bundeswehr, versuchte dies aber wie gewohnt zu verbergen und gehorchte einfach den Befehlen, die mir zwar nicht mehr von meinem Vater, wohl aber jetzt von den dort Vorgesetzten erteilt wurden. Als mir bei der Bundeswehr das Großraumzimmer gezeigt wurde, in dem ich schlafen sollte, wurde mir ein Bett nahe der Eingangstür zugewiesen. Dies war mir unangenehm, weil ich von Anfang an mit betrunkenen Soldaten konfrontiert wurde, die mir bei ihrer Rückkehr mitten in der Nacht immer wieder fast vor das Bett fielen. Daneben provozierte mich ein anderer Soldat im betrunkenen Zustand zu einem Kampf, auf den ich mich nicht einlassen wollte, sodass ich am Ende erleichtert war, dass er sich mit seinem Suffkopp auch wieder schnell von mir zurückzog.

Als ich einmal während der Grundausbildung mit schmutzigen Stiefeln durch das Kasernengelände ging, kam mir ein ranghoher Offizier entgegen. Er schrie mich, der ich in Gedanken versunken war, zu meiner Überraschung völlig unerwartet an und befahl mir, umgehend meine schmutzigen Stiefel zu putzen.

Dieser heftige Anwurf des Vorgesetzten traf mich völlig unvorbereitet und erschreckte mich. Auf einen vernünftigen Umgangston von ihm hätte ich wesentlich entspannter reagiert.

Vielleicht war es Schikane – vielleicht auch nicht – auch wenn ich verstehe, dass, nach außen im Kasernenalltag aus verständlichen Gründen eine gewisse Disziplin zu herrschen hat. Die Frage aber, ob mich in einem tatsächlichen Kampfgeschehen wirklich saubere

Stiefel retten könnten, stellte sich erst gar nicht. Mir erschien der Zusammenhalt in der Truppe wesentlich wichtiger, als die äußere Erscheinung eines Soldaten. Ich denke, den Ranghöheren interessierte es wenig bis gar nicht, wie es in der Seele des einzelnen Soldaten aussah.

Selbstverständlich ist die Verteidigungsfähigkeit einer Nation gegen einen Angriffskrieg wichtig. Dennoch könnte auch ein wenig Supervision, ein offener Austausch unter den Soldaten in Gruppen einen vorbeugenden Beitrag für die seelische Gesundheit der Soldatinnen und Soldaten leisten. Vielleicht wird das ja heute so praktiziert – zu meiner Wehrpflichtzeit gab es das nicht.

Da ich in einer doch sehr autoritären Männerwelt nach Ende des Zweiten Weltkriegs aufgewachsen bin, besaß die Rangordnung der Soldaten für mich damals eine große Bedeutung. Und je höher der Grad eines Soldaten war, desto mehr Respekt hatte ich in meiner erlernten Unterwürfigkeit und dem sehr marginalen Selbstwertgefühls vor ihm.

Und wer weiß ob ich aufgrund des mangelnden Selbstbewusstsein in der Nazi Zeit nicht auch zu einem Mitläufer geworden wäre?

Vielleicht war ich aufgrund meines zutiefst angepassten Verhaltens für den Kommandowagen des Generals zuständig, auch wenn ich ihn selbst kaum zu sehen bekam.

Durch diesen Respekt vor jeglicher Obrigkeit ist mir die Rangordnung der Soldaten bis heute unvergessen geblieben. Sie lautete damals:

Feldwebel, Oberfeldwebel Hauptfeldwebel, Leutnant, Oberleutnant, Hauptmann, Major, Oberstleutnant, Oberst, Brigadegeneral, Generalmayor, Generalleutnant, General.

So groß war mein zum Teil unangemessener Respekt vor einer Obrigkeit, die wie bei meinem Vater gewohnt, mir gegenüber jederzeit Befehle erteilen konnte. Doch – wo blieb bei alledem das menschliche Gefühl und das Verständnis füreinander?

In einem Miteinander, in dem viele an einem Maßband die Tage herunterzählten, die sie noch zu dienen hatten. Was wiederum davon zeugt, dass die wenigsten gerne und freiwillig bei der Bundeswehr ihren Dienst ableisteten, sodass sich die meisten – (zumindest in meiner Kompanie) mit viel Alkohol betäubten.

Für mich blieb es ein merkwürdiges Gefühl, in der Nacht mit einem G3 Gewehr die Kaserne zu bewachen.

Durch diese permanenten Überanstrengungen war es auch kein Wunder, dass ich mich bei späteren Übungen bei der Bundeswehr überhaupt nicht konzentrieren und neu Gelerntes nicht mehr behalten konnte.

Dabei oblag mir nur die Aufgabe, den Kommandowagen des Generales zu fahren und organisatorisch für ihn tätig zu sein.

Da ich noch nicht einmal dieser Aufgabe gewachsen war, wurde ich als gelernter Bürokaufmann in das Büro eines Hauptmannes versetzt, was aber an meinem trüben Lebensgefühl und meiner mangelnden Konzentrationsfähigkeit nichts änderte. Also versuchte ich mich irgendwie über den insgesamt 15 monatigen Grundwehrdienst hinweg zu retten.

Doch wohin sollte ich bei diesem schrillen Kasernenton mit der Schwere meiner inneren Trauergefühle gehen? Weinerlich zeigen wollte ich mich bei der Bundeswehr auch nicht, wurde doch gerade hier eine Disziplin erwartet, ohne die ich wie ein Schwächling ausgesehen hätte. Ja, ich fühlte mich zwar sehr erschöpft, wollte aber nicht, dass man mir das ansieht. Letztlich wusste ich aufgrund dieses inneren Widerspruchs einfach nicht wie es weiter gehen soll, sodass ich einen Ausweg suchte, die ich in einer Krankschreibung zu erkennen glaubte. Ja, ich wollte einfach aus allem raus, zumal es mir immer schwerer fiel, all diese Spannungen auszuhalten.

Letztlich fiel es mir nicht leicht, mich mit all meiner inneren erlernten Verschwiegenheit gegenüber einem Arzt zu öffnen. Zumal in den 70er Jahren eine psychische, beziehungsweise posttraumatische Belastungsstörung noch immer mit etwas verwunderten Augen betrachtet und von vielen Menschen am liebsten erst gar nicht angesprochen wurde.

Männer hatten ihren Mann zu stehen und damit war es gut. Dennoch spürte ich damals, dass der Versuch, mich weiterhin zu verbiegen, zu nichts führen würde und ich irgendwann so belastet davon wäre, dass ich mein Leben nicht mehr aushalten würde . Der Gedanke, mich freiwillig von diesem Leben zu trennen, kam in mir auf.

Also musste ich jetzt das erste Mal in meinem Leben durch ein ehrliches und offenes Gespräch hindurch, wenn ich denn etwas für mich bewirken wollte.

Und wie gut war es da, dass mir der damalige Psychiater allein mit seinem milden Gesichtszügen nicht wie ein Hardliner, sondern wie ein verständnisvoller Mann erschien. Dieses eine Gespräch mit ihm war lebens-rettend für mich!

Hätte ich es nicht geführt, wäre ich im Dienst bei der Bundeswehr innerlich vor die Hunde gegangen. Was mich schlussendlich davon abhielt mir das Leben zu nehmen, war die innere Gewissheit, dass ich trotz all dem Erlebten nicht nur eine unsichtbare, schöpferisch göttliche Kraft in mir spürte, sondern weil ich auch um eine liebevolle Großmutter Maria, eine Mutter und eine Zwillingsschwester wusste, die ich mit meinem Tod sicher schwer belastet hätte.

Und das wollte ich ihnen, weiß Gott, nicht antun. Sicher wäre es auch angebracht gewesen, damals eine stationäre Therapie in Anspruch zu nehmen, doch hierzu hätte ich mehr Ermutigung von außen gebraucht

Ich war froh, mich dem Stabsarzt öffnen und meine Not zur Sprache bringen zu können. Einen günstigen Einfluss darauf hatte der Umstand, dass ich im Laufe der Monate etwas Abstand zu meinem Elternhaus hatte und mich nicht mehr in dem Hamsterrad befand, in dem ich über viele Jahr in erster Linie als Helfer und Lastenträger in meinem Elternhaus funktionierte.

So geschah es, dass ich das erste Mal für mich persönlich eintrat und wenn auch auf eine zunächst zögerliche Weise über mich selbst und meine Gefühle sprach. Gleichzeitig steckte aber auch noch der Glaube in mir, ich könnte ein Versager und eine Zumutung für meine Mitmenschen sein. Ich hielt einfach nichts mehr von mir, wusste in keiner Weise wer ich bin und fühlte mich entwürdigt. So war ich nach wie vor weit davon entfern, den einstigen Humor und meine schauspielerischen Fähigkeiten wieder zu finden, die ich in meiner frühen Kindheit vor der intensiven Begegnung mit meinem Vater besaß.

Fakt war nach wie vor, dass ich mich von meiner eigenen Geschichte durchlöchert fühlte und keinen Sinn darin sah, in einer Übung bei der Bundeswehr mit Kugeln auf einen möglichen Feind zu schießen. Zumal ich in seelischer Hinsicht schon genug getroffen war.

Beim Bund machte ich den Lkw Führerschein. In den Fahrstunden saß ein älterer Hauptfeldwebel mit einem verbissenen Ausdruck neben mir, der dauernd mit einem Stock vor mir herumfuchtelte und mich anbellte.. Und während er bemerkte, dass mich das störte, schien ihm das mit seinem grimmigen Ausdruck noch mehr Spaß zu machen, mich zu provozieren. Doch auch gegenüber ihm zügelte ich mein Unbehagen, so wie ich es zuvor bei meinem Vater praktizierte

So passte ich mich, so lange als möglich bei der Bundeswehr an und führte all die Befehle aus, die mir aufgetragen wurden. Es war vielleicht auf eine makabere Weise sogar ein Vorteil, Befehle gewohnt und im Abnicken geübt zu sein. Dennoch war ich in mir selbst absolut leer und besaß demzufolge auch keinerlei Biss. Ich war einfach nur müde und antriebslos und war nicht mehr in der Lage, die ganze Schauspielerei, die ich bis dahin meinen Mitmenschen vorgeführt hatte, aufrecht zu erhalten.

In einer Sache erhielt ich eine Belobigung, als ich einmal auf Befehl eines Vorgesetzten einen Gruß vor versammelter Mannschaft praktizieren sollte, weil ich es seiner Ansicht nach, vorbildlich könne.

Auch der Vorgesetzte sah mir meine Belastung nicht an, weil ich sie weiterhin überspielte. Doch wie lange sollte all das noch so weiter gehen?

Als ich dann endlich beim Stabsarzt einen weiteren Termin für ein Gespräch bekam, wurde nach diesem Gespräch meine Zeit bei der Bundeswehr auch zu meiner eigenen Verwunderung sehr schnell verkürzt. Der behandelnde Arzt hatte meine Lebensgeschichte durch mich kennengelernt und mich daraufhin vom Dienst bei der Bundeswehr befreit. Und als ich dies meinem Hauptmann aus unserem Bataillon verkündete, fragte er mich, warum ich nicht schon früher mit ihm darüber gesprochen hätte? Seine Anteilnahme habe ich nicht erwartet! Das berührte und befremdete mich zugleich. Weder meinem Vorgesetzten noch meinem Vater erzählte ich, warum ich frühzeitig aus dem Wehrdienst entlassen wurde – obwohl ja mein Vater, neben dem Verlust meiner großen Liebe, der Hauptgrund war, warum es mir so schlecht ging.

Nach diesen einschneidenden Erlebnissen verlor ich meinen Kinderglauben und damit auch mein Leben seinen Sinn. Ich kam in meiner inneren Leere auch nicht auf die Idee, mich an Gott zu wenden .Ich vergas, dass sich Gott gerade der Armen und Hilfsbedürftigen annimmt und sich von uns wünscht, dass wir ihm als seine Kinder unsere Last anvertrauen. Ein Gott, an den ich zwar zuvor schon glaubte, vor dem ich es aber nicht gelernt hatte, offen und ehrlich mit ihm über meine Probleme zu sprechen. Trotz meines Glaubens an ihn fühlte ich mich von ihm und der Welt verlassen. Ich hatte meine Sprachlosigkeit gegenüber den Menschen auf ihn übertragen.

Sicher, betete ich früher im Gottesdienst immer wieder das Vater unser und den Rosenkranz, doch das persönliche Gespräch mit Gott hatte ich nicht kennengelernt. Menschen führen solche Gespräche schon seit Jahrtausenden, aber in unserer westlichen Industriegesellschaft wird das vernachlässigt und mehr und mehr ausgeblendet.

Meine Großmutter sagte zwar immer: „geh in die Kirche und vergiss das Beten nicht", doch diese Aussage nahm ich in meiner späteren Jugend dann doch nicht mehr so ernst.

Meinem Vater die Gründe mitzuteilen, warum ich entlassen wurde, hätte bedeutet, dass er jegliche Verantwortung gegenüber mir von sich gewiesen und mir eingeredet hätte, einfach zu sensibel für diese Welt zu sein, oder mir das einzubilden und kein so dummes Zeug zu reden. Die Verurteilung wollte ich mir von ihm nicht anhören.

So teilte ich ihm kurz und knapp mit, aufgrund körperlicher Beeinträchtigungen sowie einem weiteren Leistenbruch entlassen worden zu sein, was er mir offensichtlich abnahm. Glücklicherweise fragte er nicht weiter nach.

Mit meiner ausweichenden Antwort und eigenen Verschwiegenheit musste ich mich vor ihm schützen. Schließlich galt er ja als der Kranke, um den sich alles zu drehen hatte. Da hatte ein zweiter Kranker keinen Platz neben ihm.

Wenn ich etwas Positives in der Beziehung zu meinem Vater sehe, dann ist es das durch ihn erworbene fast seismographisch genaue Gespür für Menschen, die einen aggressiven oder nazistischen Charakter und keinerlei Selbstkritik zeigen. Ihnen gehe ich am liebsten aus dem Weg, weil ich nach diesen Erfahrungen keinen Wert mehr darauf lege, beruhigend oder deeskalierend auf solche Zeitgenossen einzuwirken. Da nutze ich meine wertvolle Lebenszeit lieber für andere Aufgaben.

Da ich mich im gewohnten Zusammensein mit meinem Vater in jungen Jahren nicht in der Lage sah, mich in ihn einzufühlen, konnte ich mir damals auch nicht vorstellen, unter welch großer Angst er wohl gelitten haben muss.

Meine Mutter hat mich zwar immer vor gewissen Reaktionen von ihm gewarnt, nicht aber mit mir über seine Angst gesprochen. Vielleicht befürchtete mein Vater auch, mit dem Makel des „Angsthasen" seine vordergründig starke und dominante Position in seiner Familie zu verlieren. Und vielleicht glaubte er auch diese Führungsposition in der Familie auf diese Weise zu brauchen, nachdem er ja selbst unterdrückt wurde und sich demzufolge vermutlich ebenfalls minderwertig fühlte. Was für ein Erbe – die Wunden der Väter werden zu den Wunden der Söhne..

Mein Vater stellte sich seiner Angst nicht – er verdrängte und verleugnete sie.

Manchmal frage ich mich, ob er nicht trotz allem mehr hätte in sich gehen und sich und sein Handeln reflektieren können? Da er aber funktionieren musste und von keiner Seite therapeutische oder seelische Begleitung erhielt, ließ er diese Fragen wahrscheinlich auch erst gar nicht aufkommen. So blieb er zeitlebens nur mit sich selbst beschäftigt und kreiste in erster Linie um sich selber.

Erinnern möchte ich mich noch einmal an die Tatsache, dass mein Vater meiner Mutter mit dem Tode drohte, sollte sie es einmal wagen, ihn zu verlassen. Doch damit hatte er aus meiner Sicht eindeutig eine rote Linie überschritten. Zumal er sie mit dieser Aussage erpresste, weil er genau wusste, dass sie in der damaligen Zeit keinen Platz fände, an dem sie Abstand zu ihm hätte gewinnen können.

Erst Mitte der 1970 er Jahre hat die autonome Frauen-bewegung die Einrichtung eines Frauenschutzhauses vor männlicher Gewalt politisch befeuert. Bis dahin wurde den Frauen noch unterstellt, sie seien unfähig, sich selbst den passenden Ehemann zu suchen oder hätten einfach nur Pech, beziehungsweise seien selbst schuld daran, wenn der Gatte gewalttätig war.

Mein Vater jedenfalls hatte meine Mutter wie eine Gefangene behandelt und nicht wie einen Menschen, der auch in einer gelebten Partnerschaft, seine eigene Freiheit leben darf und sollte. Denn niemand, so ist meine Meinung, soll vor unserem Schöpfer der Leib-eigene eines anderen sein. Dem anderen sein Recht auf Freiheit abzusprechen oder einzuschränken, ist aufgrund einem solch übergriffigen Machtgehabe eines Menschen einfach unwürdig.

Ihm, so sagte er zu meiner Mutter, könne ja sowieso nichts passieren, weil er ja psychisch krank sei. Er käme nicht ins Gefängnis. Und wenn er sie umbringe, dann bringe man ihn nicht in den Knast, sondern in eine

Klinik. Dieser furchtbare Krieg hat meinen Vater zum Misanthropen werden lassen.

Heute denke ich: „*Wenn er mir doch wenigstens etwas von seinem seelischen Leiden erzählt hätte, vielleicht wäre es mir möglich gewesen, auch ihn zu verstehen?*" So aber stand ich immer wieder neben einem Vater, der mir stets ein Fremder blieb.

Die Überlebens- und Bewältigungsstrategie meines Vater war schlicht und einfach: „*Denke nicht nach, funktioniere!*". Er hätte sich auch dauerhaft mit Alkohol betäuben können – wobei er dann vielleicht nie mehr auf die Beine gekommen wäre. Und für diese kämpferische Leistung gebührt ihm trotz allem Respekt. Hatte er auch als selbständiger Kaufmann, so wie mir in Erinnerung ist, keinen Anspruch auf Krankengeld.

Dennoch hätte ich es als erleichternd empfunden, wenn er sich einmal Zeit für seine eigene Gesundung genommen und für eine hilfreiche Reha Maßnahme für eine gewisse Zeit außer Haus gewesen wäre.

❦ ❦ ❦ ❦

Nach der vorzeitigen Entlassung aus der Bundeswehr fühlte ich mich mit meiner Neigung zu Schuldgefühlen eher wie ein Versager, aber nicht wie ein Mann, der weiß was er will und ein Ziel vor Augen hat. Und wie sollte ich mein Leben selbstbewusst gestalten, wenn ich mich in meinem Inneren so haltlos wie ein Blatt im Winde fühlte, das sich bei einem aufkommenden Sturm ergeben und den Umständen anpassen muss? Damals wusste ich es nicht besser und konnte es mir nicht eingestehen, dass meine Entlassung aus der Bundeswehr keine Schande war, sondern das Ergebnis traumatischer Erfahrungen.

Die Frage war nur, wie es jetzt nach der Bundeswehr für mich weiter gehen sollte? Und ob es jetzt noch eine Aufgabe gab, die mir noch etwas mehr Lebensfreude und Motivation hätte schenken können?

Aufgrund meiner Erschöpfung fand ich keine unmittelbare Antwort darauf. Es war wieder Monika, die mir mit ihrer Vertrautheit auch aus dem fernen Berlin etwas Kraft gab. Selbst gegenüber ihr war es mir zu dieser Zeit nicht möglich, mich zu öffnen.

Erneut stieg der Wunsch in mir auf, Theologie zu studieren, um Priester zu werden. Naiv wie ich war, vereinbarte ich völlig unbedarft einen Vorstellungstermin im Priesterseminar. Ich dachte gar nicht daran, mich im Vorfeld zu erkundigen, welche Voraussetzung ein Studium brauchte und glaubte, allein seinen Beruf als Berufung zu sehen reiche aus, die begehrte Ausbildung machen zu können.

Der Direktor, dem ich scheu und zurückhaltend begegnete, gab mir zu verstehen, dass ein Studium in Theologie ohne Abitur nicht möglich sei.

Trotz aller Sehnsucht nach Gott, war mir dieser Weg, ihm näher zu kommen, aufgrund meines Hauptschulabschlusses schlichtweg verbaut.

Auch wenn diese Absage gerechtfertigt und der Direktor nicht autoritär war, so erinnerte mich die gefühlte Zurückweisung an meine Ausbildungszeit als Bürokaufmann. Obrigkeiten und Autoritäten bereiten mir aufgrund meiner inneren Ambivalenz (zwischen erlernter Unterwürfigkeit und ohnmächtigem Ausgeliefertsein) ihnen gegenüber auch heute noch Schwierigkeiten.

Einmal sprach ich Onkel Joseph wegen meiner Probleme mit meinem Vater an und er gab er mir den Tipp, doch einen Gesangverein aufzusuchen oder einmal in ein Heim für Behinderte zu gehen. Er war der Ansicht, es wäre förderlich für mich, wenn ich sähe, dass es anderen Menschen noch viel schlechter ginge als mir.

Das war bestimmt eine gute Idee – doch ich fühlte mich unverstanden. Er war zwar mein lieber Taufpate, aber kein Begleiter für meine derzeitige Situation. Der heimliche Wunsch, in ihm einen Ersatzvater zu finden, der mich verstünde, erfüllte sich nicht.

Mir zu sagen, es gehe anderen Menschen schlechter als mir, war unnötig; ich war ja nicht dumm. Zumal er nichts davon wusste, wie es mir all die Jahre wirklich mit meinem Vater ergangen war.

Ich fühlte mich von Onkel Joseph nicht ernstgenommen, empfand mich nach diesem Gespräch wie ein kleiner dummer Junge, der, wie es schon mein Vater gerne so abfällig erwähnte, einfach nur dummes Zeug redet. Getröstet jedenfalls hat mich seine Aussage nicht.

Letztlich sah ich es dann auch als eigenen Fehler an, meinen Paten, der in einer gehobenen Position bei einer caritativen Einrichtung arbeitete, mit einer gewissen Erwartungshaltung aufzusuchen,

Auf Onkel Josephs Vermittlung hin, konnte ich immerhin eine Tätigkeit als gelernter Bürokaufmann bei einer Krankenkasse antreten. Mein Auftrag war, in einem kleinen Raum von etwa zwei mal drei Metern den ganzen Tag alleine Kopien in Ordner einzusortieren. Um mich aber bei dieser einsamen und öden Tätigkeit besser zu spüren machte ich zwischendurch immer wieder gymnastische Übungen, um mich wenigstens körperlich fit zu fühlen.

Dennoch sollte es nur eine Frage der Zeit sein, bis ich diese abstumpfende Arbeit nicht mehr wollte und dies auch endlich einmal, wenn auch in sanfter Form, gegenüber dem Geschäftsstellenleiter äußerte. Auch ihn erlebte ich, wie viele andere Männer auch in der damaligen Zeit als eine über mir stehende Autorität. Obwohl ich ausgebildeter Bürokaufmann war, wurde ich auch für ihn zu einem Laufburschen. Meine einfältige Unterwürfigkeit war mir wohl schon von Weitem anzusehen...

Er, der die Zweigstelle einer Krankenkasse leitete und dem ich immer wieder eine Stange Lucky Strike Zigaretten besorgte, nachdem er es nicht lassen konnte, ca. 60 Stück am Tag zu rauchen. Ansonsten erschien er mir als Geschäftsstellenleiter lebensfroh, freundlich, redegewandt und kommunikativ. Ich hielt ihn für diese Stelle als Führungsperson geeignet.

Mehr und mehr entstand dann in mir der Wunsch, wie die anderen Kollegen auch an einem Schalter zu sitzen und Besucher zu bedienen. Heute aber frage ich mich, wie ich mich damals so sehr überschätzen und alleine meinem Wunschdenken folgen konnte. War ich etwa aufgrund all meiner Enttäuschungen zu einem Tagträumer geworden? Jedenfalls wollte ich mir einfach nicht eingestehen, dass ich mit einer solchen Tätigkeit auch aufgrund meiner seelischen Verfassung und meiner Konzentrationsstörungen völlig überfordert gewesen sein könnte.

Zudem hatte ich es nie gelernt mit Menschen offen und auf vor allem auf gleicher Ebene zu kommunizieren, nein zu sagen oder auch selbst einmal meinen Mitmenschen mit Nachdruck eine Ansage zu machen.

Sicher, mein Vater freute sich, dass ich bei einer Krankenkasse beschäftigt war, aber dabei ging es ihm aus mehr um ihn als um mich. Und letztlich war er nur beruhigt darüber, dass ich nun endlich aus seiner Sicht auch aufgrund seiner eigenen Existenzangst abgesichert war. Er hatte keine Ahnung, wie es mir mit meiner Tätigkeit ging. Denn das einzige. was ihn nach wie vor interessierte, war die Frage, wie und auf welche Weise ich ihm auch weiterhin neben meiner eigenen Berufstätigkeit dienlich sein konnte.

Nachdem ich meine Kopierbude endlich verlassen konnte, trat ich als Sachbearbeiter die Tätigkeit am

Schalter mit Publikumsverkehr an. Ich war so un-konzentriert und schüchtern, konnte mir vor lauter innerem Stress nichts behalten und damit auf Dauer auch keine Kunden bedienen. Ich versagte hier auf der ganzen Linie!

Dies verunsicherte mich und ich begann, meinen Alkoholkonsum noch mehr zu verstärken. So war ich einmal bei einem Betriebsausflug so betrunken, dass ich mich am nächsten Tag kaum noch an den Ablauf des Tages erinnern konnte. Auch weil ich den Alkohol nicht genoss, sondern ihn benutzte, um mir Mut anzutrinken und nicht ganz so verschlossen zu sein, wie ich es von mir gewohnt war.

Ein anderes Mal war ich an Silvester bereits um 22 Uhr schon so betrunken und verpasste den Jahreswechsel. Aufgefallen bin ich mit meinem Trinkverhalten damals aber nicht, weil ich nicht der Einzige war, der sich unter den Kollegen so verhielt. Als wir dann auf dem Betriebs-ausflug mit dem Bus einige hundert Kilometer nach Hause fuhren, musste ich dringend auf die Toilette. Doch ich hielt meinen inneren Druck aus, weil es mir unangenehm war, wenn alle mitbekämen, wenn der Busfahrer extra wegen mir den Bus anhielte. Dessen fühlte ich mich einfach nicht würdig. Ich, der ich mich doch innerlich so klein und wertlos fühlte…

Heute aber frage ich mich, wie es damals so weit kommen konnte, mich selbst unter solch großem Druck nicht zu trauen, noch nicht einmal meine natürlichen

Bedürfnisse auszusprechen und für diese einzutreten. In mir war ich verschlossen und sehr einsam.

Schließlich wurde ich dann nach meinem kläglichen Scheitern am Schalter auf eine Zweigstelle nach Gießen versetzt. Umgeben von zwei Mitarbeiterinnen sollte ich ausschließlich Anträge für Zahnersatz bearbeiten. Doch auch hier konnte ich mich bei der Arbeit überhaupt nicht konzentrieren. In Gießen mietete ich mir bei einer älteren Hausbesitzerin ein Zimmer.

Ungewohnt, nach getaner Arbeit bei der Krankenkasse, nicht mehr für meinen Vater arbeiten zu müssen, wusste ich nach Feierabend nichts mit mir und meiner zur Verfügung stehenden Freizeit anzufangen. Unglücklich gab ich mein Zimmer in Gießen auf und kehrte, bar jeglicher Vernunft, ins Elternhaus zurück.

❧ ❧ ❧ ❧

Einmal besuchten uns überraschend, aus Berlin kommend, Monika und Hartmut.

In einer kurzen Abwesenheit meines Vaters sprach sie zu mir: *„Oh Mann, wie siehst du denn aus? Du musst unbedingt hier raus!"* Sogleich schlug sie vor. *„Hartmut und ich wollen wieder zurück und hier in der Nähe ein Haus mieten. Dort könntest du doch mit einziehen!"*

Ich hielt das für die ultimative Idee, meinem Elend zu entkommen. Mit fliegenden Fahnen setzten wir das in die Tat um.

Nach der Aussage meiner Mutter hatte mein Vater bei meinem Auszug Tränen in den Augen, was mir schwerfiel zu glauben. Ja, vielleicht war er ja einfach nur traurig darüber, dass ihm nun wieder kein gehorsamer und fleißiger Arbeiter bezahlfrei zur Verfügung stand.

Jedenfalls glaubte ich nach dem Auszug aus meinem Elternhaus nun endlich frei zu sein. Was aber Freiheit in Wirklichkeit für mich bedeutete, vermochte ich damals noch nicht zu sehen.

Als wir dann gemeinsam in einem sehr alten Haus ohne Warmwasser wohnten, fühlte ich mich trotz der Anwesenheit meiner Schwester und Hartmut weiterhin sehr einsam.

Ich freute mich für Monika und gönnte ihr ihre Beziehung, hielt aber einen gewissen Vorurteils-Abstand zu Hartmut, der zuerst in einem Heim und dann bei Pflegeeltern aufgewachsen war. Das war mir suspekt. Ohne meine Beweggründe zu hinterfragen erschien er mir gefühltermaßen weder vertrauenserweckend noch sympathisch.

❧ ❧ ❧ ❧

Am liebsten wollte ich nach meinem Auszug nicht mehr nach Hause fahren, tat dies dann aber doch meiner Mutter zuliebe. Bei mir fühlte sie sich freier von all den Zwängen, denen sie tagtäglich ausgesetzt war – und diese Freiheit wollte ich ihr ermöglichen.

So auch immer dann, wenn ich später meine Eltern mit dem Auto besuchte und beim Vorbeifahren am Ortsschild die linke Fensterscheibe an meinem Auto herunterdrehte, weil ich dann das Gefühl hatte, bei mehr Nähe keine Luft mehr zu bekommen. Eine körperliche Reaktion, die ich im Übrigen auch im späteren Umgang mit Konflikten gegenüber anderen Menschen, wenn auch in einem geringeren Ausmaß, zeigte.

Mit mir konnte meine Mutter auch einmal ein Event besuchen, was ihr mit meinem Vater unmöglich war. Auch wenn ich mir dabei manchmal etwas Komisch vorkam. So fragte mich einmal, ob beabsichtigt oder unbeabsichtigt, ein Priester aus der Pfarrei meiner Großmutter, ob ich der Mann meiner Mutter sei. Eine Frage, die ich damals für mich als beschämend empfand. Auch wenn der Priester vielleicht zu alt war und aufgrund einer mangelnden Sehschärfe eine solche Aussage machte. Fakt war, das sie mich getroffen hatte. Ich wollte doch nicht der Mann meiner Mutter sein! Und dennoch verhielt ich mich so, weil ich meinte ihr helfen zu müssen Dabei konnte ich mir selbst nicht helfen.

1979 – Unsere WG

Trotz der gynäkologischen Diagnose, keine Kinder bekommen zu können, wurde Monika bald zu ihrer eigenen Überraschung – mit Zwillingen – schwanger. Das stellte auch ihr bisheriges Lebenskonzept auf den Kopf. Ihre Schwangerschaft gab dann den Anlass, aus ihrer Beziehung eine Ehe zu machen. Die Hochzeit fand bescheiden und in ganz kleinem Rahmen in einem Nachbarort statt. Ich war nicht mit dabei – und weiß heute nicht mehr, warum.

Während Monika aufgrund auftretender Schwangerschaftskomplikationen acht Wochen im Krankenhaus verbrachte, startete Ha̶n̶s̶ eine Drogenkarriere und fand Gefallen daran, sich im Drogenmilieu aufzuhalten, Als ich, bedingt durch den Umzug in das angemietete Haus, meine Stelle in Gießen gekündigt hatte und für einige Zeit ohne Beschäftigung war, kam eine nie gekannte innere Leere in mir auf. Ich fühlte mich völlig auf mich selbst zurück geworfen, auch wenn mir die Anwesenheit meiner Schwester etwas Halt gab.

Auch wenn Monika grundsätzlich mehr „Schonung" bezüglich der von unserem Vater aufgetragenen Arbeiten gehabt hatte, litt sie trotz allem unter ihm, was für sie ein wesentlicher Grund gewesen war, aus dem Elternhaus in die Ehe zu flüchten. Monika hatte nicht die Wasserträgerfunktion, wie ich sie mit meiner Unterstützung für beide Elternteile eingenommen hatte.

Sie erlebte weder die symbiotische und helfende Beziehung, die ich im Laufe der Jahre zu meiner Mutter als Verstrickung erlebte, noch die extrem dienende Funktion gegenüber meinem Vater.

Jedenfalls fühlte ich mich jetzt so leer, sodass mir selbst das Interesse am Alkohol trinken verging.

Zu dieser Zeit machten mich meine Schwester und Hartmut mit dem Rauchen von Cannabis bekannt. Mit einem Stoff, der sich nach einem ersten Versuch bei mir sehr intensiv auf meine Gefühlslage und meine verborgenen Ängste auswirkte. So führte das Inhalieren dazu, dass ich nach dem ersten Joint eine Panikattacke mit Herzrasen bekam und wahnhaft glaubte, meine Schwester und ihr Freund wollten mich mit dem Zeugs umbringen.

Hatte ich doch von jetzt auf gleich so sehr die Kontrolle über meinen Körper verloren, sodass ich mich in Todesangst hilflos am Boden krümmte! Als ich wieder etwas bei mir war und es mir besser ging, klärten mich beide auf, dass ich nicht die erste Person sei, die am Anfang solche Nebenwirkungen erlebe. Dies ginge bei einem erneuten Versuch sicher vorbei. Und tatsächlich: Nach einer wiederholten Einnahme trat ein entspanntes Gefühl ein, welches mir dann auch gut tat.

So löste das Rauchen von Cannabis Verspannungen in mir auf, die sich zuvor über viele Jahre in mir angestaut hatten. Gleichzeitig nahm ich aber nicht wahr, dass ich mich in diesem Gefühlszustand von der Realität wegbewegte und gleichgültig für die Herausforderungen des Lebens wurde. Und sicher wäre es mit Blick auf mein Gefühlswesen besser gewesen, wenn ich vor dem Rauchen von Cannabis einen weiteren Traum, nämlich ein guter Gitarrist zu werden, damals in die Tat hätte umsetzen können.

Da ich aber nicht wusste wer ich wirklich war, besaß ich auch nicht die Disziplin, mich auf dieses Ziel zu konzentrieren und schwelgte in Tagträumen.

Jedenfalls hätte ich durch das Gitarrespielen meine Stimmungen besser auffangen und meine Gefühle nach außen transportieren können. Und dies wäre allemal besser gewesen als sie mit einem Stoff zu betäuben und meine Ängste auf diese Weise zu verdrängen versuchen.

Auch wenn Hartmut hin und wieder etwas auf seiner Gitarre herumklimperte und er mir auch einmal ein paar Griffe zeigte, wollte doch keine echte Aufbruch-stimmung in mir aufkommen. Zumal ich mich fragte, was meine Schwester an Hartmut fand. In mir war die Gewissheit, dass er ihr auf Dauer nicht guttäte.

Nicht, dass ich damit einen Menschen aufgrund seiner Herkunft bewerten will, sondern es war offen-sichtlich, dass er im Umgang eher kompliziert und sehr eigensinnig war.

Was ich mir an dieser Zeit am meisten wünschte und illusorisch ersehnte, war eine Partnerin an meiner Seite. Ein holdes, engelhaftes Wesen, das nach dem schweigenden Abschied meiner großen Liebe Sonja ihr Leben mit mir teilen und mir so lieb wie meine Mutter begegnen würde.

Mir Träumer war nicht bewusst, dass mir eine eben-bürtige Partnerin, guttäte und keine „Ersatzmutter"!

Zudem schaute ich, wie viele andere Männer leider auch, mit einem gewissen Tunnelblick zuerst und zu schnell auf die äußere Erscheinung und glaubte, Schönheit und Gutsein seien eins. Ich kam nicht auf die Idee, dass hinter einer schönen Fassade auch ein hartes unbarmherziges Herz schlagen kann. Zumal ja, wie es in einem Spruch heißt, nicht alles Gold ist, was glänzt.

Naiv wie ich war, richtete ich mich in erster Linie nach meinem Gefühl, und dachte nur wenig über den Hinter-grund eines Menschen nach. Es gab in dieser Zeit keine vertrauten Freunde, mit denen ich mich einmal hätte über meine Beziehungen austauschen können

Ich projizierte all meine tiefen Sehnsüchte und Wünsche auf eine potentielle Partnerin und schwelgte in Tagträumen und romantischen Gefühlen.

Vor allem wünschte ich mir eine Frau, die mich sieht, versteht und auch zur Versöhnung bereit ist. Jemand, der mir den Rücken stärkt, mich ermutigte, eigene, neue Pläne zu schmieden und die Vergangenheit so gut als möglich hinter mir zu lassen.

Besonders wichtig war mir eine Freundin, die nicht auf meine Zwillingsschwester eifersüchtig war, weil wir als „eingespieltes Team" verständnisvoll und vertraut miteinander umgegangen sind.

Ich räume ein: Ja, an dieser Stelle kreiste ich nur um mich, anstatt eine in Frage kommende Partnerin beim Kennenlernen auch einmal nach ihrer Einstellung und ihren eigenen Sehnsüchten zu fragen

Heute weiß ich: Meine realitätsfremden Wünsche waren illusorisch. Ohne Aufarbeitung der eigenen Geschichte kann es keine tragfähige Partnerschaft geben. Es ist unerlässlich, sich zunächst mit sich selbst auseinanderzusetzen, sich seiner Stärken und Schwächen bewusst zu werden und sich dann erst auf eine feste Beziehung einzulassen.

Gerade ich, der Konflikte nicht offen austragen konnte und schnell gekränkt war, wenn mir zu viel Kritik entgegen schlug. Dies wäre dann in meiner Liebe zu einer Frau schnell zu einem Weltuntergang für mich geworden, weil Streit in meinem Leben einfach nicht vorkommen durfte und ich Streit als trennenden und nicht als verbindenden Faktor in einer Beziehung ansah.

Da setzte ich – wegen des großen Mangel- und Einsamkeitsgefühls in mir – meine Sehnsucht nach guten Gefühlen über meinen Verstand. Den schickte ich sozusagen in den Urlaub...

❧ ❧ ❧ ❧

So kam es dann auch so, als Hartmut einmal eine Frau mit ins gemeinsame Haus brachte, die er beim Trampen mitgenommen hatte. Schnell war ich aufgrund meiner Einsamkeit an ihr interessiert. Als ich dann einige Tage mit ihr, die damals keinen festen Wohnsitz hatte, zusammen war, nahm ich sie mit dem Einverständnis von meiner Schwester und ihrem Mann Hartmut in unser Haus auf. So wurde aus anfänglich einer Übernachtung eine Mitbewohnerin...

Sie hieß Esther und trat weltoffen, unabhängig und auch tolerant gegenüber unserem Rauchen von Cannabis auf. Nach wie vor glaubte ich beim Rauchen von Cannabis ein gutes Lebensgefühl zu haben. Ich fühlte mich nach dem Konsumieren zwar entspannter als im Elternhaus, aber ich entwickelte mich nicht weiter und blieb damit der angepasste und liebe junge Mann, der ich schon immer war. Freundlich und lieb zu jedermann(frau). Und Esther übte einen ganz besonderen Reiz auf mich aus. Ihre Weltoffenheit und Reiselust zogen mich an. In ihrer Nähe spürte ich neue Lebendigkeit, nachdem mich ja Sonja verlassen hatte. In unserer Wohngemeinschaft gab mir Esther das Gefühl von Heimat. Regelrecht blind vor Sehnsucht nach Wärme, Halt und Geborgenheit suchte ich Esthers Nähe, ohne mir die Mühe zu machen, sie richtig kennenzulernen. Obwohl ich nicht wirklich in sie verliebt war, übte sie dennoch eine erotisierende Anziehungskraft auf mich aus. Ich kam ihr auf der körperlichen Ebene näher und ließ mich viel zu schnell auf sie ein.

Später stellte sich heraus, dass auch sie sich sehr heimatlos fühlte und mit einer inneren Unruhe durch die Welt reiste, weil sie ebenfalls viele Probleme mit ihren Eltern hatte und sehr darunter litt. Ihr Vater führte ein Leben als Fremdenlegionär und ihre Mutter schien ihr eine Schwester vorzuziehen. Auch sie erlebte Ihren Vater als hart und unnahbar, sodass sie sich wahrscheinlich nicht zuletzt auch aus diesem Grund zur Einnahme von harten Drogen verleiten ließ. Esther war drogenabhängig.

Unbewust hoffte ich, ich könne der gute Anlass werden, ihren Drogenkonsum einzustellen. Obwohl ich mir das – zu Recht – nicht vorstellen konnte, dass sie aus Liebe *zu mir* aus der Sucht ausstiege, so wünschte ich es mir dennoch insgeheim. Und nein, sie ist wegen mir nicht clean geworden.

Dies wiederum zeigt mir heute auf, wie wichtig doch gelingende Bindungsbeziehungen und ein intaktes zu Hause ist, bevor es in die Zweierbeziehung zwischen Mann und Frau geht.

Die Zuwendung, die mir Esther zeigte, kam nicht aus aufrichtigem Herzen, sondern war auch ihrer Über-lebensstrategie geschuldet. Im Laufe der Zeit stellte sich heraus, wie selbstbezogen und schwierig sie im Umgang mit anderen Menschen war. Da ich aber schwierige Menschen gewohnt war, fiel es mir nicht so schwer, ihre Eigenarten, ohne zu hinterfragen, zu akzeptieren. Doch damit tat ich mir, wie sich später herausstellte, keinen Gefallen.

Anfänglich verborgen, reagierte sie im Laufe der Zeit sehr eifersüchtig auf meine Schwester, was Monika und ich zunächst einmal verdrängten. Ja, Esther zeigte sich mit zwei Gesichtern.

Mir gegenüber liebevoll und dennoch hilfsbedürftig, Monika gegenüber intrigant und mit seltsam kindlichem Gemüt eifersüchtig. Mir war das sehr befremdlich – und ich wusste nicht damit umzugehen.

Im Laufe der Zeit wurde ich in immer mehr Konflikte verwickelt. Psychisch war ich ihr einfach nicht gewachsen.

Meine Schwester brachte Zwillinge zur Welt. Esther, die trotz ihrer inneren Zerrissenheit wohl einen geheimen Kinderwunsch hegte, sah sich einmal veranlasst, aus purer Eifersucht, die Trinkflaschen der Babys gegen eine Wand zu schmettern. Da ich zu diesem Ereignis nicht vor Ort war, bekam ich das nicht mit. Monika hat mir später davon berichtet.

Auch wenn ich Esthers Verhalten nicht billigte, tat ich mich sehr schwer, ihr diesbezüglich meine Meinung zu sagen und sie in die Schranken zu verweisen. Dies hatte ich – und das soll keine Entschuldigung sein – einfach nicht gelernt.

Allerdings reichte dieser Vorfall für mich leider noch nicht aus, Esthers Verhalten zu hinterfragen und möglichereise die richtigen Konsequenzen daraus zu ziehen.

❦ ❦ ❦ ❦

Eltern werden ist nicht schwer – Eltern sein dagegen sehr…

Die Ehe zwischen Monika und Hartmut geriet langsam, aber deutlich in Schieflage. Hartmut begann sich – leider nicht zu seinem Vorteil – zu verändern.

Er begann mit Drogen zu dealen, beglich seine Rechnungen nicht, machte Schulden und wurde für Frau und Kinder immer unzuverlässiger. Er kümmerte sich nicht mehr angemessen, ihm wurde alles gleichgültig.

So managte meine Schwester – mehr oder weniger auf sich allein gestellt – ihren Alltag und viele, kleine, alltägliche Katastrophen häuften sich, bis Monika die Reißleine zog. Als Erik und Christian ein Jahr alt waren, trennte sie sich von Hartmut. Sie fand eine Wohnung ganz in der Nähe in einem Vorort von Idstein.

So aber lernten die Zwillinge ihren Vater nicht kennen, was ich unabhängig davon, wie ich zu ihm stand, als sehr bedauerlich empfand. Denn gewalttätig war Hartumut trotz seiner Unzuverlässigkeit nicht.

Ohne staatliche Unterstützung – so wie es heute erfolgt – wurde Monika in ihrer materiellen Not von einer Frau namens Resa im Dorf versorgt, die ihre Lage erkannte. Resa und ihr – ebenfalls durch den erlebten Russlandfeldzug traumatisierten Mann – waren nach Kriegsende mit ihrem Sohn Theo als Flüchtlinge nach Deutschland gekommen.

Unseren Eltern hingegen blieben auch Monikas schwierige Lebensumstände verborgen, weil sich in meinem Elternhaus nach wie vor alles um meinen Vater drehte. Von dort erhielt Monika keine Unterstützung.

Monikas Wegzug hatte auch für Esther und mich – wir waren inzwischen ein Paar – die Konsequenz, dass wir zwangsläufig aus dem Haus ausziehen mussten.

Auch wir fanden gemeinsam eine Bleibe, genau gegenüber Monikas Wohnung. Mit der neuen räumlichen Distanz minderte sich wenigstens hier Esthers Eifersucht auf Monika etwas.

Anfänglich lief alles gut – aber nach und nach ging es mir immer schlechter. So, wie ich drauf war, wollte ich nicht länger unterwegs sein und suchte etwas, das meinen hungrigen Geist und mein Freiheitsgefühl nähren sollte.

So beschloss ich, meine als seelisch abhängig empfundene Tätigkeit, zu kündigen und suchte mehr Freiheit und Unabhängigkeit im LKW fahren.

Das Fahren lag mir sozusagen in den Genen und ich bin schon immer gerne mit irgendetwas Motorisiertem durch die Landschaft gezogen. Bei aller Leidenschaft hütete ich mich vor der Vorstellung, ich könne meinen Vater, der ja selbst eine Art Handlungsreisender war, in irgendeiner Weise nachahmen.

Ja, beim Fahren – da hatte ich das Steuer sprichwörtlich in der Hand! – spürte ich eine gewisse Identität und Unabhängigkeit! Selbst als Fahrgast in einem Linienbus beneidete ich unreflektiert die (scheinbare) Freiheit des Busfahrers.

❦ ❦ ❦ ❦

Ohne die Anwesenheit von Monika, fühlte ich mich wie ein Halbwaise und freute mich, wenn ich beim Abladen des Lkws in Kontakt mit Menschen kam. Der Nachteil allerdings war eine körperlich sehr anstrengende Tätigkeit, wenn ich Lebensmittel aus voll bepackten Containern des Öfteren mit der Hand abladen und in irgendeinen Keller zu tragen hatte. Zwar gewohnt, körperlich schwer zu schaffen, bescherte mir dies im Laufe der Zeit Beschwerden. In diesen jungen Jahren wurde schon der Grundstein für eine progressiv verlaufende Rheumaerkrankung gelegt.

Auch wenn ich mit meiner Erwerbstätigkeit recht erfolgreich unterwegs war – irgendetwas Wesentliches fehlte mir. Ich konnte zwar nicht genau sagen, was es ist und beschloss, neben dem Fahren die Chance für den nächst höheren Schulabschluss zu ergreifen.

Ich lernte in dieser Zeit für die Mittlere Reife und schloss danach die Fachholschulreife ab. Das gab meinem bescheidenen Selbstwertgefühl guten und gesunden Auftrieb.

Monika

Monika lernte Resas Sohn Theo kennen – und es kam, was kommen musste: Beide verliebten sich und gingen eine gemeinsame Beziehung ein. Theo zog bei seiner Mutter aus und er und Monika mieteten sich eine Wohnung im gleichen Dorf.

Um es schon mal vorwegzunehmen: Mit Theo verlebte sie schöne, unbeschwerte Jahre mit vielen gemeinsamen Urlauben und Unternehmungen. Theo kümmerte sich – so sah es nach außen zumindest aus – um die Zwillinge Erik und Christian, für die er wie ein Vater wurde.

Es stellte sich jedoch im Laufe der Zeit heraus, dass Theo die beiden nur halbherzig annahm und ihnen oft nach einer Begrüßung sagte, „jetzt geht erst einmal spielen!" Er wollte seine Zeit lieber alleine mit Monika verbringen.

Das sich die Zwillinge auf Dauer dabei nicht gut fühlten, nachdem sie zuvor schon der leibliche Vater verlassen hatte, lag auf der Hand. Heute vermute ich, dass sie das Desinteresse ihres Ersatzvaters durchaus deprimierte und sie in ihrem Herzen verwundet hat.

So wie Monika und ich es praktiziert hatten, hielten auch Erik und Christian als Zwillinge zusammen.

Daneben war es für meine Schwester unangenehm, dass Theo, in einem ungesund engen Verhältnis zu seiner Mutter, die ja nur wenige hundert Meter von deren Mietwohnung entfernt lebte, stand.

Als „Ersatzoma" kümmerte sie sich zwar um die Zwillinge, trat aber auch sehr dominant und übergriffig gegenüber meiner Schwester auf. Resa öffnete mit dem größten Selbstverständnis der Welt mit einem eigenen Schlüssel, den sie von Theo erhalten hatte, die Wohnung der beiden und drang ohne Ankündigung und nach eigenen Belieben in deren Privatbereich ein.

Spätestens hier zeigte sich, dass es auch meine Schwester nach den Erfahrungen mit meinem Vater nicht wirklich gelernt hatte, sich sowohl gegenüber Theo als auch gegen seine Mutter rechtzeitig und unmiss-verständlich abzugrenzen.

Monika erzählte mir zwar von ihrem Ärger, aber es gelang ihr zunächst nicht, Resa und dem mit ihr symbiotisch verstrickten Theo Tacheles zu reden und klare Grenzen zu setzen. Ich denke, auch Monika lebte mit Theo eine symbiotische Beziehung.

Einmal jedoch, als Resas Übergriffigkeit dann doch zu weit ging, riss Monika der Geduldsfaden und mit aufgestauten Emotionen setzte sie sich mit drastischen aber keineswegs despektierlichen Worten zur Wehr und stand endlich für ihre Bedürfnisse ein.

Resa reagierte beleidigt und ließ sich ein halbes Jahr lang nicht mehr blicken – was dann Theo verärgerte und er Monika die Schuld am Verhalten seiner Mutter gab.

Irgendwann erfolgte auch eine Aussprache und das Verhältnis kam wieder ins Lot. Resa war sogar bereit, sich zeitweise um die Zwillinge zu kümmern, sodass Monika eine zweijährige Berufsausbildung als Bürokauffrau machen und erfolgreich abschließen konnte. Danach trat sie eine Teilzeitstelle bei einer Behörde an, um so etwas zum Familienunterhalt beitragen zu können.

Die Berufstätigkeit gab auch ihrem geschwächten Selbstwertgefühl Auftrieb. Schließlich wollte sie doch verständlicherweise, wie so viele andere Mütter auch, nicht nur im Haushalt, sondern auch außerhalb der Wohnung tätig sein. Daneben sorgte Monika dafür, dass die Zwillinge am Gitarrenunterricht teilnehmen und später nach einem erfolgreichen Abschneiden bei einem

Wettbewerb gar im ZDF bei einer Musiksendung auftreten durften.

Hin und wieder besuchte ich meine Schwester und ihren Lebensgefährten am Abend. Ich konnte beobachten, wie Theo eifrig seine Tüten drehte und regelmäßig nicht unerhebliche Mengen Bier trank. Da es für Monika zu dieser Zeit (zumindest vordergründig) gut lief, blendete sie Theos Umgang mit Alkohol und Drogenkonsum und dem Dealen von Drogen aus.

Auch wenn sich hier etwas wiederholte: Monika konnte das zu diesem Zeitpunkt noch nicht erkennen. Auch hier war es kein gutes Vorbild für die Zwillinge, die ihren Ersatzvater mochten und Papa zu ihm sagten.

Theo machte sich auch nichts daraus, bisweilen auch schwer alkoholisiert, Auto zu fahren. Einmal – ich saß neben ihm, fuhr er in seinem Suff auf ein parkendes Auto auf. Dabei knallte ich mit meinem Kopf gegen die Scheibe, zog mir glücklicherweise keine nennenswerte Verletzung zu. Als dann ein Polizist Theo kontrollierte, stellte sich heraus, dass sich beide kannten und er ihn trotz seiner erkennbaren Trunkenheit am Steuer sorglos weiterfahren ließ.

❦ ❦ ❦ ❦

Einmal ergab es sich, dass ich meine Zwillingsschwester auf einer meiner Touren als Verkaufsfahrer mitnahm. Dort lachten wir wieder einmal so herzlich und ausgiebig miteinander, wie es uns in manch unbeschwerten Kindertagen möglich gewesen war. Insbesondere dann als ich bei dieser Tour mit einer großen Klingel auf die Straße trat und nach einem mehrmaligen Läuten ausrief: *„Frische Landeier, Bauernbrot Hausmacher Wurst und frischer Kuchen!"* Dies fanden wir beide (wie die kleinen Kinder) sehr amüsant. Sogar auch in dem Bewusstsein, dass sowohl mein Vater als auch mein Onkel Nahrungsmittel verkauften.

Theo hatte einmal mit *seinen* Verkäufen kein Glück, wurde beim Dealen erwischt und nach einem Gerichtsprozess zu einer zehnwöchigen Haftstrafe ohne Bewährung verurteilt.

Monika besuchte ihn des Öfteren und teilte mir mit, Theo hege Selbstmordabsichten. Das hat mich überrascht, weil ich Theo nie depressiv, sondern eher etwas angeberisch und überheblich, aber auch als gutmütig wahrgenommen habe.

Für mich war Theo im Grunde genommen auch eine arme Socke, die verzweifelt versuchte, sich durch den Konsum von bewusstseinsverändernden Stoffen die Gefühle zu betäuben, dadurch der Realität zu entfliehen und das eigene Gefühlsleben auf diese Weise zu manipulieren.

Monika, in der Wahl ihrer Partner vom Regen in die Traufe gekommen, merkte die Sackgasse, in die sie geraten war. Sie konnte und wollte auch diese Beziehung nicht aufrechterhalten und trennte sich von Theo.

Für Erik und Christian war Theo so etwas wie ein Vater gewesen – und die Trennung von ihm haben beide nicht gut verkraftet.

❀ ❀ ❀ ❀

Das Zusammenleben mit Esther gestaltete sich immer schwieriger. Nach Möglichkeit vermied ich Konflikte mit ihr, beziehungsweise versuchte ich diese auf eine äußerst behutsame Weise auszutragen.

Langsam erschien mir auf längere Sicht eine Trennung unvermeidlich. Dennoch fiel es mir aufgrund meiner erlernten Abhängigkeit schwer, den ersten, notwendigen Schritt zu tun und mich faktisch von ihr zu lösen, obwohl sie sich zunehmend abweisend mir gegenüber verhielt.

Nein zu sagen fiel mir in dieser Zeit, nachdem ich im Grunde ja zuvor all die Jahre immer zu allem Ja sagte, einfach schwer. Und das in einer Zeit, in der ich erst spät bemerkte, dass meine damalige Freundin einfach einen Entzug machte, über den sie nicht sprach. Erst als sie nur noch 39 kg wog, wurde mir bewusst, dass etwas nicht stimmen konnte.

Schließlich beschloss sie gemeinsam mit mir einen Psychiater aufzusuchen. Dieser fragte mich dann in einem Moment, als sie einmal kurz den Raum verlassen hatte, ob ich denn wirklich ihren Worten glaube, sie nähme keine Drogen mehr?

Gleichzeitig lehnte sie damals trotz Anraten des Psychiaters eine stationäre Therapie ab, obwohl sie diese durch die Einnahme von Speed und anderen Drogen dringend nötig hatte.

Heimlich hoffte ich, *sie* könne sich besser von mir lösen, wenn sie eine Therapie beginne.

Trotz meines inneren Widerstandes glaubte ich, sie aus meinem Pflichtgefühl heraus heiraten zu müssen. Ich machte ihr einen Antrag, bestellte das Aufgebot für die Hochzeit – und fühlte mich unsäglich schlecht! Daher machte ich kurze Zeit später das Aufgebot wieder rückgängig.

Esther zeigte sich nicht nur mit mir, sondern auch im Umgang mit anderen Menschen mehr als schwierig. Ich konnte mich immer noch nicht klar und in gesunder Weise abgrenzen. Ich fühlte mich wie ein Blatt im Wind und besaß keinen inneren Standpunkt.

Unsere Beziehung war symbiotisch verstrickt. Sie tat mir mit ihrem kindlichen, oftmals bettelnden, tränenreichen und unterwürfigen Verhalten als Suchtkranke leid. Dann betrachtete ich sie, wie auch meine Mutter, als ein Opfer, das meine Hilfe braucht.

Und genau solch ein Verhalten hatte ich ja gut und lange genug gelernt! Mir war nicht bewusst, wie naiv eine solche Haltung ist. Zumal sich nur der Suchtkranke selbst verändern kann, so er denn will.

Während sie einerseits aggressiv gegenüber mir auftrat, klammerte und weinte sie andererseits vor mir wie ein kleines Kind. Das wurde auf Dauer unhaltbar für mich und ich kam endlich zu dem festen Entschluss.

mich zu trennen und auszuziehen. Unsere Beziehung war verstrickt und vollständig zerrüttet

Leider wartete ich in meiner Naivität, meiner angepassten Haltung und auch in meiner Feigheit immer noch darauf, dass sie den ersten Schritt täte. Sie dachte gar nicht daran und verstand es, immer wieder mein Mitgefühl herauszulocken.

Und so geschah es, dass ich schwach wurde und noch einmal mit ihr zusammenkam. Das allerdings hatte lebendsverändernde Folgen!

Einige Wochen später eröffnete mir Esther, sie sei schwanger.

Diese Botschaft traf mich wie ein Hammer! Ich war einfach nur sprachlos und fühlte mich ohnmächtig. Hatte ich doch nicht geplant, Vater zu werden und eine Familie mit Esther zu gründen! Zudem hatte ich darauf vertraut, dass sie verhüten würde (schließlich war das zu jener Zeit reine Frauensache…).

Naiv wie ich ihr gegenüber noch immer war, kam ich mir nun ausgenutzt vor, während ich gleichzeitig meine eigene Verantwortung dazu nicht leugnen konnte.

Als ich dies auf einer Fahrt meiner Mutter erzählte schlug diese entsetzt die Hände über den Kopf zusammen und sagte, das dürfe doch wohl nicht wahr sein! Was für ein Unglück!

Sie hatte Esther auch schon kennengelernt, mir aber nichts von ihrer Abneigung gegenüber ihr erzählt. Zudem sah ich mich nun auch verpflichtet, meinem

Vater diese Botschaft zu überbringen, was ein Spieß-
rutenlauf zu werden versprach. Auch mein Vater konnte
Esther im Grunde nicht leiden.

Letztlich meinte er nur, ich solle doch mal prüfen, ob
ich denn wirklich der Vater sei. Ihm sei zu Gehör gekommen, dass sie vor der Schwangerschaft während
ihres zweiwöchigen Urlaubs mit einer Freundin in
Südfrankreich amourösen Abenteuern nicht abgeneigt
gewesen sei…

Fakt war, dass ich mich jetzt zu einer Verantwortung
gezwungen sah, die nicht freiwillig aus meinem Herzen
kam. Doch mich hier aus der Verantwortung zu stehlen,
kam für mich auch nicht in Frage.

Dennoch fühlte ich mich von Esther getäuscht und
benutzt. Es bleibt nur bei einer Vermutung – nachweisen
konnte ich es nicht. Damals war es äußerst schwierig,
einen Vaterschaftstest zu machen, so nahm ich die
Situation fatalistisch wie sie war und fügte mich meinem
Schicksal.

Vordergründig schien es so zu sein, ein Kind könne ein
neuer Sinngeber für Esther bedeuten, weil sie gerade
dadurch ein Wofür, eine Aufgabe in ihrem Leben fände
und vielleicht dadurch auf die Einnahme von Drogen
besser verzichten könne. Auch für mich als angehender
Vater stellte sich die Frage, wie es nun weitergeht?

Ich weiß nicht, ob Esther so berechnend war und es
während der gemeinsamen Nacht auf die Schwangerschaft

angelegt hat, oder genauso davon überrascht wurde wie ich. Allerdings könnte ich mir eine Manipulation dieser Art durchaus vorstellen.

Da unser Verhältnis bereits zerrüttet und das Thema Trennung schon längstens im Raum stand, könnte es ein Versuch gewesen sein, mich damit zu binden, um nicht verlassen zu werden.

Nichtsdestotrotz hatten wir beide die Folgen unter-schätzt. Nicht nur weil unsere Beziehung so verfahren und schlecht war, sondern weil ich mich weder reif genug für ein Kind wähnte, noch freiwillig dazu ent-schieden hatte. Auch wenn es noch so wohl-wollend klingen mag, man wachse mit den Aufgaben. Mit meiner Geschichte und diesen Umständen aus meiner Sicht damals eine Herkulesaufgabe!

❦ ❦ ❦ ❦

Als meine Tochter Lilly im Juli 1980 zur Welt kam, war ich 25 Jahre alt. Die Anwesenheit der Väter während der Geburt war 1980 noch nicht üblich. Als ich Mutter und Kind im Krankenhaus besuchte, sprach Esther kaum ein Wort mit mir, so als hätte ich keinerlei Bedeutung für sie. Das war sehr bedrückend für mich.

Ich zweifelte daran, ob wir das Kind so gut begleiten können, dass es nicht unter der gespannten Beziehung zwischen seiner Mutter und mir leide? Auch dem kleinsten, im vorsprachlichen Alter befindlichen Wesen kann man nichts vormachen – es spürt die Atmosphäre und Stimmung, in der es aufwächst.

So war ich stets bemüht, so locker und entspannt als möglich zu bleiben und Streitereien mit der Mutter aus dem Weg zu gehen.

Ich jedenfalls wollte mir diesbezüglich nicht in die eigene Tasche lügen, wohl wissend, dass ich nun zunächst einmal mindestens 18 Jahre eine Beziehung mit Esther pflegen müsste, von der ich spürte, dass diese nicht authentisch war. Ganz tief im Innern wusste ich: Eine Ehe mit Esther hätte mein ganzes Leben ruiniert – und möglicherweise auch das ihre!

Es wäre nicht möglich gewesen, die Schulabschlüsse nachzuholen, an denen ich zu arbeiten angefangen hatte. Die Verkaufsfahrerei sicherte ein schmales Einkommen, die Kosten für die schulische Ausbildung konnte ich über Bafög finanzieren.

Esther jedoch war mein Bestreben ein Dorn im Auge – nicht wegen des Weiterkommens für mich, sondern weil sie finanziell so viel als möglich aus mir rausholen wollte.

Mit meinem Verantwortungsgefühl für diesen kleinen Menschen hatte ich gleichzeitig das Gefühl zwischen den Stühlen zu sitzen, weil mir klar wurde, dass ich die Rolle, die damals ein verheirateter Vater einnahm, als unehelicher Vater vor dem Gesetz so nicht einnehmen konnte. Ich war quasi rechtlos. Die einzige Verpflichtung bestand in der Zahlung der Alimente. Andererseits wollte ich auch nicht, dass meine Tochter Lilly ganz alleine bei der Mutter aufwächst.

Natürlich freute ich mich in meinem Herzen über die Existenz meiner Tochter, gleichzeitig spürte ich von Anfang an diese alt gewohnte Müdigkeit in mir, die ich immer wieder mit meinem eigenen Willen und sportlichen Übungen zu bezwingen versuchte.

So nahm ich tapfer all die Aufgaben in Angriff, die gerade vor mir lagen.

Hätte ich keinerlei Liebesgefühle zu meiner Tochter in mir verspürt, hätte ich wahrscheinlich schon die Flucht ergriffen. Esther überforderte mich mit ihren verletzenden Worten und Taten. Sie, von der ich mich schon lange zu trennen versuchte und was mir einfach nicht gelingen wollte.

Gleichzeitig bekam ich mit und hörte es von anderen, wie Esther in Anwesenheit anderer Menschen oftmals kein gutes Wort über mich sprach, beziehungsweise mich schlecht redete und über mich herzog. Zudem konnte ich davon ausgehen, dass Esther ebenfalls nicht positiv über mich als Vater sprach.

Einmal machte sie an der Kasse eines Supermarktes bei der Kassiererin Stimmung gegen mich, indem sie mich – in meiner Gegenwart – abfällig als „nur den Erzeuger" des Babys betitelte.

Letztlich versuchte ich gute Miene zum bösen Spiel zu machen und lebte nach Lillys Geburt noch ein Jahr mit Esther zusammen. Nur – der gesamte Alltag funktionierte nicht und die familiäre Situation war einfach

furchtbar! Und nachdem Esther nach ihrer Drogenkarriere nun stolz war eine Mutter zu sein, hatte ich
weiter keine Bedeutung für sie und fühlte ich mich
ausschließlich der finanziellen Aufgabe verpflichtet.

Allmählich kam der Zeitpunkt, Esther zu verlassen Ein
Jahr nach der Geburt unserer Tochter hatte ich es dann
endlich geschafft, aus der gemeinsamen Wohnung auszuziehen und mir eine Ein-Zimmer-Wohnung
anzumieten, Mir waren die ständigen Reibereien und
Launen der Mutter meiner Tochter einfach unerträglich
geworden. Auch wenn die Trennung einerseits eine Erleichterung war – eine Zäsur, die mich schwer zu Boden
riss, blieb es dennoch. Mir war alles zu viel ge-worden –
mein inneres Chaos glich dem steten Drehen einer
Waschmaschine – und ich fühlte mich so unsäglich
müde...

Aus Hilflosigkeit und Frust betäubte ich mich immer
wieder mit Alkohol. Gleichzeitig lief ich aber auch
täglich über zehn Kilometer durch den Wald um mich
fit zu halten und mich besser zu spüren.

Die Tage, an denen ich dann mit dem Einverständnis
der Mutter auf dem Jugendamt meine Tochter sehen
durfte, erlebte ich teilweise als anstrengend, weil ich
mich nicht wirklich einlassen konnte und in gewisser
Weise überwiegend funktionierte.

Ansonsten unternahm ich häufig an jedem zweiten
Wochenende etwas mit meiner Tochter, in dem ich sie

anfangs im Kinderwagen ausfuhr, meine Zwillingsschwester mit ihren Zwillingen aufsuchte oder auf
Spielplätze mit ihr ging und ihr all meine Aufmerksamkeit und Liebe schenkte.

Ich bin der Meinung, dass Kinder einen Vater brauchen,
auch wenn dies gelegentlich von alleinerziehenden
Mütter bestritten wird. Kinder, die intakte Familien
kennenlernen, in denen ein Vater regelmäßig anwesend
ist, werden es sicher bedauern, nicht auch in einer
solchen Familien-konstellation leben zu können.

Das ich Lilly nur mit Einwilligung der Mutter an
Wochenenden sehen konnte, führte dazu, dass ich mir
zu meiner Tochter Lilly nicht dieses Vertrauen aufbauen
konnte, mit der sie gegenüber mir hätte offener sein und
über ihre alltäglichen Probleme hätte reden können.

❦ ❦ ❦ ❦

Mein verlorenes Kind Lilly und meine Beziehung zu ihr

Zwischen mir und Lilly gab es damals kaum Meinungs-
verschiedenheiten oder Streit, weil ich der „Sonntags-
papa" war, mit dem es keine Konflikte oder Wider-
sprüche auszutragen galt.

So kam es auch, dass ich in meiner inneren Trauer,
Lilly nicht immer in meiner Nähe haben zu können, in
ein Funktionieren geriet, wo auch ich mich selber kaum
spürte, geschweige denn befähigt war, die wirklichen
Emotionen meines Kindes wahrzunehmen.

Heute denke ich, dass ich damals durch die Anwesenheit meiner Zwillingsschwester mehr Glück als Verstand hatte, da es mir sehr gut tat, in ihr eine vertraute und zuhörende Person zu finden, nachdem Esther immer wieder alle Entscheidungen bezüglich unserer Tochter alleine traf und mich kategorisch ausschloss.

Ich besaß für Lillys Belange oder ihr Wohlergehen keinerlei Mitspracherecht! Ein damals regelrechter Skandal, wenn ich heute darüber nach-denke!

Mich als den leiblichen Vater ausschließend, wechselte die Mutter meiner Tochter häufig ihre Partner, sodass ich mit ansehen musste, wie Lilly ihre Zeit viel zu oft bei anderen, ihr unbekannten Männern verbrachte, und ich als Vater meine Besuchszeit stattdessen vorgeschrieben bekam. Umstände, in denen ich mich immer weniger als Vater fühlte.

Wie aber frage ich mich heute, sollte Lilly sich fühlen, wenn sie sieht, wie wir uns als Elternteile nichts zu sagen hatten und sie von ihrer Mutter immer wieder bei fremden Menschen untergebracht, ja „geparkt" wurde? Ich denke, Lilly wird sich dabei wie ein verlorenes Kind vorgekommen sein, zumal ihre Mutter gerne reiste, promiskuitiv unterwegs war, ihr eigenes Leben intensiv leben wollte und sich nicht scheute, unsere Tochter für diese Zwecke immer wieder bei Bekannten herumzureichen – statt das sie bei mir Halt und Kontinuität hätte finden dürfen.

Dies wiederum deprimierte mich, weil ich bei allem einfach nur schweigend und handlungsunfähig zusehen konnte. Ich war Vater – und durfte es nicht sein… Ich fühlte mich einfach nur noch hilflos und verlassen. Verlassen von Gott und der Welt… Alles wurde zu viel und zu schwer.

Meine Tochter war zwar in meinem Herzen, aber sie war mir nicht richtig nahe. So glich das Innere meines Herzens einem dunklen Schatten, in dem sich nur noch wenig Licht befand.

Letztlich spürte ich in meinem Leben immer weniger Lebenssinn, zumal sich auch meine Eltern, in erster Linie mein Vater, nicht für meine Tochter – *ihr* Enkelkind – interessierten und meine Mutter sich wie gewohnt anpasste.

Zudem ähnelten sich mein Vater und Esther aufgrund ihrer ureigenen, persönlichkeitsbedingten, egoistischen Strukturen, sodass eine Verständigung von Anfang an zwischen den beiden unmöglich war. Abgesehen davon hätte sich mein Vater geweigert, mich in meiner Lebenslage zu unterstützen. Im Gegenteil: Er war eher angebissen, dass ich als Arbeitskraft für ihn ausfiel.

❦ ❦ ❦ ❦

Esther hatte grundsätzlich das alleinige Sorgerecht. Zumal es in den 8oer Jahren geradezu undenkbar war, einem Mann, – im Gegensatz zu heute – das Sorgerecht zuzusprechen. Auch vom Gedanken des gemeinsamen Sorgerechts war man damals noch weit entfernt. Dies wiederum hatte zur Folge, dass die Mutter all die wichtigen Entscheidungen, die unser Kind angingen, alleine traf. Unabhängig davon, ob sie sich liebevoll gegenüber dem Kind verhielt oder es vernachlässigte. Das Kindeswohl war damals noch nicht so sehr im Fokus der Behörden, wie es das glücklicherweise heutzutage ist.

Da es als Vater für mich kein Mitbestimmungsrecht gab, hätte mich das beinahe – wie viele Männer auch, in einen seelischen Ruin getrieben. Denn ein Kind zu verlassen, ist alles andere als ein leichter Schritt! Es ist ein bitteres Opfer zum Wohle des Kindes, damit es nicht zu sehr unter den Auseinandersetzungen und der permanenten Missstimmung seiner Eltern leidet.

Ich hielt an meinem Besuchsrecht für Lilly fest, jobbte nebenbei und ärgerte mich immer wieder über die Schikanen der Mutter, die abgesprochene Termine einfach nicht einhielt und mich oftmals zwei Stunden an einem verabredeten Treffpunkt warten ließ. Ihre Willkür und das ganze „Drumherum" zehrte sehr an meinen Nerven.

Es gab kaum eine Möglichkeit, mich rechtlich zu wehren und ein Einklagen des Besuchsrechtes war nicht erfolgs-versprechend – die damalige Gesetzeslage war da einfach zu eindeutig. Alimente zahlen genügt, sagte hier der Gesetzgeber.

Was mir in dieser Zeit gut tat, war der Besuch in einer Männergruppe, in der ich mich mit anderen Männern, die ähnliche Probleme hatten, austauschen konnte.

Als in mir das Interesse an einem Studium in Sozial-
arbeit aufkam, schrieb ich mich an der Fachhochschule
für Sozialwesen ein. Die Studieninhalte waren sehr
anspruchsvoll und forderten mich enorm.

Am meisten machte mir der Umstand zu schaffen,
dass wir Studierenden viele Stunden auf engem Raum
zusammen saßen. Ja, diese intensive Nähe war mir
einfach zu viel und überforderte mich, nachdem ich so
viel Anspannung in meinen zwischenmenschlichen
Beziehungen erlebte.

Meine innere Beklemmung wurde von Tag zu Tag
schlimmer und ich verließ jedes Mal nach Ende der
Vorlesung fast fluchtartig den Hörsaal.

Leider kam ich in dieser Zeit nicht auf die Idee, mir
für die innerlich leidvolle Situation psychologische
Unterstützung zu holen und so brach ich das Studium
nach dem ersten Semester ab und versuchte, mich
anders zu orientieren. Den Abbruch dieses Studien-
faches, das mir wirklich am Herzen gelegen hatte,
bedauerte ich viele Jahre später zutiefst.

Als ich dann aus dem Studium ausgeschieden war, fuhr
ich abermals LKW. Und wieder fühlte ich mich bei
dieser Tätigkeit im Laufe der Zeit sehr einsam und im
Geiste unterfordert. Da ich seinerzeit eine Ausbildung
als Bürokaufmann in einem Architekturbüro absolviert
hatte, sah ich die Möglichkeit, Architektur zu studieren.

So wagte ich einen neuen Versuch und schrieb im
Frühjahr 1982 an der FH in Idstein ein. (Ich baute einen

ganz passablen Abschluss, habe aber hernach nie wirklich in diesem technischen Beruf gearbeitet. Meine „Herzenswahl" war gescheitert, die „Zweitwahl" füllte mich nicht wirklich aus.)

In dieser Zeit suchte ich Kontakt zu einer christlichen Gemeinde. Dort gab es eine Frau, die auf mein Trinkverhalten aufmerksam geworden war. Einmal lud sie mich nach einem Gottesdienst auf ein Gespräch ein. Seltsamerweise meinte ich, *ich* müsse *ihr* einen Gefallen tun und nahm das Angebot höflich an. Gebracht hat es mir nicht viel, weil ich auch in diesem Umfeld einfach nicht auf den Konsum von Alkohol verzichten wollte und konnte. War ich doch viel zu sehr in meinen destruktiven Gefühlen gefangen und damit erfüllt – von all den Enttäuschungen, die hinter mir lagen. Da ich auch dort keine Heimat fand, blieb ich dieser Gemeinde bald fern.

❧ ❧ ❧ ❧

In den 1980er Jahren behandelte man Cannabis-Konsumenten wie Straftäter. Das hatte meine bereits vorhandene Angst und der damit verbundenen innere Ablehnung vor jeglicher Autorität und somit auch vor der Polizei, deinem sogenannten „Freund und Helfer", beim damaligen Konsumieren nur noch verstärkt.

Ja, ich empfand die Verfolgung. Bestrafung und Ausgrenzung von Cannabis-Konsumenten als diskriminierend und ungerecht, während man Alkohol-kranke in Rehabilitationskliniken behandelte.

Gott sei Dank wurde bei einer ärztlichen Untersuchung bei mir keine Psychose festgestellt, auch wenn ich beim Konsum Phantasien und Todesängste entwickelte.

Ich entschloss mich, irgendwann ganz vom Rauchen von dem auch oftmals gestreckten Cannabis zu distanzieren. Heute bin ich trotz rheumatischer Schmerzen bis jetzt nach wie vor froh, kein Cannabis zu brauchen, nachdem ich mehr unangenehme als angenehme Erfahrungen damit gemacht habe.

Die im April 2024 erfolgte Freigabe von Cannabis befürworte ich, weil es die Konsumenten nicht mehr diskriminiert, halte aber den Konsum erst ab dem Alter von 25 Jahren für angemessen, weil das Gehirn erst dann ausgereift und der gesundheitliche Schaden deutlich geringer ist. Meiner Meinung und Erfahrung nach, ist die Mitnahme von 25 Gramm (Dealerquantum) für eine Person viel zu hoch.

❦ ❦ ❦ ❦

Diese Einsicht zur Veränderung bezüglich des Rauchen von Gras erwuchs in mir durch einen Artikel in der damaligen Zeitschrift *„Readers Digest"*, in dem eindringlich vor zu viel Cannabis Konsum und seine Folgen gewarnt wurde. Irgend jemand hatte mir diesen Bericht, der mich zutiefst beeindruckte, gegeben. Das war *der entscheidende* Impuls für meine Verhaltensveränderung. Dafür bin ich dieser Person bis heute zutiefst dankbar!

Ich entwöhnte mich vom Cannabis, hielt jedoch weiter am verstärkten Alkoholkonsum fest. Ich suchte aufgrund meiner Einsamkeitsgefühle und Anspannung ein „Lösungsmittel", um abends wegzugehen und nicht nur trübsinnig alleine zu Hause herumzusitzen.

Zudem trank ich mir in gewissem Sinne auch etwas Mut an, um einen, aus meiner Sicht, leichteren Zugang zu meinen Mitmenschen – besonders zu den weiblichen zu finden.

Ganz in der Illusion, in meiner eigenen Einsamkeit eine andere Frau kennenzulernen, die mich „rettet" und mir Weggefährtin wäre. Auch wenn meine Schwester in der Nähe war und ich mit ihr über meine innere Not sprach, konnte sie mir natürlich meine innerliche Einsamkeit nicht wegzaubern.

Erie und Eva

Nach erfolgtem Auszug aus der gemeinsamen Wohnung fand ich in Idstein eine neue Bleibe. Bei meinen allabendlichen Kneipzügen begegnete mir eine junge Frau. Erie – und sie war mir auf Anhieb sympathisch! So bändelte ich mit ihr an und suchte die Freundschaft zu ihr. Obwohl ich mich magnetisch zu Erie hingezogen fühlte, hatten meine Liebesgefühle keine Chance.

Erie lebte in Beziehung zu einem verheiraten Mann, einem Vater von vier Kindern – und sie war ihm hörig.

Auch wenn ich Eries Verhalten fragwürdig fand – ich fragte mich insgeheim, wie es denn der Ehefrau und den vier Kindern mit diesem Betrug an ihnen gehen mochte – so suchte ich sie dennoch für mich zu gewinnen. Leider erfolglos. Man sagt ja: *„die Hoffnung stirbt zuletzt"*, aber: *Sie stirbt…"*

Dies enttäuschte mich, weil ich mich im Grunde gut mit ihr verstand. Ja, ich erlebte Erie als offen, direkt und ehrlich – was mir ungemein gefiel – und konnte ihre emotionale Abhängigkeit aus eigener Betriebsblindheit heraus zu einem anderen Menschen nicht verstehen.

Es schien so einfach mit Erie zu sein, wir waren Freunde und es gab keine Missverständnisse zwischen uns…

Mit Erie, die als Erzieherin arbeitete, traf ich mich gerne mal abends in der Kneipe. Während ich meinen Kummer runterspülte, fand ich in ihr immerhin eine interessante Gesprächspartnerin – auch wenn sie für mich als Partnerin unerreichbar blieb.

Zu meinem tiefsten Bedauern blieb sie lange noch auf den Mann fixiert und erst sehr viel später, nachdem sie von ihm schwanger geworden war, trennte sie sich von ihm und zog das Kind alleine groß. Aber da war es für mich zu spät für eine gemeinsame Zukunft.

Schließlich wurde der tägliche Alkoholkonsum nach all den Enttäuschungen in meinen Beziehungen so sehr zur Gewohnheit, dass ich an Achtsamkeit verlor und zunehmend leichtsinniger wurde. Auch weil mich die Trennung und damit verbundene Distanz von meiner

Tochter Lilly mehr belastete, als ich es mir eingestanden hatte.

Einmal betrank ich mich eines Nachts so stark, dass ich nach dem Besuch einer Gaststätte die Eingangstür meiner Wohnung mit Gewalt öffnete, weil ich mit meinem Suffkopf den Schlüssel nicht fand.

Eine Handlung, mit der ich mich am Morgen danach vor mir selbst erschrak und durch die ich auch etwas die Achtung vor mir selbst verlor. Zudem wusste ich nicht, wie ich meinem Vermieter, der im gleichen Haus wohnte, die demolierte Tür erklären sollte. Peinlich hoch drei! Zugegebenermaßen weiß ich gar nicht mehr, welche Räuberpistole ich ihm damals aufgetischt hatte.

Es war eine Zeit, in der ich am Abend nach Geschäftsschluss wie ein Obdachloser (empfundener-maßen eher wie ein Heimatloser) noch mit Plastiktüten durch die Stadt zog, um mir bei der Tankstelle Bier und Wein zu besorgen.

Ich hatte keine Idee, wie ich mein als trist empfundenes Leben ohne ein Betäubungsmittel noch aushalten sollte. Die Tatsache, dass ich damals zu viel trank, nutzte Esther übelst aus, um in meinem Umfeld negativ über mich zu reden und sich selbst als Opfer darzustellen. Hartnäckig beharrte sie in der Opferhaltung und stempelte mich zum Täter. Eine Kommunikation mit ihr war nicht möglich. Andere Bekannte bestätigten mir das, weil sie befanden, dass Esther auch im Umgang mit ihnen und anderen äußerst schwierig war.

Neben meinem „Kumpel" Erie lernte ich gleich im ersten Semester eine weitere, junge Frau kennen. Und da Erie nicht erreichbar war, verlagerte ich meine Aufmerksamkeit und Zuneigung zu ihr.

Und dann verliebte ich mich tatsächlich unsterblich in sie! Ihr Name war Eva und sie schien all das zu haben, woran es mir mangelte. Ihre langen, dunkelblonden, lockigen Haare, ihre stets freundliche und sportliche Erscheinung und nicht zuletzt auch ihr zartes Wesen und ihre liebevolle Art, die mich an meine Mutter erinnerte, verzauberten mich.

Sobald ich Eva nur ansah, schlugen meine Gefühle Kapriolen. Irgendwann sprach ich sie dann an – und wir konnten einen netten Austausch pflegen. So freundeten wir uns zunächst etwas an. Mit Erie und Eva fühlte ich mich nicht mehr so alleine.

Bei unseren Gesprächen stellte sich heraus, dass Eva ähnliche familiäre Probleme (wie ich mit meinen Eltern) hatte. Auch ihr Vater war im Alter von sechszehn Jahren an die Front geschickt worden. Das gemeinsame Leid verband uns sofort.

Mit Eva verstand ich mich besonders gut und wir tauschten uns ausführlich über die Erfahrungen in unserem Elternhaus aus. Wir fassten einander Vertrauen und fühlten uns verbunden.

Ich konnte wahrnehmen, wie sensibel und einfühlsam sie mit meinen Erfahrungen umging, was wiederum meine Zuneigung und mein Vertrauen zu ihr verstärkte.

Sie selbst hatte nur mühsam eine Abgrenzung zu den Eltern gefunden und war nun froh, dass sie nicht nur ein eigenes Leben führen, sondern auch mit mir über ihre Belange und Gedanken reden konnte.

Und wie gut war es da, dass sie mich, (das sagte sie mir auch), als einfühlsamen Menschen erlebte, der sich Zeit zum Zuhören nahm. Als dann aber meine Liebesgefühle von ihr nicht wirklich erwidert wurden, weil sie in einen anderen Studenten verliebt war, und sie mich nur als einen netten Kumpel, quasi „beste Freundin" betrachtete, warf mich das zurück. Schon wieder unglücklich verliebt – und wieder keine Resonanz bei der Angebeteten finden… das war mir sehr bitter!

Aller Enttäuschung zum Trotz, blieb ich auf eine seltsame Weise stark und zeigte Eva gegenüber viel Geduld, da ich nicht bereit war, die Hoffnung auf eine gemeinsame Zukunft aufzugeben.

Ja, es war mein tiefster Herzenswunsch, einmal mit einem Menschen zusammen zu leben, mit dem ich mich gut verstehe. Und ich verstand mich hervorragend mit Eva!

So hörte ich ihr auch weiterhin geduldig zu und war gerne für sie da. Ich ließ ihr für alles Zeit, sodass wir oftmals nächtelang einfach nur miteinander über Gott und die Welt sprachen.

Eva wurde für mich zu einem neuen Lichtblick in meinem Leben, der mir neue Energie verlieh. Allerdings habe ich mich auch vor ihr immer etwas angestrengt, weil ich aufgrund meines mangelnden Selbstwertgefühls glaubte, nicht gut genug für sie zu sein.

Genaugenommen wollte ich mich am liebsten nur dann bei ihr zeigen, wenn es mir gut ginge, ich mich „stark" fühlte und keinen Durchhänger hatte, den ich ja nie ganz ausschließen konnte. Meine Schwäche wollte ich ihr nicht zeigen, aus Angst, sie könne mich deswegen ablehnen.

Während ich mit Erie einen Zechkumpanen hatte, lag Evas Verhältnis zum Alkohol anders. Einmal saßen wir – Eva, Erie und ich zusammen in der Kneipe, wo ich mich dann über alle Maßen betrank. Das hat Eva sehr missfallen und die Konsequenz daraus war, dass sie den Kontakt zu mir abbrach, was ich nach dem Erwachen meines abendlichen Rauschs am nächsten Morgen bitter bereute! Trotz meiner Zerknirschung und erwachenden Vernunft konnte ich dennoch nicht vom Alkohol lassen.

Zu dieser Zeit steckte Oma Maria mir auch immer etwas Geld zu, wenn ich knapp bei Kasse war und mein Geld nicht mehr für eine Tankfüllung oder einer Reparatur meines alten VW Käfer reichte. Obwohl mich das unterstützte, wäre es mir unangenehm gewesen, wenn es die Familie meines Paten erfahren hätte, weil ich deren Missgunst fürchtete.

Einmal erlebte ich beim Bäcker eine Situation, die mich zutiefst erschreckte! Ich hatte Erik, einen von Monikas

Zwillingen bei mir im Auto. Als ich parkte, um im Laden Kuchen zu holen, ist mir ein unvergessliches Missgeschick passiert. Denn als ich vor der Theke stand und Erik im Auto auf mich wartete, spielte er herum und löste die Handbremse meines alten VW Käfer. Ich räume ein, dass es recht unbedacht von mir gewesen war, ein so kleines Kind alleine im Auto zu belassen…

Eine Person trat in die Bäckerei und machte mich darauf aufmerksam, mein Auto mache sich gerade mit dem Kind selbständig!

Mir fuhr der Schreck so tief in die Glieder, dass ich alles fallen ließ und sofort nach draußen stürmte. Immerhin wies diese Straße ein starkes Gefälle auf! Doch wie durch ein Wunder schlug das Lenkrad in meinem Käfer so ein, dass mein Neffe mit dem Auto nur wenige Meter rückwärts gegen eine Hauswand und nicht den steilen Berg hinab fuhr, was hätte lebensgefährlich werden können!

Mein Gott, hatte ich da eine Angst um Erik! Und wer weiß, so denke ich heute, ob mir meine Schwester bei aller Geschwisterliebe den Tod ihres Kindes durch meine Leichtsinnigkeit verziehen hätte!

Als ich ihr später kleinlaut diesen Vorfall schilderte, gab sie mir zu verstehen, dass ihr bereits einmal der gleiche Fehler passiert sei und auch sie – glücklicherweise – „nur" mit dem Schrecken davon gekommen war.

Nicht nur die Unerreichbarkeit Eries und der Rückzug Evas verursachten 1982 in mir eine Katastrophenstimmung. In meinem familiären Umfeld begannen sich die Katastrophen tatsächlich zu häufen…

Völlig unerwartet starb der Bruder meiner Mutter – mein lieber Onkel Josef auf dramatische Weise: Während des Fußball-WM Endspiels fiel Joseph, wie vom Blitz getroffen, vor den Augen seiner drei Söhne plötzlich tot um. Er erlag einem Herzinfarkt.

Seine Mutter – meine geliebte Oma Maria – folgte ihm dann im Jahr 1984. Nach einem Oberschenkelhalsbruch war sie bettlägerig geworden und hatte sich einem langsamen, bald zweijährigen Sterbeprozess ergeben. Das mitzuerleben und Abschied zu nehmen tat mir sehr weh.

Warum ich mit meiner Mutter direkt an ihrem Bett saß, alle anderen aber Abstand zu ihr hielten, lag an der intensiven Beziehung, die meine Mutter und ich auch aufgrund unserer häuslichen Umstände beziehungsweise unserer familiären Bedürftigkeit mit ihr pflegten.

Unvergessen ist mir dabei geblieben, dass sie mir, unter einer Sauerstoffmaske liegend, kurz vor ihrem Tod die Hand reichte, die ich aber aus zu großer Anspannung vor den Augen der anderen Anwesenden nicht zu ergreifen vermochte, obwohl ich es so sehr gewollt hätte! An dieser Stelle so hilflos gewesen zu sein und versagt zu haben, kann ich mir bis heute nicht richtig verzeihen, auch wenn ich mich daran erinnere, wie blockiert und gelähmt ich mich damals fühlte.

Hatte es doch gerade meine Großmutter verdient, von mir noch ein letztes Mal mit einer liebevollen Berührung gewürdigt zu werden!

War sie doch diejenige, die mir in schweren Zeiten einladend und tolerant begegnet war und mir damit auch ein Stück weit das Leben rettete. Sie, die immer für mich gebetet hatte und immer für mich da war, wenn ich sie brauchte. Ja, sie war mein Hafen, den ich in stürmischen Zeiten aufsuchen konnte.

Der Abschied von ihr hat mich so tief im Innern bewegt und ist mir so nahe gegangen, dass sie bis heute einen festen Platz in meinem Herzen hat und auch immer haben wird – in der festen Überzeugung, sie neben Jesus im Himmel und anderen geliebten Menschen einmal wiederzusehen.

Ist doch die Liebe ein so festes und unzertrennliches Band, das auch über den Tod hinaus zu verbinden weiß. Ja, meine Großmutter war diejenige, die mir immer eine Tür offen hielt, mir tolerant, verständnisvoll begegnete und mir nie Vorwürfe machte.

Sicher war auch sie keine Heilige, doch sie zeigte diese sanftmütigen und hingebungsvollen Züge, wie sie auch von Jesus berichtet werden. Sie redete nicht über ihren Glauben, sondern lebte ihn. Zudem ging es mir bei jedem Besuch nach meinem Abschied besser als bei meiner Ankunft.

Ich fühlte mich alleine gelassen und wieder ersehnte ich mir eine Lebensgefährtin an meiner Seite (oder ich an ihrer Seite?).

Erie ging ihre eigenen Wege und Eva war vollständig aus meinem Blickfeld geraten. Ich brauchte lange, um sie loszulassen und die Situation zu akzeptieren. Jemand sagte einmal: *„Das, was du liebst, lass es los! Kommt es zu dir zurück, ist es deins"*

Um mit mir und meiner ganzen Gefühlswelt klar zu kommen, half mir das sehr frühe (um drei Uhr morgens) Aufstehen. Dann, wenn der Lkw beladen werden musste, damit die Geschäfte frühzeitig mit Lebensmittel beliefert werden konnten.

Dies hat mich so vereinnahmt, abgelenkt und so viel Konzentration von mir gefordert, dass ich nicht viel Zeit hatte, um über meine Beziehung, beziehungsweise unglücklichen Liebe zu Eva nachzudenken. Zudem fühlte ich mich beim LKW Fahren gebraucht und das tat meiner Seele gut.

Zumindest gewann ich auf diese Weise den nötigen Abstand zu ihr und begann, sie auch mehr und mehr in den Hintergrund zu setzen.

Jedenfalls blieb ich in dieser Zeit aus Frust über meine familiären Beziehungen dem Alkohol treu.

Doch letztlich geriet das auf eine nahezu makabre Weise zu meinem Glück, als ich eines Nachts um drei Uhr morgens betrunken mit meinem in die Jahre gekommenen Ford Taunus unterwegs war, ins Wanken.

Als die Fahrer eines Polizeiwagens neben einem vereisten Rückfenster an meinem Auto auch auf meine auffällig langsame Fahrweise aufmerksam wurden, hielten sie mich an und baten mich für eine Blutprobe mit auf ihr Revier zu kommen. Als sie dann dort einen hohen Promillegrad in meinem Blut feststellten, wurde dort der Führerschein einbehalten. Währenddessen kam ich mir auf der Polizeistation wie ein Gefangener vor, der ein Verbrechen begangen hat. Eine Straftat, auf die dann auch ein Strafbefehl, beziehungsweise die entsprechende Konsequenz folgte.

Doch das Gefühl, durch den mehrmonatigen Führerscheinentzug meine vermeintliche Freiheit und vor allem meine Unabhängigkeit verloren zu haben, nagte so sehr an mir, dass ich mich zunächst einmal am Morgen danach wiederholt betrank…

Meine Berufstätigkeit fand durch den Entzug der Fahrerlaubnis ein schlagartiges Ende. Das stürzte mich in finanzielle Schwierigkeiten. Mit dem nötigen Bafög, das ich für mein Studium bezog, konnte ich die führerscheinlosen Monate irgendwie überleben. (Mit dem Regierungswechsel 1982 und Helmut Kohl als neuer Bundeskanzler wurde beschlossen, das bis dato gewährte Bafög nun als Darlehen zu betrachten und es nach erfolgtem Studium wieder zurückzuzahlen. Das habe ich dann auch getan.)

Irgendwann spürte ich, dass ich jetzt, wo ich bereits am Morgen trank, eine Wende in meinem Leben vollziehen müsste und ich entschied mich dazu, von jetzt auf gleich keinen Tropfen Alkohol mehr zu trinken!

Nebenbei nahm ich nach meinem allein durchgestandenen „doppelten" Entzug (nämlich der von Alkohol und der meines Führerscheines) an einem Seminar für Menschen mit Trunkenheit am Steuer teil und schloss dieses dann auch erfolgreich ab. Ja, ich bekannte mich in dieser Gruppe offen zu meinem unangebrachten Trinkverhalten und beteiligte mich auch so intensiv am Unterricht, dass ich später zu meinem Erstaunen gar den Busführerschein machen konnte. So wurde ich – bis zum heutigen Tag trocken und clean von Alkohol und Cannabis.

Auch weil ich mittlerweile weiß, dass ich mein Gefühlsleben auf eine andere, natürliche Weise zum positiven hin verändern kann, in dem ich mich Gott anvertraue, ein liebevolles Gespräch mit vertrauenswürdigen Menschen führe, mich bewege, Musik höre und viele andere – guten – Aktivitäten mehr. Die innere Scham und der Schmach, nicht mehr mit dem Auto unterwegs sein zu dürfen, hat mir die Wende gebracht. Schließlich hatte ich schon von Kindesbeinen an immer sehr viel Freude am Fahren eines Fahrzeugs.

Heute möchte ich nach meiner Alkohol- Nikotin- und Cannabis Erfahrung jedem Menschen empfehlen, die Signale eines toleranzsteigernden Verhalten frühzeitig ernst zu nehmen, sich ein eigenes abhängiges Verhältnis einzugestehen und den Anfängen zu wehren. Gerade wenn man merkt, dass man sein Trinkverhalten nicht mehr kontrollieren kann und sich bei allen Fehlversuchen es zu unterlassen auch noch Selbstvorwürfe macht, die in eine zusätzliche Selbstablehnung führen.

Ohne meine Suchtmittel besaß ich auch wieder mehr Energie, um mich auf das Studium zu konzentrieren, obwohl meine Neigung und Begabung tatsächlich mehr im sozialen, denn im technischen Bereich liegt. Leider hatte ich mir den Weg dazu ja durch den Abbruch des Studiums verbaut.

Allerdings verfügte ich auch im Studium der Architektur über einen starken Willen und eine gewisse Sturheit, die mich veranlasste, das ganze Ding ohne Wenn und Aber durchzuziehen.

Letztlich wundert es mich heute noch, dass ich damals einerseits diesen unbändigen Willen besaß, mich andererseits aber auch sehr schlecht fühlte, weil mir die Erfahrungen aus der Vergangenheit regelrecht im Nacken saßen. Ja, ich versuchte auf diesem Wege noch mehr aus mir zu machen und ackerte mich von Anfang an mühselig durch das technische Studium hindurch.

Nach dem ich mich gefangen hatte und soweit klar kam, bog schon das nächste Ereignis um die Ecke…Ich traute meinen Augen nicht, als Eva eines Morgens völlig unerwartet direkt in das Nachbarhaus gegenüber einzog!

„Nein", dachte ich: „Jetzt steigen wieder deine alten Liebesgefühle für sie in dir auf, obwohl du keine echte Chance bei ihr hast und sie sich sicher vor Verehrer nicht retten kann".

Und so kam es dann auch... Kaum hatte ich sie wiedergesehen, war ich sofort wieder hin und weg und dachte fast nur noch an sie. Also fing ich wieder an zu baggern – es gab wohl inzwischen keinen Studenten mehr, der mir im Wege hätte stehen können. Das gab mir Mut.

Mein ganzes Gefühlleben stand Kopf, die innere Unruhe, die ich zuvor durch meine Ablenkungsversuche erfolgreich losgeworden war, stellte sich wieder ein.

Und wie bitte sollte ich jetzt damit umgehen? Sollte ich die Freundschaft jetzt wieder fortführen? Immerhin war ich doch nach wie vor in sie verliebt? Die Hoffnung, sie zu gewinnen, keimte wieder in mir auf.

Eva, die in ihrem Zimmerchen nebst Bett nur über einen Waschtisch und Toilette verfügte, klopfte des Öfteren an meine Tür, duschte dann bei mir und legte sich auf mein Bett. Suchte sie die Nähe zu mir?

Auf meinem Lager führten wir unsere gemeinsamen Gespräche munter fort. Auch Eva hatte ihre familiäre, traumatische Geschichte – hier waren wir an der gleichen Stelle verwundet.

So entstand erneut seelische Nähe, viel Verständnis, gegenseitige Empathie und eine wunderbare Form von Einmütigkeit. Alles, was uns beide näher brachte.

Hoffnung keimte in mir auf. Sie erschien mir nicht mehr so unerreichbar wie zuvor. Würde ich sie dieses Mal gewinnen können?

Im Sommer 1984 beschlossen wir einen gemeinsamen Urlaub zu unternehmen, bei dem wir dann auf eine für mich wundersame Weise ganz zueinander fanden. Diesen magischen Moment werde ich mein ganzes Leben lang nicht vergessen….

Wir waren auf einem Trip durch die Niederlande. Einmal stiegen wir aus, standen schweigend, an meinen alten VW-Käfer gelehnt, am Strand und unsere Blicke verloren sich in der Weite des Horizontes hinter dem Meer. Eva rückte an mich heran und gestand mir, scheu flüsternd, dass sie mich sehr gerne mag!

Heureka! Meine Liebe wurde erwidert! Ich bin vor Glück fast ohnmächtig geworden! Wir besiegelten das mit dem innigsten Kuss der Welt und wurden ein Paar.

❧ ✤ ✤ ☙

Am liebsten hätte ich mich Eva nur gezeigt, wenn ich mich auch gut und fit fühlte, ich wollte ihr meine vermeintliche Mangelhaftigkeit nicht zeigen, wollte stark vor ihr sein.

Meine unliebsame Schwäche zu verbergen war mir durchaus möglich, wenn ich sie gelegentlich traf. Beim täglichen Zusammensein funktionierte das nicht mehr, weil ich aufgrund meiner Vorgeschichte immer noch unter Müdigkeit und Kraftlosigkeit litt.

Und verlieren wollte ich sie nicht mehr! Ich hatte nach wie vor noch leichte Durchhänger, die ich auch weiterhin mit Waldläufen auszugleichen versuchte. Ja, ich hegte die Befürchtung, Eva könne oder wolle meine Durchhänger nicht akzeptieren und sich deshalb von mir distanzieren. Diese Vorstellung aber entsprang alleine meiner eigenen Fantasie – war mein „Kopfkino".

Doch schließlich begleitete sie mich hin und wieder zu meiner eigenen Verwunderung auch beim Langlauf durch den Wald.

Da ich damals noch kaum konflikt- bzw. konstruktiv streitfähig war, war es zunächst einmal von Vorteil, dass wir auch gut ohne Streit auskamen. Wohlwissend, dass dies auf Dauer nicht möglich sein würde.

Meine zuvor erlebte Einsamkeit verflog immer mehr. Schnell wurde Eva zu meinem Lebensinhalt, zumal wir beide spürten, wie schön und angenehm es war, sich nach einem anstrengenden Alltag loslassen, beziehungsweise vertrauensvoll fallen lassen zu können.

Ja, wir wussten uns aufgrund der Not, die wir in unseren Familien erfahren hatten, seelisch und körperlich gegenseitig zu wärmen, sodass wir nachts völlig unbeschwert und eng umschlungen zusammen das Bett teilten. Eine zutiefst beglückende und entspannende Zeit, in der ich die Heimat in meinem Herzen spürte, nach der ich mich so sehr gesehnt hatte.

Dazu wurde mir im Laufe der Zeit mehr und mehr bewusst, dass Eva rückhaltlos zu mir stand. Sie bewertete mich nicht für meinen doch etwas verkorksten beruflichen Weg, sondern würdigte mich als Mensch, in dem sie mich als Person mit all meinen Stärken und Schwächen so annahm, wie ich war. Sie schenkte mir genau das, was ich so sehr brauchte. Und ich konnte das aus vollem Herzen erwidern!

Jedenfalls hätte ich mir zuvor in meiner Sehnsucht nach einer Lebenspartnerin nicht träumen lassen eine Frau zu treffen, die mich als Vater eines nichtehelichen Kindes, der auch noch mit seiner Trunkenheit aufgefallen war, so annahm wie ich war.

Ja, sie brachte mir nach all meinen Tiefschlägen in meinem Leben eine solche Wertschätzung entgegen, dass ich erst gar nicht auf die Idee kam, mich in ihrer Gegenwart noch einmal zu betäuben. Das war bereits einmal schief gegangen und das sollte mir nun kein zweites Mal mehr passieren!

Kam es einmal zu Problemen, dann wusste ich in Eva um eine zuverlässige Gesprächspartnerin und ein Gegenüber, der auch in der Not für mich da war. Was alles andere als selbstverständlich ist. Letztlich genossen wir auch als verlorene Kinder unsere Zweisamkeit.

Wir verbrachten gemeinsam überwiegend schöne Urlaube an der Nordsee und träumten davon, fernab von unseren Elternhäusern dort zu wohnen. An der Nordsee fuhren wir gerne Fahrrad, lachten und lasen viel und hatten einander genug.

Diese unbeschwerte Zeit zähle ich zu den Höhepunkten in meinem Leben. Uns verband auch das gemeinsame Interesse an theologischen und psychologischen Fragen, die der persönlichen Weiterentwicklung dienen.

Das war mit ein Grund, warum ich mich dann später zu einer weiteren Therapie entschied, in der ich in einer Gruppe auch mit dem Thema Konflikte und Streit konfrontiert wurde. Zumal ich in meiner Kindheit und Jugend keine Widerrede geben durfte, sodass ich bei einem Streitgespräch schnell aufgab und mich innerlich aufregte.

Die 80er Jahre waren insgesamt sehr aufregend für mich gewesen. Wie erleichternd, dass das folgende Jahrzehnt insgesamt zwar recht lebhaft, aber nicht mehr so aufreibend für mich wurde.

Eva und ich fanden eine gemeinsame Wohnung in Idstein, zogen zusammen und beendeten 1988 unser Studium. Wir entschlossen uns, ein gemeinsames Leben zu führen und waren gewillt, aus der Paarbeziehung eine Ehe zu machen.

1989 wurde geheiratet. Das berührte mich zutiefst. Es war ein absolut unvergessener Höhepunkt in meinem Leben. Auch hier waren wir uns einig, indem wir beide eine kleine, unspektakuläre Feier wünschten und auch praktizierten.

Dennoch kann ich nicht verhehlen, dass ich aufgrund meiner Lebenserfahrungen und meiner tief sitzenden Trennungsangst befürchtete, ich könne meine Frau auch eines Tages wieder verlieren. (Was spätestens bei ihrem Ableben dann auch einträfe…) Und dies wiederum war ein Grund mehr, warum ich Gott für mein Glück dankte und Ihm noch einmal ganz bewusst mein Leben anvertraute.

Ja, die bescheidene Hochzeit empfand ich als ein großes Geschenk und Ereignis, welches Jahre zuvor noch unvorstellbar für mich gewesen war. Nun aber im Loslassen meiner Ersatzstoffe und im Glauben an Jesus Christus fing ich ein neues Leben an.

Ich hatte mich dazu entschieden, in meinem Leben keinen Alkohol mehr zu trinken. Eine Entscheidung, die ich nie bereut habe. Doch wer viel Erfahrung in einer Beziehung gemacht hat, der weiß, dass eine Beziehung auch irgendwann zu einer Baustelle wird. Nämlich dann, wenn die ersten Schmetterlinge verflogen sind…

Heute denke ich, dass wir uns von unserem Partner unbewusst das erwarten, was wir in der Kindheit vermisst haben. So träumte ich einmal, *ich hätte großes Heimweh und komme nach einer langen, stressigen, angstbesetzten Reise nach Hause. Ich gehe durch den strahlend blühenden Garten, trete ich an die offen stehende Haustür. Dabei höre ich Musik aus dem Haus tönen. Auf einmal erscheint dann unerwartet meine Frau, die gerade den Haushalt macht mit einem strahlenden Lächeln an der Tür. Dort sagt sie zu mir, ich dürfe nach dem, was ich erlebt habe, ruhig weinen. Und als das ausgesprochen ward, beginne ich zu weinen und sie schließt mich mit einem strahlenden Lächeln in ihre Arme.*

Als ich aus diesem süßen Traum erwachte, dachte ich: „*Es ist genau diese Haltung, die ich bei meiner Mutter vermisst habe.*" Körperlich hatte sie mir bei aller Liebe, die sie mir entgegenbringen konnte, einfach keine Nähe vermittelt. Ich kann mich an keine Umarmung oder einen Kuss erinnern.

Schenkt mir dies aber hin und wieder meine Frau mit Freude, dann habe ich das Gefühl, ich brauche nichts anderes auf dieser Welt, weil ich mich geborgen fühle und Heimat im Herzen spüre. Ein Gefühl, das mir auch die schönste Urlaubsreise nicht stillen kann. Deswegen halte ich es für ungemein wichtig, dass wir unseren Partnern von unseren ungestillten Sehnsüchten aus der Kindheit erzählen, damit wir dem anderen (nach unserem Vermögen) das geben können, was er in Wirklichkeit braucht.

Die 90er

Kurz nach unserer Hochzeit begann ich ein Fern-studium als psychologischer Berater, bei dem ich das Thema Sucht und Abhängigkeit zum Inhalt meiner Diplomarbeit wählte. Des Weiteren absolvierte ich eine Ausbildung zum Hospizhelfer, bei der ich nach einigen Besuchen von Sterbenden meine Liebe zum Schreiben entdeckte. Der Besuch bei sterbenden Menschen ist mir unvergessen geblieben. Nicht zuletzt weil sie, wenn sie nichts mehr zu verlieren haben, sich oftmals ehrlich und offen mitteilen möchten. Es ist ungeheuer wertvoll, ihnen Ohr, Herz und Aufmerksamkeit zu schenken. In der Phase des Sterbens geht es oft darum, dass es in unserem Leben in erster Linie um unsere Beziehungen geht. Alles andere tritt dann in den Hintergrund.

Lilly

Lilly, mittlerweile zehn Jahre alt, besuchte uns regelmäßig alle zwei Wochenenden. Auch zwischen-durch schneite sie bei uns vorbei und fühlte sich bei mir und Eva sehr wohl. Das ging einige Jahre so. Wie es wirklich in Lilly aussah, blieb mir verborgen.

Die Beziehung zu Esther blieb für alle Teile äußerst problematisch. Das Verhalten von Esther verwunderte sogar Eva, weil sie selbst erfuhr, wie schwierig diese im Umgang war.

Während dieser Zeit begab sich meine Frau aufgrund schwieriger zwischenmenschlicher Konflikte auf der autoritär geführten Behörde in Therapie und bat mich, ebenfalls eine zu machen.

Ich stimmte bereitwillig zu und trat einen achtwöchigen Aufenthalt in der christlichen Klinik Hohe Mark im Taunus an.

Dort traf ich auf einen Therapeuten, der allein aufgrund seines Alters und seiner beruhigenden Art wie ein liebevoller Vater auf mich wirkte. Und wie sehnte ich mich nach einem solchen! Er hatte eine Bibel auf seinem Schreibtisch liegen, sprach mit mir aber nicht über den Glauben.

Im Erstgespräch wirkte er sehr einfühlsam auf mich. Allerdings betonte er, dass er mich nur dann aufnehmen würde, wenn ich meinen Wunsch auf Nikotin zu verzichten, zuvor in die Tat umsetze. Ja, er schloss gar einen mündlichen Vertrag mit mir, in dem ich mich bereit erklärte, in Zukunft auf Nikotin zu verzichten und nach dieser Therapie eine Tätigkeit aufzunehmen, damit ich mit meiner Frau eine Familie gründen könnte, weil Eva den tiefen Wunsch hatte, mit mir ein gemeinsames Kind zu haben.

Ich selber wäre lieber in einer Zweierbeziehung mit Eva geblieben – aber ich wollte ihrem Kinderwunsch auch deshalb nicht entgegen-stehen, weil sie sich so liebevoll meiner Tochter Lilly annahm Und, weil ich die geheime Angst hatte, sie könne mich verlassen, sollte ihr der Wunsch unerfüllt bleiben.

Ich stimmte mich verpflichtend der Vereinbarung vor Beginn der Therapie zu und merkte, wie es mich unter Druck setzte. Sicher, ich war beseelt von der Vorstellung, nie mehr rauchen zu müssen und wollte dies auch.

Doch – leichter gesagt als getan! Zumal die Zigarette die letzte stoffliche Krücke in meinem Leben war, an der ich mich festhielt. Eine Krücke, die ich immer dann einsetzte, wenn ich eine gewisse Leere spürte oder wenn Konflikte aufkamen, die mir nicht behagten und die ich lieber zu vermeiden versuchte anstatt sie auszutragen.

Mir jedenfalls war nicht klar, wie schwer es mir fallen würde, das Versprechen gegenüber dem Therapeuten, der mir wie ein Ersatzvater erschien, einzuhalten.

Zu allem Überfluss bekam ich während meines stationären Aufenthalts in der Klinik eine eitrige, länger anhaltende Ohrenentzündung. Das führte ich auf meine seelische Verfassung zurück.

Außerdem kam ich mit meinem ersten Zimmergenossen Ulrich nicht klar. Es gelang mir nicht, mit ihm in ein sinnvolles Gespräch zu kommen. Während des Klinikaufenthaltes zwar clean vom Heroin, benahm er sich wie ein großes Kind – und ich wollte auf keinen Fall weiterhin ein Zimmer mit ihm teilen.

Die Entzündung war meiner Meinung vielleicht auch eine körperliche Reaktion meiner inneren Abwehrhaltung gegenüber dem unliebsamen Zimmergenossen und gegen meinen weiteren Aufenthalt in der Klinik.

Die Aufarbeitung der eigenen Geschichte erfordert Mut! Auch ich erlag dem therapeutischen Prozess der Übertragung, indem ich meinen behandelnden Arzt wie einen Ersatzvater betrachtete und von ihm zu erhalten erhoffte, was mir der eigene Vater nicht hat geben können.

Mir begann alles zu viel zu werden und ernsthaft bat ich ihn, mich von einer weiteren Therapie freizustellen und nach Hause zu schicken.

Da er dies aber für nicht ratsam hielt und er auf eine witzige Weise betonte, selbst auf dem Dachboden gäbe kein Einzelzimmer für mich, empfand ich seine humorvolle Empfehlung dort zu bleiben wie einen Befehl, ganz so wie ich das schon früher eingeübt hatte.

Letztlich fragte ich mich, warum ich die Klinik nicht einfach verlassen habe? Ich sprach das zwar aus, ließ mich aber von ihm überreden, wie wichtig es für mich sei, zu bleiben. Ich blieb hier in meinem alten Verhaltensmuster, wie ich es bei meinem Vater eingeübt habe, stecken, indem ich auf die Bestimmung einer fremden, aus meiner Sicht autoritären Stimme, und nicht auf mich selbst gehört habe.

So wie es früher nicht geschafft hatte aus der Situation zu fliehen, so konnte ich es auch hier nicht umsetzten, weil ich nicht mehr die Kraft dazu hatte. Ich fügte mich, verweilte die volle Zeit dort, obwohl ich es gar nicht wollte. Aber ich muss bekennen: Schlussendlich hat es mir in meiner Weiterentwicklung geholfen!

Im Gegensatz zu Ulrich konnte ich mich nach seiner Abreise mit dem nächsten Zimmergenossen, Thomas, anfreunden.

Thomas mochte ich gerne, er zeigte sich angenehm ruhig und sensibel. Sein Ziel war es, nach der Therapie Theologie zu studieren, weil er evangelischer Pfarrer werden wollte.

Der Austausch mit ihm hat mich natürlich brennend interessiert. Leider hat sich Thomas, wie ich später erfahren habe, nach seinem Aufenthalt in der Klinik erhängt. Dies hat mich ungemein betroffen gemacht, weil ich offensichtlich nicht wahrgenommen habe, wie schlecht es ihm in Wirklichkeit gegangen und seine Ausgeglichenheit nicht authentisch, sondern wohl eine Überlebensstrategie war.

Anschließend lernte ich, nachdem beide vor mir die Therapie beendet hatten, einen anderen gläubigen Zimmerkollegen, Jan, kennen. Mit Jan stehe ich bis heute freundschaftlich in Kontakt.

Letztlich brauchte ich, um Nichtraucher zu werden, nicht nur einen starken Willen, sondern auch eine entsprechende Einstellung und eine angemessene gedankliche Strategie, wenn ich dieses Ziel erreichen wollte. Der Wunsch danach war wohl in mir – und als mir der behandelnde Arzt einen Aufenthalt in einer speziellen Suchtklinik empfahl, wies ich diesen Vorschlag kategorisch ab. Auch wenn es klar auf der Hand lag: Ich und Suchtklinik – das wollte mir damals nicht zusammenpassen…

Ärzte haben sich in der Hohe Mark darüber gewundert, wie intensiv und treffend ich den Seelenzustand meiner Mitpatienten beschreiben konnte, nachdem ich mir ihre in der Klinik angefertigten gemalten Bilder angeschaut hatte.

Was ich diesem Therapeuten hoch anrechne, war die Tatsache, dass die Ärzte auf meiner Station die weißen Kittel nicht mehr anzogen, nachdem ich mich mit meiner Phobie darüber geoutet hatte.

Es ist bekannt, dass bei Kindern ein „Weißkitteleffekt" entstehen kann, den sie auch in ihrem späteren Leben auf andere Ärzte übertragen, wenn sie sich in ihrer Kindheit vor einem Arzt geängstigt oder schlechte Erfahrung gemacht haben. Ich jedenfalls habe eine „Weißkittelphobie"…

❧ ❧ ❧ ❧

Sicher, es war mein eigener Wunsch, vom Nikotin frei zu sein und bei der Gründung einer Familie die Position des Verdieners zu übernehmen. Auch wenn vornherein klar war, dass meine Frau als Ingenieurin weit mehr verdienen würde, als ich als Fahrer. Ihr Einkommen hätte ich auch mit vielen Überstunden, die oftmals ohnehin nicht bezahlt wurden, nicht erzielen können. Aber gut. Im Grunde ging es ja auch nicht darum, wer jetzt mehr oder weniger verdient, sondern darum, wie die Rollen verteilt sein würden, sollte einmal unser Kind auf der Welt sein. Zudem war uns klar, dass wir mit einer Unterstützung von Seiten ihrer Eltern und meines Vaters nicht rechnen konnten – und es irgendwie auch nicht wollten.

Wenn, käme vielleicht meine Mutter hin und wieder einmal, um uns etwas zu unterstützen. Doch selbst wenn dies einträte, müssten wir davon ausgehen, dass ihre Kräfte sehr begrenzt waren. Wir wären auf uns alleine gestellt und zögen unser Kind alleine groß.

Im Grunde war es stimmig für mich und ich fühlte mich äußerst wohl, wenn ich morgens als erster zur Arbeit ging und abends als letzter nach Hause kam. Dies tat meinem Selbstwertgefühl und der Beziehung zu meiner Frau Eva gut.

Als wir 1994 nach Bad Camberg zogen, äußerte Lilly, inzwischen vierzehn Jahre alt, den Wunsch, ganz bei uns zu wohnen. Eva mochte Lilly gerne und nahm sie auf, als sei es ihre eigene Tochter. Lilly wohnte etwa ein halbes Jahr bei uns.

Eva und ich schlossen uns einem Hauskreis an, in dem wir das Bibellesen besser kennenlernten. Wir erfuhren in dieser kleinen Hauskreisgemeinschaft eine Offenheit und Vertrautheit, die uns Geborgenheit schenkte, und uns ungemein gut tat.

Die empfundene Vertrauenswürdigkeit der dort Anwesenden war besonders wichtig für mich, denn die

Eltern meiner Frau lehnten mich kategorisch ab. Ich entsprach nicht ihren Vorstellungen, schon gar nicht, weil ich ein uneheliches Kind hatte. So versuchten sie auch nicht, Kontakt mit mir aufzunehmen. Obwohl ich mir sogar auch in meinem Schwiegervater einen Ersatzvater gewünscht hätte. Die erlittene Vaterwunde sitzt tief in mir.

Obwohl mein Schwiegervater ebenfalls mit 16 Jahren als Soldat dienen musste, schien er jedoch nicht so extrem unter psychischen Störungen zu leiden wie mein Vater. Jedenfalls war es damals sehr wertvoll, dass Eva und ich uns viel und intensiv über unsere dysfunktionalen Herkunftsfamilien unterhalten konnten und einander viel Verständnis hatten. Das hatte etwas Heilsames.

Nachdem wir zwei Jahre in Bad Camberg gelebt hatten, zogen wir 1996 nach Wiesbaden. Dort kam Lilly erneut zu uns für ein weiteres halbes Jahr. Dann ging sie ihrer eigenen Wege.

❧ ❧ ❧ ❧

1997

Ich war mittlerweile bereits 43 Jahre alt und körperlich mehr angeschlagen, als ich es für mein Alter akzeptieren konnte. Ein gemeinsames Kind war immer noch gegenwärtiges Thema.

Insgeheim befürchtete ich, die Begleitung eines Kindes könne mich überfordern. Insbesondere, weil es bis zu diesem Zeitpunkt nach wie vor nicht geschafft hatte, zum Nichtraucher zu werden

Ich bekam eine chronische Nackensteife, den soge-nannten Schiefhals und wurde daraufhin zu meiner eigenen Enttäuschung kurzzeitig krankgeschrieben. Damals sagte mir die behandelnde Ärztin, sie habe in ihrem ganzen Berufsleben noch nie einen solch großen, steifen Muskel gesehen.

Mir wiederum sagte dies, das sich genau an dieser Stelle die gesamte seelische Anspannung meines Leben eingenistet haben könnte. Ein leichter Bandscheiben-vorfall in meiner Halswirbelsäule wurde zu allem Über-fluss auch noch diagnostiziert.

Ja, in dieser Zeit bekam ich das Gefühl, an meinen selbstgesteckten Zielen zu scheitern und nicht das zu schaffen, was ich einst mit dem Therapeuten vereinbart hatte. Dabei wollte ich so gerne arbeiten und auch meiner Frau, die ja fest im Berufsleben stand, ein Gegenüber auf Augenhöhe sein!

Gleichzeitig aber wollte ich meiner Frau immer noch ihren Wunsch nach einem gemeinsamen Kind erfüllen. Nun aber erlebte ich eine seelische Frustration, die jetzt auch noch sichtbare Spuren in meinem Körper hinterließ.

Ja, selbst in meinem Kiefer bekam ich hin und wieder einen Krampf, der vielleicht auch ein Zeichen für meine innere Anspannung war.

In dieser Zeit erinnerte ich mich auch wieder an die Worte des Therapeuten, der der Meinung war, dass mir die Durchsetzungskraft für die Tätigkeit innerhalb einer Behörde fehle. Das mag wohl ein Grund gewesen sein, dass ich bei einer früheren Bewerbung bei der Baupolizei durch sein Gutachten eine Ablehnung erfuhr.

Heute denke ich, dieses Gutachten sollte mich nicht geringschätzen oder herabwürdigen (was ich damals allerdings so empfand), sondern ein weitsichtiger Mann wollte mich vor Überforderung schützen.

Zumal sich einige Monate später herausstellte, dass es genau auf dieser Behörde, auf die ich mich damals beworben hatte, viel Korruption und es nachfolgend entsprechende Anklagen durch die Staatsanwaltschaft gegenüber bestimmten Personen gab.

Gut also, dort nach meiner anfänglichen Enttäuschung keine Arbeitsstelle angetreten zu haben. Und vielleicht war es ja auch eine Bewahrung durch all die Gebete meiner lieben Marianne, die uns bis heute täglich in ihr Gebet mit einschließt.

Immerhin bekam ich vom Therapeuten zu hören, beim LKW fahren im Fernverkehr übernähme ich weit mehr Verantwortung als bei einer Tätigkeit in einem Büro. Außerdem hätte ich dann auch einen gesunden Abstand zu meiner Frau und würde damit erst gar nicht in eine zu große Abhängigkeit gegenüber ihr geraten.

Er erkannte meinen inneres Schwachpunkt und wollte mir den Blick für Suchtverlagerung und symbiotische Verstrickung (derer ich ja immer wieder erlag) öffnen.

Allerdings waren es Worte, die ich zu dieser Zeit im Grunde überhaupt nicht hören wollte, war ich doch nach all meiner erfahrenen Einsamkeit erst einmal froh nicht mehr alleine zu sein und um einen Menschen an meiner Seite zu wissen, auf den ich mich täglich freuen konnte.

Ja, ich sah keinen Sinn darin, auf Dauer eine solch große Distanz zu meiner Frau einzunehmen. Meine Frau hingegen war diesem Vorschlag gegenüber offener, da sie sich aufgrund der extremen Vereinnahmung durch ihre Mutter und ihres strengen und gefühllosen Vaters grundsätzlich gerne abzugrenzen versuchte. Das bedeutete natürlich auch ein gutes Maß an Distanz mir gegenüber.

Evas Geschichte…

Jeder von uns bringt seinen „Rucksack" mit all den Belastungen und Themen mit in die Beziehung. So hat natürlich auch Eva ihre Geschichte.

Geboren 1961, hatte auch Eva Entfremdung erleben müssen. Im Alter von etwa drei Monaten kam sie wegen einer Wirbelsäulenverkrümmung (Skoliose) in ein Gipsbett. Dieses beliebte „Allheilmittel" früherer Zeiten (bis in die Siebziger hinein) war diese Form der Ruhigstellung sehr beliebt. Heute kaum noch vorstellbar.

Durch diese krankheitsbedingte Trennung konnte auch bei Eva die so elementar lebensnotwendige Mutter-Kind-Beziehung nicht gelingen.

Nicht zuletzt auch, weil nach dem Klinikaufenthalt keine weiteren Bindungsangebote von Seiten der Mutter erfolgten.

Es war Eva, die innerlich verlassen und einsam blieb – ihre beiden Geschwister Daniela (drei Jahre älter) und ihr Bruder Renè (als „Nachzügler" 1971 geboren) hatten es ebenfalls nicht leicht.

Mittlerweile weiß man, dass traumatisierte Mütter traumatisierte Kinder zu Welt bringen.

Auch Evas Mutter, Jahrgang 1932, wird sich ungeborgen gefühlt haben, nachdem diese wiederum von ihrer Mutter in den Kriegsjahren aufgrund von Hunger und Kälte auf einen Bauernhof mit fünf Kindern weggegeben wurde, weil ihre Mutter sie einfach nicht mehr ernähren konnte. Die Verbindung und notwendige Nähe der Töchter zur Mutter konnte generationsübergreifend nicht erfolgen.

Die Mutter dominierte und bestimmte beide Töchter. Beide Mädchen wurden schon wegen kleineren Ungehorsamkeiten geschlagen. Als Zehnjährige wurde es dann Evas Pflicht, auf ihren Bruder aufzupassen, ihn zu beaufsichtigen und zu betreuen. Während Daniela sich zu entziehen verstand, blieb die Bürde an Eva, die sich im „Lieb-Kind-Modus" anpasste und fügte, hängen.

Eva erlebte ihre Mutter als übergriffig und be-
stimmend. Die Mutter-Tochter Beziehung bekam eine
ungesunde Mischung aus Verstrickung und Symbiose,
aus der es Eva erst spät gelang, sich zu lösen.

Ihren Vater, Jahrgang 1928, empfand sie als autoritär
und zornig. Eva hat sich in ihrer Lebenszeit immer
wieder von ihren Eltern unterdrückt und bevormundet
gefühlt. Das ging sogar soweit, dass ihr Mutter lange
Zeit die Kleider aussuchte und entschied, was Eva (da
war sie bereits über dreizehn Jahre alt) anzuziehen habe.
Vermutlich selber ohne ein echtes Selbstwertgefühl
versuchte sie, sich über ihre Töchter – besonders Eva –
zu definieren.

Leon

Eva war 1997 bereits 37 Jahre alt sodass wir eine
Entscheidung auch nicht länger mehr aufschieben
wollten. Eva sollte glücklich sein – das war mir ganz
wichtig.

Und tatsächlich brauchte es nur einen Versuch und
Eva wurde schwanger. So, als habe die Seele schon
längstens auf uns gewartet und der Himmel umgehend
auf unsere Entscheidung reagiert.

Neun Monate später, im Frühjahr 1998 kam unser
Sohn Leon auf die Welt.

Unser Wunschkind Leon entwickelte sich zu einem sogenannten „Schreibaby" – und das wurde eine große Herausforderung für mich und Eva! Ganze drei Jahre lang schlief der Bub nicht durch und bescherte uns „muntere" Nächte, die beinahe über unsere Kräfte gingen. Diese immense Anstrengung wurde eine große Belastung für uns beide. Kein Arzt fand die Ursache für Leons Unruhe, sein Verhalten oder vielleicht einer möglichen Erkrankung.

Oft hatte Eva tiefe Ränder unter den Augen und ging allmorgendlich unausgeschlafen auf ihre Behörde, in der unter den Kollegen bei einer autoritären Struktur oberflächliche Gespräche geführt, ordentlich gemobbt und konkurriert wurde.

Es interessierte niemanden, wie es ihr nachts zuvor zu Hause mit einem Schreikind ergangen war. Eva hatte dort keine Lobby…Sie hat es wohl deswegen so tapfer durchgestanden, weil sie in unserem Sohn ein Wofür sah, für das es sich zu kämpfen lohnte.

Es war immer hilfreich, uns über ihre Begegnungen und Erlebnisse am Arbeitsplatz auszutauschen, sodass sie nicht alles mit sich alleine ausmachen musste. An einem Arbeitsplatz, an dem auch einige Mitarbeiter vorzeitig in den Ruhestand verabschiedet wurden, weil sie ihre Begegnungen und ihren ständigen Ärger mit Bürgern auf der Baupolizei nicht ausgehalten haben Jedenfalls, aus meiner Sicht, eine große Leistung von ihr, all das gemeistert zu haben.

In dieser Zeit war auch ich bestrebt, neben der schmalen Rente, etwas zur Familienkasse beizutragen. Trotz meines zermürbenden Schiefhals trug ich nachts, beziehungsweise in den frühesten Morgenstunden die Tageszeitungen in Wiesbaden aus. Allerdings war ich auch nach dem wenigen Schlaf und dem Schreien unseres Sohnes anschließend so erschöpft, dass ich mich nur noch hinlegen wollte. Wer einmal Kinder begleitet hat, der weiß, dass es immer erst einmal darum geht, die notwendigen Bedürfnisse des Kindes vor die eigenen zu stellen und zu stillen.

Mit meinem Handicap, mit dem ich nur noch begrenzt arbeitsfähig war schämte ich mich zu allem Übel auch noch vor den Menschen. Dennoch, jetzt hatte ich die Verantwortung für die Begleitung meines Sohnes über-nommen. Immerhin hatte ich mich hier bewusst und mit ganzem Herzen für eine Vaterschaft ent-schieden. Zwar mit Einschränkung, die ich ihm zwar gerne erspart hätte, die ich aber zu akzeptieren und in mein Leben zu integrieren hatte. Und Selbstmitleid hätte mir (und dem Rest der Familie ebenfalls) in dieser Situation gewiss nicht gut getan.

Gut war hier, dass ich trotz allem in meinem Leben das Kämpfen nie aufgegeben habe, auch wenn ich mich manchmal über der Grenze meiner Belastungsfähigkeit fühlte. Und jetzt war eben die Entwicklung meines Sohnes das Wofür, die Aufgabe für die es sich ohne Wenn und Aber zu engagieren lohnte. Unsere „Arbeitsteilung": Tagsüber begleite ich unseren Sohn, während Eva ihrer Vollzeittätigkeit nachging. Die „Nachtwachen" erfolgten in Absprache und im Wechsel.

Als Leon später zu allem Überfluss für kurze Zeit ebenfalls einen Schiefhals entwickelte, machte ich mir große Sorgen. Als dieses Symptom dann aber nach einer physiotherapeutischen Behandlung, Gott-sei-es-gedankt, wieder verschwand, war ich doch sehr erleichtert!

Da Eva bei ihrer Arbeit von konservativen Männern im Baubereich umgeben war, hatte sie die Sorge, nach einem längeren Ausscheiden als Frau nicht mehr in ihr altes Berufsleben zurück finden zu können. Außerdem wurde sie von ihrem Vorgesetzten aufgefordert, nach der Geburt zügig an ihren Arbeitsplatz zurück zu kehren. Eine anmaßende Aussage von einem Chef, der selbst keine Kinder hatte und sich in seiner Freizeit mit seinen Oldtimern vergnügte.

Das setzte uns damals beide unter Druck – jedenfalls kam es für meine Frau nicht in Frage, einen Antrag auf Sozialhilfe zu stellen, um zu Hause unser Kind zu betreuen. Zudem war sie von Haus aus auf Leistung getrimmt. Denn das Wesentliche, das bei ihren Eltern zählte war Leistung – und diese Einstellung hatte sie gewiss möglicherweise auf sich selbst übertragen. Auch ein gewisses Ansehen in der Gesellschaft und ein gutes

Einkommen war meinen Schwiegereltern immer das Wichtigste.

Waren diese doch nach all der Armut nach dem 2. Weltkrieg blind für die Tatsache, dass es trotz aller Zwänge in diesem Leben in erster Linie um zwischenmenschliche Beziehungen geht. Ja, sie schrieben die Menschen einfach ab, wenn sie nicht ihren Vorstellungen entsprachen. Oder sie redeten gern despektierlich über sie ohne dabei auch einmal ihr eigenes Verhalten in Frage zu stellen.

Die Haltung meiner Schwiegereltern machte uns die Situation nicht leichter. Ich erinnere mich an eine kuriose Situation: Während eines VHS-Kursbesuches sagte unvermittelt eine innere Stimme in mir: *„Ich bin frei!"*

Das irritierte mich. Was sollte diese Stimme mir in Bezug auf mein Leben jetzt sagen. *„Ich bin frei"*?. Gerade jetzt, wo ich doch eine Familie gegründet und nicht die Ziele erreicht hatte, die mit dem Therapeuten besprochen waren?. Weder schaffte ich es, das Rauchen aufzugeben noch sah ich mich körperlich in der Lage, beruflich LKW zu fahren.

Nein, ich wähnte mich nicht frei, fühlte mich hingegen wie ein Versager, der sich nach der Geburt unseres Sohnes mit dem Schiefhals wie in eine Zange gepresst fühlte. Aber was sollte ich machen? Mich betäuben? Das kam für mich nicht mehr in Frage. Diesen Weg der Lebenslüge wollte ich nicht mehr gehen.

In mir stiegen die Bilder und Erlebnisse meiner Klinik-
zeit von 1994 in der Hohe Mark wieder auf. Damals
hatte mir der Therapeut empfohlen, einen Aufsatz über
Freiheit zu schreiben. Er, der ja genau wusste, dass die
Zeit in meiner Kindheit und Jugend einer Gefangenschaft geglichen hatte. Mit einem Vater, durch den ich
mich seelisch so verwundet fühlte, dass ich die erfahrenen Wunden und den Schmerz gerade bei diesem
Therapeuten wieder ganz neu spürte.

Ja, ich fühlte mich vor ihm klein, weil ich den Eindruck hatte, er nähme mich aufgrund der kurzen
Gespräche (für eine Einzelsitzung mit dem Therapeuten
waren üblicherweise zwanzig Minuten einberaumt)
nicht ernst. Und das, was ich mal erlebt hätte, sei doch
halb so wild… (Das allerdings waren meine Gedanken
über den Therapeuten).

Ich hatte das Phänomen der Übertragung zwischen
Patient und Therapeut vollumfänglich erlebt. Das, was ich
dachte, waren alte Gefühle und Glaubenssätze, die hier
einen Weg ins Bewusste fanden. Und ich war ärgerlich,
weil ich von meinem „Ersatzvater" weder die erhoffte
Zuneigung, noch Ermutigung erhielt. Wie sehr hatte ich
gehofft, wenn schon nicht von meinem Vater, so doch von
ihm die bisher entbehrte Anerkennung zu erhalten.!

Glücklicherweise erfolgte das nicht in der ersehnten
Weise – denn eine Gegenübertragung wäre völlig un-
professionell gewesen…

Demgegenüber empfand ich ein mehr oder weniger
kühles, sachliches Gespräch nicht als Motivation, um

noch zuversichtlicher auf die Aufgaben in meinem Leben zuzugehen. Ich begehrte liebevolle und auch zeitintensive Zuwendung.

Die Strategie dieses Therapeuten schien zu diesem Zeitpunkt kontraproduktiv für mich. Ich fühlte mich kritisiert, weil ich noch immer Zigaretten rauchte und er mich mit anderen Rauchern auf dem Klinikgelände habe rauchen sehen. Ich verurteilte ihn innerlich – und dann mich...

Lange grollte ich, weil ich so verzweifelt jemanden suchte, der mich und meine innere Not sähe, mich bevatere und mich bedingungslos annähme. Nur so, dachte ich, wäre es mir möglich, liebevoll mit mir selbst umzugehen.

Inzwischen bin ich um eine Erkenntnis klüger: Ich alleine bin die Person, die sich bevatern muss. Auch wenn es mein Vater versäumt hatte – diese Erwartung auf andere Männer zu übertragen und von ihnen die Stillung meines urtiefsten Bedürfnisses zu erhalten, ist nicht rechtens und endet in einer Sackgasse. Ich bin kein hilfloses Kleinkind, kein Opfer mehr. Und als Mann empfinde es als meine „Bürgerpflicht", aus diesem „Ohnmachts-Opferhaltungs-Karussell" auszusteigen.

Die Eltern meiner Frau haben mich, trotz ihrer Rolle als Großeltern nach wie vor als Schwiegersohn abgelehnt. Sie zeigten auch kein großes Interesse an ihrem Enkel, ja noch nicht mal an seiner Mutter. Ich fand das sehr traurig. Sie beschenkten Leon zwar pflichtschuldig an Weihnachten oder an seinem Geburtstag, doch sie verweigerten ihm die Nähe. Nicht nur alleine gegenüber ihm, sondern auch gegenüber den Kindern von Evas Schwester Daniela. Offensichtlich war es ihnen nicht möglich, Nähe zu geben.

Zudem schienen auch Daniela und Renè Negatives über Eva und mich zu erzählen. Jedenfalls spürte Leon die Ablehnung seiner Großeltern, was ihn in seiner Entwicklung gewiss nicht förderte. Ich jedenfalls hätte am liebsten den Kontakt zu meinen Schwiegereltern ganz abgebrochen, befürchtete ich doch, unserem Sohn könne der Kontakt zu seinen Großeltern und deren vergifteten Atmosphäre in seiner eigenen Wachstums- phase mehr schaden als nützen.

Die Liebe meiner Schwiegereltern gegenüber uns ließ sich natürlich nicht erzwingen. Damals ging ich davon aus, dass meine Schwiegereltern uns ausgrenzten, weil sie eine intolerante Einstellung zeigten. Zumal gerade mein Schwiegervater in Monologen vor uns allen immer wieder betonte, was er in seinem Leben alles gemeistert und erreicht hätte – was mich dann grundsätzlich als Versager dastehen ließ.

Ja, vielleicht konnte er in gewisse Weise auch stolz auf sich sein, aber dass er das dauernd ausbreiten musste, wirkte alles andere als einfühlsam und echt. Dennoch versuchten wir alles so zu akzeptieren wie es war, machten gute Miene zum bösen Spiel und versuchten immer wieder bei unseren Pflichtbesuchen, die sich meiner Meinung nach, damals aus meiner Sicht für uns nicht gelohnt hatten, das Beste draus zu machen. Eva lag viel daran, allem Unbill zum Trotz, den Kontakt zu ihren Eltern aufrechtzuerhalten anstatt ihn ganz abzubrechen.

In dieser Lebenssituation klagte meine Mutter immer wieder darüber, wie schlecht es ihr nach wie vor mit meinem Vater gehe. Dies wiederum veranlasste uns, sie öfter einmal über Nacht zu uns zu holen. Vermochte sie doch so wenigstens, etwas Abstand zu meinem Vater einzunehmen und sich seelisch etwas zu erholen. Zu meiner eigenen Verwunderung empfand ich damals noch etwas wie Mitgefühl mit meinem Vater, wenn mir bewusst wurde, dass er nachts alleine in seinem Haus sein würde und sich vielleicht verloren vorkäme.

Die 2000er

Positiv in dieser Zeit war, dass Eva meine Mutter sehr mochte und sie gar wie eine Ersatzmutter ansah. Meine Mutter kam auch des Öfteren zu uns und entwickelte ein inniges Verhältnis zu Leon.

Hin und wieder, wenn sich meine Mutter bei ihren Besuchen bei uns entspannen konnte, wurde sie redefreudig und mitteilsam..

Einmal erzählte sie wie aus heiterem Himmel, mein Vater habe möglicherweise eine Affäre gehabt und ein

Kind mit dieser Frau gezeugt. Wissen und beweisen konnte sie das nicht. Sie schloss es aus der Tatsache, dass sie in letzter Zeit schon einige anonyme Drohanrufe – es war eine weibliche Stimme – erhalten habe, die sagte, ihr Haus würde bald in die Luft gesprengt.

Mein Mutter vermutete, es könne sich dabei um die Eifersucht dieser unbekannten Frau handeln und sie wolle vielleicht durch Erpressung Alimente von ihm fordern. Sie hat diese für sie beunruhigenden Anrufe nie ihrem Mann mitgeteilt – ich vermute, aus Angst vor ihm. Es erleichterte sie, sich uns anzuvertrauen. Ob ihre Ängste diesen oder einen anderen realen Hintergrund hatten oder es bereits die Anfänge von Verwirrung waren, konnten wir zu diesem Zeitpunkt nicht überblicken.

Sicher, eine Affäre mit Folgen konnte ich mir bei meinem Vater durchaus vorstellen. Nur – ich war es langsam leid, permanent über die Probleme zu sprechen, die meine Mutter mit ihm hatte. So gab ich manchmal vor ihr zuzuhören, tat es aber nicht.

War mir doch bewusst, dass ich ihr nicht helfen konnte, solange sie ihn nicht verließe. Die Situation, die sie ständig beklagte, konnte sie nur selbst verändern. Allerdings überlegten wir, ob wir dem ganzen Zirkus nicht ein Ende setzen könnten, nähmen wir meine Mutter ganz bei uns auf. Doch dazu war sie nicht in der Lage. Sie hatte damals den Absprung nicht geschafft, so auch jetzt nicht.

Die dauerhaften Konflikte, die meine Mutter mit meinem Vater hatte, nagten auch an unseren Nerven.

Und vermutlich verließ sie ihn auch deswegen nicht, weil sie mittlerweile viel zu abhängig von ihm war und sich zu lange an dieses Gefängnis oder die Gefangenschaft bei ihm gewöhnt hatte.

Tod des Vaters

2002 kam mein Vater überraschend ins Krankenhaus. Auch hier blieb er seiner despotischen Linie treu. Er befahl seiner Frau, ganz oft (am besten täglich) zu ihm ins Krankenhaus zu kommen und bei ihm zu sein.

Für meine Mutter war er auch dort der Befehlshaber. Mir erschien trotz der äußerlich zu Schau gestellten Dominanz – auch hier musste er vorgeben, der Herr im Hause zu sein – eher verunsichert und grüblerisch.

Ich fühlte mich immer noch wie ein Sklave behandelt, besonders, wenn er mich anwies, ihn zu rasieren. Ich hätte ihm den Wunsch auch ausschlagen können – aber nein, eigentlich konnte ich es nicht, als er so hilfsbedürftig und krank im Bett lag.

Sein Tod, mit dem keiner gerechnet hatte, kam unerwartet schnell. Es hat auch mich überrascht und – ich räume es ein – auch etwas erleichtert.

Eine Haltung, die ich mir nie gewünscht hatte, die ich aber auch nicht leugnen konnte. War doch meine Beziehung zu ihm seit meiner Kindheit einfach nur eine schwere Last für mich. Und die Wunden, die er mir zugefügt hatte, reichen tief!

Monika gab er kurz vor seiner Operation noch einmal ein Zeichen des Verzeihens, in dem er ihr fest die Hand drückte.

Ja, ich hatte nicht nur genug von seinem lieblosen Verhalten sondern auch von meiner eigenen angepassten und unselbstständigen Haltung ihm gegenüber. Seinen Tod habe ich mir zwar nicht gewünscht, aber seinen Todeszeitpunkt auch als ein Eingreifen von „oben" angesehen. Wie gerne hätte ich meinen Vater geliebt und es ihm gezeigt – aber dies wollte mir nicht gelingen.

Genaugenommen war sein frühzeitiger Tod (er wurde 75 Jahre alt) für uns alle eine – einschließlich ihn selber – eine Gnade. Denn er wäre nach seinem Krankenhausaufenthalt als Pflegefall entlassen worden. Das hätte mich und meine Familie ganz sicher überfordert und möglicherweise auch geschadet.

Unübersehbar war auch, dass meine Mutter in keiner Weise um meinen Vater trauerte und nach einiger Zeit ihre neu gewonnene Freiheit zu genießen schien. Nicht einmal auf der Beerdigung sah ich sie eine Träne vergießen.

Allerdings konnte ich meine Tränen nicht zurückhalten, als ich im Trauergottesdienst in der Kirche all die Verwandten sah, zu denen wir auch durch des Rückzugs des Vaters von klein auf keinen engeren Kontakt mehr pflegten. Zudem wurde ich das Gefühl nicht los, dass man über uns tratschte.

Meine Mutter ließ ihn – weil es halt so üblich war – klassisch erdbestatten, obwohl mein Vater sich eine Feuerbestattung gewünscht hatte. Sie brachte einfach nicht den Mut auf, die damals gebräuchliche Bestattungsart zu nehmen, sondern beugte sich mehr den allgemeinen Konventionen und Gepflogenheiten.

Sie wollte den Erwartungen, die ihr Umfeld an sie stellte, gerecht werden. Sie hatte schon immer Angst vor dem Geschwätz der Leute und konnte daher oftmals nicht ihren eigenen Bedürfnissen folgen.

Ganz nebenbei blieb sie treu ergebene Witwe und durch die nachfolgende Grabpflege an ihrem Mann haften. Nachdem sie einige Jahre später selbst erkrankte, oblag dann mir die Pflege des väterlichen Grabes – und damit wurde ich nolens volens auch regelmäßig an ihn erinnert.

Eins allerdings möchte ich noch erwähnen, weil mich das Phänomen tief beeindruckt hat und mir und Monika unvergessen blieb: Als mein Vater einen Tag nach seinem Tod im Leichenschauhaus aufgebahrt lag, war er nicht wieder zu erkennen! Mit friedlichem und entspannten Ausdruck auf seinem Gesicht lag er da, als ob alles von ihm abgefallen sei und er aufgehört habe zu kämpfen. Als ob es nicht er, sondern ein anderer Mensch sei. Auch Monika empfand so und meinte, er habe auch sehr intelligent ausgesehen. Mir wurde in diesem Augenblick wieder schmerzich bewusst, dass ihn der Krieg, das Verhältnis zu seiner Mutter und dieses ständige Funktionieren als selbstständiger Kaufmann sehr verändert und auf seine Weise gezeichnet haben musste. Ja, wie sehr er sich selbst verbogen haben musste, um sein Leben mit all seinen Problemen zu meistern. Krieg ist und bleibt eine Katastrophe und sollte unter allen Umständen verhindert werden.

Ja, vielleicht war mein Vater im Grunde seines Herzens ja auch ein sensibler Mensch, der völlig überfordert war und sich durch den Krieg in seiner Persönlichkeitsstörung zum Leidwesen seiner Mitmenschen verändert hatte.

Vor seinem Tod noch hatte ich mich auf einen Schenkungsvertrag eingelassen, mit dem gewisse Verpflichtungen und Konditionen verknüpft waren.

Der Grund, warum ich damals den Vertrag unterzeichnet hatte, war die Tatsache, dass ich immer viel am und im elterlichen Haus mitgearbeitet hatte und mir mit der Übernahme des Elternhauses eine gewisse Entschädigung erhoffte. Eine Haltung, die ich heute so nicht mehr einnehmen würde, auch weil seelische Heilung nicht mit Geld zu erzielen ist. Verbunden mit der Übernahme des Elternhauses erhielt Monika den ihr zustehenden Anteil von mir ausbezahlt. Damit war alles bestens geklärt.

Für mich ist die Erfahrung mit meinem traumatisierten Vater ein Grund mehr, allen Anfängen von Gewalt zu wehren und jeden Menschen auf die Friedensbotschaft Jesu aufmerksam zu machen.

Werden doch gerade in der Zeit nach einem Krieg weltweit Kinder von ihren traumatisierten Vätern in ihrer Seele viel zu tief verletzt und sich meist selbst überlassen. Oft tun sie sich aufgrund einer inneren Angst oder aus Scham schwer darüber zu sprechen, um alles besser für sich selbst verarbeiten zu können. Und wie gut ist es dann, wenn sie Menschen begegnen, die ihnen mit einer gewissen Gelassenheit ein Vertrauen schenken und ihnen zuhören, damit sie sich mit ihrer inneren Not ernst- und angenommen fühlen.

Letztlich fordern (unsere derzeit aktuellen) Kriege immer mehr zu einer seelsorgerlichen Begleitung auf, die gerade jene leisten können, die ihre eigenen schmerzlichen Erfahrungen im Zusammensein mit ihren vom Krieg traumatisierten Vätern ohne Bitterkeit überwunden haben.

Gerade jetzt brauchen wir wieder Menschen mit Herz, die auch ein Zeichen für eine gelingende Demokratie, ein gesundes Miteinander in einer Gesellschaft sein können, während bei kriegsführenden autokratischen Systemen der einzelne Mensch nur wenig zählt.

Ich jedenfalls, der in einem vom Krieg beeinflussten autoritären Familiensystem aufgewachsen ist, werde nicht auf die Idee kommen, mir ein autokratisch geprägtes Gesellschaftssystem zu wünschen.

Die aktuelle Situation in Europa und dem Nahen Osten nehmen mich richtig mit und ich frage mich, was die Soldaten im Gaza-Streifen oder in der Ukraine auf der psychischen Ebene durchleiden, während wir an unseren Bildschirmen sitzen und vielleicht mehr und mehr an einst verstörenden Bildern abstumpfen.

Wie wäre es denn, ein Gebet für all die betroffenen Menschen zu sprechen anstatt ohnmächtig dem Kriegsgeschehen zuzusehen? Krieg jedenfalls ist und bleibt nun einmal ein menschenverachtendes Ereignis auf dieser Welt – für alle schuldhaft wie schuldlos daran Beteiligten.

Vaterzeit

In den Jahren, in den ich meinen Sohn mit meinem Schiefhals und einem mittlerweile eingetretenen Tinnitus aufzog, war ich froh, wenn Eva abends endlich von der Arbeit kam und ich etwas durchatmen beziehungsweise loslassen konnte. Wohl wissend, dass auch sie einen anstrengenden Arbeitstag hinter sich gebracht hatte…

Ja, dann war ich so erschöpft, dass ich nicht einmal mehr mit ihr über die Erfahrungen mit unserem Sohn sprechen konnte. Eigentlich eine unselige Sache, aber mehr war einfach nicht drin. Immer wieder habe ich mich mit all meiner Kraft vergeblich gegen die inneren Krämpfe gestemmt, und unabhängig von meiner Lebensgeschichte auch noch nach anderen Ursachen dafür gesucht. Doch dieses Umkreisen um mich selbst hat einfach nichts gebracht.

Ich wollte meinem Sohn ein guter Vater sein – ihn in seinen Bedürfnissen wahrnehmen und sehen. Genauso, wie ich es mir von meinem Vater gewünscht hätte.

Der Kampf mit meinen Beschwerden, die mich an so vielem hinderte, beschränkte ich dann mit einer klaren Entscheidung auf den Zeitraum „Heute". Der Kampf gestern war vorbei – und der morgige noch nicht da…

Das machte mir die gesamte Lebenssituation leichter. Ich ging auch sehr viel sorgsamer mit meinen Gedanken um und gebot ihnen Einhalt, sollten sie negativ werden und mich bezüglich meiner Beschwerden und der Entwicklung von Leon herunterziehen.

Ich wollte mir seine Zukunft nicht dunkel ausmalen, denn dann hätte ich nicht die Kraft aufbringen können, meinen Alltag mit ihm zu meistern. Zudem wollte ich mich gegenüber meiner lieben Eva nicht wie ein Versager fühlen. Die Kraft, den „starken Mann" zu spielen, hatte ich nicht mehr. So stand ich zu mir und meiner Situation und musste ganz weg von meinem ursprünglich gewünschten Rollenbild, in dem ich mich gerne als Verdiener gesehen hätte. Ein Kind zu begleiten ist eine verantwortungsvolle Aufgabe!

Schließlich war ja die Gründung einer eigenen Familie mein größter Lebenswunsch gewesen, der mit Eva und Leon Realität geworden ist.

Auch wenn ich diese Zeiten als sehr anstrengend und schwer in Erinnerung habe, so wurde und wird es durch den Glauben an einen liebenden Gott getragen – mit der Gewissheit, am Ende wird alles gut werden.

Während ich mit Leon täglich viel an der frischen Luft spazieren ging, gingen mir gleichzeitig die Sätze des Therapeuten durch den Kopf, mit dem ich damals vereinbart hatte, das Rauchen aufzugeben. Doch, was ich auch versuchte – es gelang nicht. Und gerade, wenn ich wieder einmal einen Nichtraucherkurs in einer Gruppe erfolglos abgeschlossen hatte, fühlte ich mich hinterher wie ein Versager.

Heute weiß ich, dass ich ein Problem mit dem Loslassen hatte, weil mir die entsprechende Einstellung, die notwendige Strategie und das Vertrauen fehlte.

Das „unter Druck stehen" war mir ja seit frühester Jugend vertraut....Der immense Druck, aufzuhören tat mir, weiß Gott nicht gut. Schließlich bekam ich das Thema auch nicht mehr aus dem Kopf und begann, zwanghaft darum zu kreisen. Außerdem hatte ich Angst, nach dreißig Jahren Zigarettenkonsum vor den Augen meines Sohnes selbstverschuldet schwer zu erkranken. Doch der Wunsch allein, auf Nikotin verzichten zu können, brachte natürlich noch keine Wende.

Ich las verschiedene Ratgeber, wie man zum Nichtraucher wird und fand einen Gedanken, der mir sehr hilfreich wurde: *„Ich habe die Freiheit zu rauchen. Wenn ich rauche, habe ich auf der einen Seite diese Vorteile und auf der anderen Seite jene Nachteile."*

Das wog ich gegeneinander ab und erkannte: Die Vorteile des Nichtrauchens überwiegen, sodass ich mich immer im jeweiligen Augenblick gegen das Rauchen einer Zigarette entschied. Ich brauchte mich „nur" für oder gegen die Sucht zu entscheiden! So einfach war das!

Damit stand nicht mehr ein riesiger Berg vor mir, vor dem ich mir eingeredet hätte, nun nie mehr rauchen zu dürfen. So aber entschied ich mich immer nur in dem jeweiligen Augenblick des Verlangens gegen das Rauchen. Der Druck war weg!

Erstaunlicherweise löste sich mit dieser neu erworbenen Einstellung meine Verkrampfung etwas – auch wenn mir leider mein Schiefhals geblieben ist.

Als in der Folge noch eine rheumatische Erkrankung bei mir diagnostiziert wurde, war ich anfänglich am Boden zerstört. Plötzlich erinnerte ich mich an meinen ersten Schub. Den erfuhr ich, als ich damals meine Mutter im Auto mitnahm und aufgrund der lang anhaltenden familiären Situation in meinem Elternhaus sehr belastet war. Mein Knie wurden plötzlich sehr dick und färbten sich rot, was mich verunsicherte.

Heute denke ich, dass sich damals das innere Feuer, der innere und auch auf-regende Kampf in meinem Elternhaus und mit der Mutter meiner Tochter von meiner Seele auf meinen Körper übertragen hatte. Gelegentliche Schübe hatte ich bisher ignoriert…

Nach der Diagnose entschied ich mich mit meiner gewohnten Kämpfernatur, nicht um das Thema zu kreisen und so zu denken, als sei ich nur noch mein Rheuma. Nein, ich sagte mir, ich bin mehr als nur mein Rheuma – ich bin ein von Gott geliebter Mensch!

Trocken und clean setzte ich mich jetzt noch intensiver mit dem Sinn des Lebens und meines christlichen Glaubens auseinander.

Daneben intensivierte ich das Schreiben. Nachdem ich zuvor ganz bewusst Jesus mein Leben anvertraut hatte, trafen wir uns auch weiterhin nach wie vor regelmäßig in einem Hauskreis mit anderen gläubigen Menschen. Dazu erlebte ich einige Bewahrungen, die mich im Glauben gestärkt haben, nachdem in meinem eigenen Leiden auch immer mal Zweifel an der Existenz Gottes in mir aufkamen. Doch Gott hat mich immer wieder am Schopf gepackt und mich zum Staunen gebracht.

Für andere mögen das glückliche Zufälle – oder einfach nur „Glück gehabt" sein. Ich erlebte das als Eingreifen Gottes. So betete ich beispielsweise früher schon einmal um eine gute Fahrt, nachdem ich als Lkw Fahrer den Arbeitgeber gewechselt hatte und meine erste Fahrt mit einem Kollegen bevorstand. Beim Abstellen des LKW nach der Fahrt krachte auch zum Schrecken meines Beifahrers, das gesamte Lenkgestänge des LKW auf dem Parkplatz der Spedition auf den Boden.

Ein anderes Mal besuchte ich mit Eva und Leon ein christliches Wochenendseminar. Als wir nach Hause fahren wollten, stand ich bei offener Tür am Rücksitz bei meinem Sohn, um ihm im Kindersitz anzuschnallen. In diesem Moment vernahm ich ein schleifendes Geräusch, was mich sofort warnte. Eine scheinbar übernächtigte Ärztin schrammte mit der kompletten Seite ihres Autos an der offenen Tür, in der ich stand, vorbei, und ich blieb wie durch ein Wunder unverletzt. Wäre sie nur einen Zentimeter weiter rechts gefahren, ich wäre vielleicht nicht mehr am Leben…

Ja, es war nicht allein der eigene Glaube, der mich zuversichtlich sein ließ, sondern sicher auch die Gebete der anderen und die Bewahrungen, die ich erlebt habe.

Heute denke ich, dass man Gott in sein Leben einladen sollte und es mehr als wertvoll ist, wenn andere Menschen für einem beten. Auf Alkohol zu verzichten war im Übrigen nie mehr ein Problem für mich. Auch dann nicht, wenn Eva (die kein Alkoholproblem hat) am Abend ein Glas Rotwein für sich neben mir genoss.

Sicher, hin und wieder denke ich, jetzt dieses oder jenes zu brauchen, um mich besser zu fühlen. Sei es ein Stück Schokolade, ein Stück Kuchen oder was auch immer. Und dies gönne ich mir dann auch! Doch im Grunde ist das Einbildung, denn was ich in Wahrheit brauche, ist Zärtlichkeit, Geborgenheit und Kontakt. Das, was ich in meiner Kindheit entbehren musste.

Vermag doch gerade die Berührung, die wir schon als Neugeborene brauchen, am meisten zu beruhigen. So verwundert es mich im Nachhinein auch nicht, dass sich gerade beim Friseur und einer sanften Massage des Kopfes ein ungewöhnlich wohlwollendes Gefühl bei mir einstellt.

In einem integrativen Kindergarten fanden wir einen Platz für unseren Sohn, was meiner Meinung nach, seinem Respekt und der Toleranz für Menschen mit Handicap förderlich sein könnte.

Bemerken möchte ich auch Folgendes: Auch wenn ich mir wegen meiner Einschränkung mit der Begleitung meines Sohnes nicht immer leicht tat, sein Lächeln und seine kindliche Freude zu sehen, habe ich als unbezahlbar erlebt. Der unbedarfte, echte Ausdruck im Gesicht eines Kindes hat einfach einen verzaubernden Charakter. Zeigt es damit doch einen natürlichen und ehrlichen Charme, der von Liebe getragen ist.

Sicher gab es auch später mit zunehmendem Alter in der Elternpflege, in der Begleitung unseres Kindes Herausforderungen, die uns viel abverlangt haben.

Dennoch habe ich die Freude an Eva nie verloren und je mehr Probleme wir gemeinsam bewältigt hatten, desto mehr sind wir daran gereift, desto tiefer fühlen wir uns verbunden. Ein Gefühl, dass ich schon von meiner Zwillingsschwester aus der Kindheit kenne und mir bei aller Not immer ein gewisses Heimat- und Zugehörigkeitsgefühl bescherte, mir aber im Laufe des Lebens vor der Zeit mit Eva das eine oder Mal wieder verloren gegangen ist.

So ist Eva zu einem wunderbaren Inhalt in meinem Leben geworden, wohl wissend, dass ihr und mein Leben Gott gehört. So danke ich Gott für Eva.

Alsbald begann ich mich in der Stadt unwohl und angespannt zu fühlen. Da ich nach dem Tod meines Vaters mein Elternhaus in D. übereignet bekommen hatte, folgte der Wunsch und der Gedanke, als Familie wieder dorthin zu ziehen. Zumal Leon seine Großmutter sehr mochte und er sie auch zu brauchen schien. In ihr sah er eine gutmütige Bezugsperson, von der er sich auch das Kochen und Backen abschaute, was ihn wiederum schon früh dazu prädestinierte, vielleicht einmal ein guter Koch zu werden.

Bei meinem Elternhaus handelte es sich ja, wie ich bereits zu Beginn erwähnt habe, um ein kleines Bauernhaus mit einem Anbau, zu dem auch ein weiträumiger Garten auf der Südseite und ein relativ großer Hof auf der Nordseite gehören und das Haus damit von außen kaum einsehbar ist. Das übte einen gewissen Reiz auf uns alle aus und gab uns auch ein gewisses Gefühl von Unabhängigkeit.

Zudem bot sich uns hier wieder die Möglichkeit, uns mit Obst und Gemüse selbst zu versorgen. Das meiste sprach für einen Umzug aufs Land.

Die wenigen Einschränkungen: Hier spürte ich bei zu viel Ruhe vermehrt meinen Tinnitus. Für Eva bedeutete das, jetzt einen noch weiteren Weg nach Wiesbaden auf die Arbeit fahren zu müssen, was mit zusätzlichem Stress verbunden war.

Lange haben wir Pro und Contra erwogen und hin und her überlegt, bis wir uns zu einem Wohnen in dem Haus entschieden haben.

Von besonderer Wichtigkeit war auch, dass Eva meine Mutter gerne mochte und die häusliche Situation (auch mit Blick auf eine zu erwartende Pflege) unsere eigene Beziehung nicht allzu sehr belaste. Soweit zur Theorie – die Praxis gestaltete sich hernach doch anders…

Letztlich spürte ich als Vater, dass Leon auf dem Land besser zurecht käme, er sich hier geerdeter fühlen könnte, während er sich in der Stadt mehr zu verlieren schien. Allerdings fühlte ich mich nun erneut wieder mehr für meine nach wie vor relativ unselbständige Mutter verantwortlich, nachdem sie dann mehr und mehr pflegebedürftig wurde und ansonsten niemand aus der Familie für sie da war. Monika lebte zu der Zeit weit unten in Südfrankreich.

Was die Entscheidung für das Wohnen im Haus alles an Zeit für notwendige Umbauten mit meiner körperlichen Einschränkung bedeutet, vermochte ich damals, nicht einzuschätzen – und ja, es wurde ein große Aufgabe und Herausforderung. Aber das Wohl meiner kleinen Familie lag mir am Herzen. Dennoch haben wir das Haus gesegnet und auch nach den Wünschen meiner Frau so umgebaut, dass mich in dem Haus nichts mehr an früher erinnerte. Das tat mir ausgesprochen gut!

Leon schaute sich nicht nur die Kochkunst bei seiner Großmutter ab. Auch während der aufwendigen Umbauarbeiten wusste der wissbegierige Kleine sich handwerkliche Geschicklichkeit anzueignen.

2004

Nun zog ich also wieder in das Dorf, aus dem ich einst fliehen wollte! Ich stellte all meine Ängste vor möglichen Situationen, denen ich ausgeliefert sein könnte, hinten an. Das sollte wenig bis keine Bedeutung für mich haben, weil ich in erster Linie nach einer Bleibe für meine Familie suchte.

2004 ging es dann zurück nach D. Leon startete dort in die Grundschule – die gleiche Schule, die auch ich besucht hatte. Vieles allerdings hatte sich verändert. Wohl blieb es die Grund- und Hauptschule, aber nicht mehr als Dorfschule mit einem Klassenzimmer und vier Jahrgängen. Inzwischen gab es jahrgangsabhängige Klassenverbände. Leon kam gut zurecht. Auch er war der „Liebe" und stets hilfsbereit.

Alles in allem wurde das Jahr 2004 sehr ereignisreich für uns alle. In Lillys Leben wehte ein frischer Wind. Nach ihrem Schulabschluss und der Ausbildung als Kosmetikerin, lernte sie Benno kennen. Sie zogen zusammen und es wurde bald Hochzeit gefeiert.

Monika

Monika lebte nach der Trennung von Theo schon eine geraume Zeit alleine mit Erik zusammen, wohingegen Christian bereits eine eigene, kleine Wohnung bezogen hatte. Auf Lillys Hochzeitsfeier lerne Monika dann Boris, den Bruder von Benno – also, meinen Schwiegersohn – kennen.

Auch Boris erschien mir vom Alkohol gezeichnet und ich fand keine Erklärung, wieso Monika ihn bereits nach wenigen Wochen des Kennenlernens heiratete und mit ihm in ein sehr kleines Haus nach Südfrankreich zog, wo sie eine Zeitlang bescheiden und doch recht glücklich lebten. Wenige Jahre später kehrten sie wieder nach Deutschland zurück.

Bald wurde eine leichte Demenz bei ihrem Mann festgestellt, die sich im gleichzeitigen Umgang mit zu viel Alkohol als sehr bedrohlich für sie erwies. Für Monika war das eine weitere Belastung, nachdem sie acht Jahre lang Boris' Mutter gepflegt hatte.

Wunder

Persönlich habe ich immer wieder auf wundersame Weise Bewahrung erlebt. Was mich sehr berührt hat, ist ein Ereignis, das zwar nicht mich, jedoch Lilly betrifft. Es hat mich so tief bewegt, dass das göttliche Wunder auch meine Lieben eingeschlossen hat. Es hat meinem Vertrauen in Gott Aufwind gegeben.

Das frisch verheiratete Ehepaar plante im Dezember 2004 eine Reise nach Thailand. Monika, die eine Art von Vorahnung hatte, riet beiden dringend davon ab. Lilly, die diesen Ratschlag nicht nachvollziehen konnte, vermutete, dass ihre Tante ihnen den Urlaub vielleicht nicht gönnte und reagierte verärgert. Ich hingegen wünschte ihnen für die Reise Gottes Segen.

Frohen Mutes flogen sie und Benno am 25. Dezember nach Phuket. Für den 26., also am Zweiten. Weihnachtsfeiertag hatten sie die Überfahrt nach Koh Phi gebucht. Die geplante Abfahrt der Fähre verzögerte sich um etwa eine halbe Stunde, was die Urlauber erst mal verdross. Um 00.58 Uhr ereignete sich das schreckliche Erdbeben im Indischen Ozean – auch Sumatra-Andamanen-Beben genannt.

Aus einer regulären Überfahrtszeit von knapp drei Stunden wurde wegen der allgemeinen Verwirrung (der Kapitän wusste nicht, wo er einlaufen könne) eine achtstündige Fahrt daraus!

Wären sie pünktlich zur festgesetzten Zeit gestartet, wären sie genau zu dem Zeitpunkt zurückgekehrt, als die Welle dort eintraf! Die Verspätung hat allen das Leben gerettet! Der Hafen war völlig zerstört und sie mussten einen anderen anlaufen. Immer wieder sahen sie kleine Fischerboote, auf denen sich die Bootsführer gewundert haben, dass die Taucher, die sie mitgenommen hatten, nicht mehr aufgetaucht sind. Lilly und Benno fuhren mit dem Taxi zurück in die Innenstadt von Phuket, das ebenfalls wie ihr Hotel, vollständig zerstört war. Da auch das Handynetz zusammengebrochen war, konnten Eva und ich die beiden nicht erreichen. Wir waren krank vor Sorge, dass sich meine

Tochter und mein Schwiegersohn unter den ca. 230.000 Menschen befänden, die bei dem Tsunami ums Leben gekommen waren.

Gott-sei-Dank... kamen beide nur mit dem Schrecken davon und wohlbehalten wieder in Deutschland an. Wenn das keine Fügung, kein Wunder ist...?!

Im Sommer 2006 wurde ich zum glücklichen Opa meiner Enkelin Annika.

❧ ❧ ❧ ❧

Leon wuchs heran und langsam begann ich mir zu dieser Zeit Sorgen um ihn zu machen.

Er hatte angefangen, ungewöhnlich tief zu schlafen und auffallend große Probleme mit dem morgendlichen Aufstehen. Als ich dann mit ihm den Hausarzt und entsprechende Fachärzte konsultierte, vermochte niemand den Diabetes zu diagnostizieren, der erst viel später (2015!) festgestellt wurde.

Eine tragische Angelegenheit, weil diese Erkrankung schleichend und unbemerkt weitere Folgeschäden nach sich zieht.

Statt einer Untersuchung – und das werte ich als medizinisches Versäumnis – gab unser neuer, junger Hausarzt Leon auf eine wenig einfühlsame und übergriffige Weise zu verstehen, er müsse einfach nur sein Übergewicht und seine Trägheit ablegen und sich mehr bewegen. Die wenig qualifizierte Aussage führte bei Leon zu einem Vertrauensbruch gegenüber unserem Arzt.

So rief ich immer wieder mit unguten Gefühlen in der Schule an, um ihn krank zu melden. Ich blickte nicht dahinter, warum er die Schule mied und dachte mehr an Äußerlichkeiten, zum Beispiel, weil der Unterricht nicht kindgerecht oder spielerisch gestaltet werde, oder es Schüler gebe, die sich gezielt ein Opfer suchen und Mobbing betreiben. Doch bei allen Nachforschungen, die ich damals anstellte, konnte ich nicht erkennen, dass mein Sohn gemobbt wurde oder es ihm irgendwie schlecht in der Schule erginge.

Sicher haben wir auch Fehler gemacht, wie wir sie alle in der Begleitung unserer Kinder machen. Rückschauend würde ich heute manches anders machen. Auch zum dem damaligen Zeitpunkt haben wir beide mit bestem Wissen und Gewissen unser Bestes gegeben, das was wir geben konnten.

Der nächste Schlag kam, als bei einer Vorsorgeuntersuchung bei Eva Brustkrebs festgestellt wurde. Das hat uns alle in Angst und Schrecken versetzt und Leon hat sehr viel mehr darunter gelitten, als es uns damals bewusst war.

Er brachte es nie mit Worten zum Ausdruck. Wie groß muss seine Angst vor dem greifbaren Verlust seiner Mutter gewesen sein!

Evas Therapie bestand aus gezielter Bestrahlung, die erfolgreich ausging. Nach sechs Wochen war der Krebs besiegt! Welch eine Gnade!

Das anfänglich unbeschwerte Zusammenleben mit meiner Mutter gestaltete sich im Laufe der kommenden zwei Jahre immer schwieriger.

Zu ihrer erlernten Hilflosigkeit kamen nun noch eine sehr seltsame Art von Dominanz und leider auch eine starke Eigensinnigkeit dazu, nachdem sie zuvor doch so sehr fremdbestimmt gelebt hat. Das führte zu nicht unerheblichen Spannungen zwischen ihr, Eva und mir – und ich fühlte mich immer wieder dazu berufen, hier als „Mittler" tätig zu sein, um stressgeladene Situationen zu entschärfen. Allerdings mit einem klaren Statement zu meiner Frau, hinter der ich primär stand.

Der Gesundheitszustand meiner Mutter verschlechterte sich zusehends. Bald wurde es notwendig, zur ihrer Versorgung einen ambulanten Pflegedienst zu beauftragen. Ihre rundum Betreuung überforderte uns mittlerweile

Später suchte wir gemeinsam ein Seniorenheim im Nachbardorf auf, in dem sie zunächst zur Kurzzeitpflege aufgenommen wurde. Als es ihr dort gut gefiel und sie uns aufgrund ihrer schweren Erkrankung nicht unnötig belasten wollte, entschied sie sich, ganz dort zu wohnen.

Ihr Entschluss kam für alle Beteiligten gut, denn ihre Krankengeschichte verschlimmerte sich zusehends. Sie litt unter anderem an einem offenen Bein, hatte starke Schmerzen und etliche schwere Operationen durchzustehen. Da ihr Bein nicht mehr heilen wollte, wurde von ärztlicher Seite eine Amputation empfohlen.

Vor der geplanten Operation fragte sie meine Schwester und mich ängstlich, ob *wir* ihr zu einer Amputation rieten, worauf wir ihr zu verstehen gaben, dass sie dies nur selbst entscheiden könne. Als meine Mutter dann nach einigen Krankenhausaufenthalten, in denen sie sich auch mit einem Keim identifizierte, fast ein halbes Jahr oftmals einsam und isoliert im Seniorenheim zu Bett lag, besuchte ich sie so oft als möglich.

Dies war allerdings meiner Zwillingsschwester Monika leider nicht möglich, weil sie einerseits zu weg weg wohnte und andererseits kurz vor OP unserer Mutter selbst einen schweren Herzinfarkt erlitten hatte. Zudem wollte Monika, dass meine schwer kranke Mutter nichts von ihrer ebenso ernsten Herzerkrankung erführe, um sie nicht zusätzlich zu belasten.

Obwohl meine Mutter mir kaum körperliche Nähe in Form einer Umarmung gewährt hatte und sie fast keine Gefühle zeigte, streichelte sie mir hin und wieder – für mich völlig ungewohnt – über den Arm. Das berührte mich.

Als meine Mutter dann immer schwächer wurde und sehr schwer atmete, schien es nur noch eine Frage der Zeit, bis ihr Leben auf dieser Erde zu Ende ginge. Als ich kurz nach einem Besuch noch einmal nach Hause fuhr, erhielt ich einen Anruf von dem behandelnden Pfleger, dass meine Mutter soeben verstorben sei. Das war am 14. Mai 2013.

Meine Mutter verließ diese Welt, als ich mich gerade nicht in ihrem Zimmer aufhielt. Etwas, das ich mir so nicht gewünscht hatte, ich aber nicht ändern konnte. Aber vielleicht ging sie auch ohne meine Anwesenheit, weil ihr der Zeitpunkt angebracht schien. Als ich daraufhin Leon anrief und ihm vom Tod seiner Großmutter erzählte, fielen wir uns weinend in die Arme.

Im Nachhinein bedaure ich, dass es mir auch hier nicht vergönnt war, meiner Mutter in ihrem letzten Loslassen die Hand zu halten.

Was ich meiner Frau bis heute hoch anrechne, war die von Herzen kommende einfühlsame und fürsorgliche Art, die sie meiner Mutter auch in ihrem Sterbeprozess entgegenbrachte.

Noch vor der Beerdigung wurden wir von dem recht kühl wirkenden privaten Inhaber des Seniorenheims zu einem Gespräch gebeten. Empathielos, ohne jegliches Mitgefühl forderte er mich auf, möglichst schnell (also umgehend) das Zimmer zu räumen.

Sicher, der Andrang für einen Platz im Seniorenheim ist groß, dennoch halte ich es für schwierig, wenn Angehörige in ihrer Trauer zu wenig Würdigung von der Heimleitung erhalten. Der Abschied von einem geliebten Menschen ist schmerzhaft und sollte keine rein geschäftliche Angelegenheit sein!

Nicht zuletzt deswegen bin ich der Meinung, dass mit alten und kranken Menschen kein Gewinn erzielt werden solle und der gesamte Gesundheitsbereich am besten in öffentliche Hand gehört.

Die Beerdigung organisierte Eva mit viel Liebe und Einfühlungsvermögen. Wir luden meine Cousins und die anderen Verwandten, zu denen ich jahrelang keinen Kontakt mehr hatte, zur Trauerfeier ein. Auch beim anschließenden Trauercafé war die Kommunikation wie gewöhnlich eher oberflächlich. Über Gefühle wurde auch bei diesem Anlass nicht gesprochen.

Was aber für mich, selbst nach all den vielen Jahren, in denen ich auch meine Mutter begleitet habe, wichtig ist, ist die Erkenntnis, dass sie im Grunde nie gestorben ist, auch wenn ihr Leib unter der Erde liegt. Ich denke oftmals täglich an sie und sehe sie vor meinem inneren Auge. Ganz in dem Glauben, dass die Liebe stärker ist als der Tod und ich sie eines Tages wieder sehen werde. Ein Trost, der mir und all denen, die sie gemocht haben, bleibt.

Nach dem Tod meiner Mutter freundete ich mich mit Ursula, einer über 80 jährigen gläubigen Frau, an. Ich hatte sie in einem Bibelseminar kennengelernt und es entstand eine tiefe Verbundenheit und ein wertvolles Vertrauensverhältnis zwischen uns.

Neben Eva hatte auch Ursula meine Mutter in ihrem Sterbeprozess so liebevoll begleitet, wie es aus meiner

Sicht kein anderer Mensch besser hätte tun können. Sie erinnerte mich in ihrer ganzen Art an meine geliebte Großmutter Maria. Ganz so, als hätte sich der Himmel auf diese Weise von neuem erkenntlich gezeigt und sie uns auch zum richtigen Zeitpunkt geschickt.

Mit ihrem Verhalten ist sie mir zu einem echten Vorbild im Glauben geworden, sodass ich ihren letzten Anruf auf unserem Anrufbeantworter bis heute nicht gelöscht habe. Sie hatte, wie meine Oma, sowohl ihren Mann, als auch ihre Tochter aufgrund einer Erkrankung früh verloren. Dennoch hatte sie sich trotz ihrer vergossenen Tränen stets ein erfrischendes Lächeln bewahrt, dass auf viele Menschen anziehend wirkte. Ja, ihr war die Freude durch den Glauben an die Liebe Gottes anzusehen.

Wir trafen uns des Öfteren bei einem gemeinsam Kaffee zum Austausch und zum Gebet. In einem meiner letzten Gespräche mit ihr gab sie mir noch zu verstehen, dass uns ihr Sohn benachrichtigt würde, sollte sie sterben.

Doch als es dann geschehen war, erhielten wir keine Benachrichtigung von ihrem, dem Glauben kritisch gegenüber stehenden Sohn. So aber wurde uns eine letzte Verabschiedung an ihrem Grab leider nicht möglich.

Weiterhin möchte ich an dieser Stelle noch einmal die Wirksamkeit einer dankbaren Einstellung betonen, mit der wir den Blick von den negativen Ereignissen in unserem Leben abwenden können.

In mir wuchs der Wunsch, all das zurückliegend Belastende mit einer gewissen Ruhe und Gelassenheit zu betrachten, auch in Erinnerung an mein Vorbild im Glauben, wie zum Beispiel Ursula.

Ein weiteres familiäres Unglück ereilte uns! Monikas Jungen hatten eine Ausbildung bei der Deutschen Bahn erfolgsversprechend begonnen. Sie kamen in Kontakt mit Drogen und brachen beide die Lehre ab. Für Erik endete das dramatisch. Er starb ebenfalls 2013 an einer Überdosis.

Ich war in dieser Zeit sehr mit mir beschäftigt und habe nicht vollumfänglich wahrgenommen, dass Leon sehr unter dem Tod seines Cousins litt.

Mein lieber und suchender Neffe Erik, der mich während meines Aufenthalts in der Klinik einmal um ein Kreuz und eine Bibel bat, was ich ihm dann auch gern überreichte.

Nach seinem Entzug hatte er sich auch zu meiner Freude Gott anvertraut. Dennoch fand ihn später sein Zwillingsbruder Christian tot in seiner Wohnung auf, nachdem er erneut Drogen zu sich genommen hatte.

Ein tragisches Ereignis, das ich hier nicht für möglich gehalten hätte, zeigte er sich doch zuvor noch so froh und glücklich über seine persönlichen Fortschritte bei uns.

Aus meiner Sicht hat auch ihm ein Vater gefehlt, der ihn wahrnahm, ihn ermutigte und ihm den Rücken stärkte.

Im Nachhinein erinnere ich mich noch an einen Kuss von ihm und seine Worte, ich sei ein lieber Mensch.

Ich jedenfalls glaube, dass auch er auf eine unausgesprochene Weise unter dem Verhalten seines Vaters gelitten und sich dabei seelische Wunden zugezogen hat. Die Wunde der ungesehenen Söhne…

Mit vierzehn Jahren wechselte Leo auf die Realschule im Nachbarort, die er erfolgreich 2014 mit der Mittleren Reife abschloss. Zu meiner Überraschung begann er ein Praktikum in einem Seniorenheim. Das Team mochte ihn auf Anhieb gern.

Da ich um seine Sensibilität und Empfindsamkeit wusste, erstaunte mich sein Entschluss, im Anschluss an das Praktikum eine Ausbildung in einem psychiatrischen Krankenhaus zu beginnen.
Aber er stand seine Ausbildungszeit mit den nicht immer einfachen und psychisch schwer erkrankten Menschen gut durch und war seiner verantwortungsvollen Aufgabe gewachsen.

Dennoch frage ich mich heute, wie er die Tätigkeit dort tatsächlich innerlich verarbeitet hat, wenn er von Patienten in ihrer Paranoia und ihrer Krankheit immer wieder einmal bespuckt, gebissen oder mit verachtenden Worten beleidigt wurde?

Für das Personal gab es kaum Supervision. Brauchen doch nicht nur die Klinikinsassen, sondern auch das betreuende Pflegepersonal seelische Unterstützung! Das, was Ärzte und Pflegepersonal im Allgemeinen leisten, ist unbezahlbar!

Das man das bei den Letzteren fast wörtlich nimmt, finde ich schlimm! Wenig Anerkennung ihrer Leistung und (viel zu) wenig Verdienst!

Obwohl ich meinen inneren Schmerz weitgehend bewältigt habe und anders (als mein Vater mit mir) mit Leon umgehen konnte, ihm an Nähe und Zuwendung all das gab, was mir versagt geblieben war, so „vererbte" ich nolens volens und zu meinem tiefsten Leidwesen meinem Sohn dennoch die Vaterwunde. Leon hat in seinem Leben mit sehr ähnlichen Schwierigkeiten zu kämpfen, wie ich damals in seinem Alter.

Wie es Eva erging…

Das tägliche Pendeln zwischen D. und Wiesbaden wurde für Eva (die ja immer noch auf der Behörde arbeitet), eine so starke Belastung, dass wir eine Lösung brauchten.

So entschied sich Eva 2015, in Wiesbaden eine kleine Zweitwohnung zu nehmen, in der sie sich unter der Woche aufhielt und am Wochenende nach Hause kam. Obwohl ich die Notwendigkeit einsah und mit diesem

Schritt einverstanden war, fiel es mir dennoch schwer, sie für einige Tage in der Woche zu entbehren....

Nachdem meine Mutter von uns gegangen war, zeichnete sich immer stärker ab, dass nun Evas Eltern pflegebedürftig und hilflos wurden.

Bei beiden Elternteilen begann langsam schleichend der Prozess der Demenz. Für Eva wurde das im Laufe der Zeit zu einer großen Herausforderung, weil sie sich ihren Eltern in der Betreuung gegenüber verpflichtet sah. Sie hatte Mitgefühl mit ihnen und brachte sich bei der Pflege so gut als möglich ein.

Das hieß nun praktisch für mich, auch noch an manchen Wochenenden auf die Gesellschaft meiner Frau zu verzichten, da sie dann nach K. fuhr, um für die Eltern zu sorgen.

Das Problematische an allem war, dass sie sich mit ihren Geschwistern nicht absprechen konnte, sie galt ja schon immer als das schwarze Schaf in der Familie.

Als Eva eines Tages bei ihren Eltern sauber machte, fand sie unerwartet in dem Sekretär des Vaters eine Generalvollmacht, die alleine auf die Geschwister Daniela und Renè ausgestellt war. Die beiden haben ihr das einfach verschwiegen.

Das war für Eva wie ein Schlag ins Gesicht. Ja, sie fühlte sich ungerecht behandelt und glaubte nun auch noch, vom Erbe ausgeschlossen zu sein.

Nachdem sie das verarbeitet hatte, ist sie trotzdem wieder hingefahren. Nach ihrer Wahrnehmung haben die Geschwister die Pflegebedürftigkeit der Eltern wohl nicht richtig einschätzen können und vielleicht auch unbewusst aufgrund ihres eigenen Widerstandes gegenüber den Eltern nur das Nötigste geleistet.

Man hat den Eltern für sechs Stunden eine polnische Pflegekraft zur Seite gestellt, obwohl diese erheblich mehr Hilfe benötigt hätten.

Es war Eva, die dann mit ihrem Vater gegen seinen heftigen Widerstand zwei Mal zum Neurologen fuhr, um ihn aufgrund einer Untersuchung einen Pflegegrad höher stufen zu lassen. Er hätte das aus lauter falsch verstandenem Stolz nie zugelassen, sodass Eva ihm mit viel Einfühlungsvermögen Argumente fand, die ihn (wenn auch immer nur kurzfristig) überzeugten.

Eine Aktion die ihre Geschwister aufgrund ihrer Angst vor den Eltern (sie haben immer in der Nähe der Eltern gewohnt) nie gewagt hätten und meiner Eva viel Mut abverlangt hat! War ihr Vater da doch schon so an Demenz erkrankt, dass er beim Neurologen vor dem Personal herumbrüllte und mit dem Stock drohte.

Evas Geschwister haben die Eltern im Alltäglichen weitgehend sich selbst überlassen. Daniela hat sich in erster Linie um Organisatorisches wie Medikamente und die Verwaltung gekümmert. Mehr konnte und wollte sie nicht leisten. Abgesprochen hat man sich auch in dieser Familie nicht.

Eva war hier sozusagen als Einzelkämpferin unter-wegs und schlug vor, dass man sich doch jedes Wochen-ende mit der Betreuung der Eltern abwechseln könne – was von Daniela und Renè kategorisch abgelehnt wurde, auch wenn beide sehr viel näher an den Eltern wohnten und meiner Ansicht nach genügend Zeit für die Pflege gehabt hätten. So blieb die persönliche Betreuung – und das war das Meiste – an Eva hängen. Sie fügte sich.

An Demenz zu erkranken ist furchtbar – und es sorgt immer wieder aus Neue für unangenehme Überrasch-ungen, wenn Menschen, die mental zu Kindern degenerieren und dabei auf so frühere Entwicklungs-stufen zurückfallen , nicht mehr wissen, was sie tun.--

Trotz der polnischen Pflegekraft verweilten die kranken Eltern viel zu oft alleine im Haus.

Die Mutter flüchtete immer wieder aus dem Haus und wurde von der Polizei mit dem Hinweis wieder zurückgebracht, die Kinder hätten die Aufsichtspflicht für die dementen Eltern und hier sei bereits Fahrlässig-keit im Spiel.

Irgendwann wurde den Geschwistern vom Pflegedienst mitgeteilt, ihr Vater könne nach einigen kleinen Unfällen nicht mehr Auto fahren, er sei nicht mehr verkehrstüchtig.

Weder Daniela noch Renè waren aus Angst vor den Eltern in der Lage, die notwendigen Konsequenzen zu ziehen. Eva hingegen musste wieder all ihr Einfühlungs-vermögen einsetzen, um geschickt mit der Situation umzugehen. Ein offener Umgang mit dem Konflikt war nicht möglich. So versteckte sie beispielsweise (um ihn und andere nicht zu gefährden) die Autoschlüssel des Vaters. Als dieser seinen Schlüssel suchte und ihn nicht fand, begann er planlos herumzuschreien.

Eva hat in dieser Zeit eine unglaubliche Geduld mit ihren Eltern gebraucht und dafür gesorgt, dass ihre Mutter einmal in der Woche in eine Ganztagsbetreuung kam, in der sie an einem Singkreis teilnahm. Als sie ihre Mutter dazu abholte, hüpfte diese wie ein Kind an der Hand neben ihr her und war fröhlich.

So verbrachten Mutter und Tochter noch einmal, wenn auch krankheitsbedingt nach einer belastenden Phase eine schöne Zeit miteinander. Eva gelang es durch diese Situation am Lebensabend ihrer Eltern – trotz der ungemeinen Belastung – besser mit ihnen zurechtzukommen. Evas Geheimnis war:.*Akzeptanz*!

Evas Mutter starb 2017 unerwartet im Krankenhaus an einem Herzschlag.

Vom Neurologen verordnet, erhielt der Vater dann Beruhigungsmittel. Die Befindlichkeit des Vaters haben Evas Geschwister nicht wahrgenommen – und es war wieder Eva, die nun die Medikation in die Wege geleitet und fürsorglich gehandelt hat.

Das Jahr nach dem Tod der Mutter war sehr hart für ihren Vater. Er hat dann immer wieder nach seiner ver-

storbenen Frau gerufen, bis er nach einer sehr un-
ruhigen Phase 2018 ruhig für immer eingeschlafen ist.
Alles in allem ein gutes Ende für Eva – trotz einer
früheren, schweren Zeit.

Ihre Befürchtung, vom Erbe ausgeschlossen zu sein, hat
sich nicht bestätigt. Die Eltern hatten ein Testament
verfasst und jedes der drei Kinder erhielt seinen
gerechten Anteil.

Wie es Lilly erging

Lilly erlebte zu dieser Zeit. kein Eheglück. Zwischen
Benno und ihr kam es zur Scheidung.

Aber Lilly blieb nicht lange alleine. Sie fand in dem
alleinerziehenden Vater Ulli ihren neuen Partner. Ulli
brachte einen pubertierenden Sohn mit in die neue Beziehung.

Nach der Hochzeit wurde Lilly bald wieder schwanger
und ich erlebte im November 2018 ein weiteres Mal mit
der Geburt von Bärbel mein Opaglück.

2020er

In Frühling 2021 klingelte zur jährlichen Kontrolle eine
junge Schornsteinfegerin. Ich begann ein Gespräch mit
ihr und es stellte sich heraus, dass sie die Nichte meiner
ersten großen Liebe, Sonja war! Konnte dies, so fragte
ich mich, denn wirklich ein Zufall sein? Da ich aber nun

erneut mit dem Thema in Berührung kam und Sonja nicht einmal zehn Kilometer von mir entfernt wohnte und arbeitete, stiegen die alten und nicht beantworteten Fragen in mir auf, die mich immer noch beschäftigten. Warum hatte sie mich damals ohne ein Wort des Abschieds verlassen? Das quälte mich auch nach so langer Zeit noch am meisten. Nun sah ich eine gute Gelegenheit, Sonja noch einmal persönlich danach zu fragen.

Ich besuchte sie an ihrer Arbeitsstelle. Als wir dann einen Treffpunkt vereinbart hatten und auf einer Bank zusammen saßen, antwortete sie, mein Vater habe ihr damals am Telefon mitgeteilt, ich hätte eine andere Freundin. Damit sei ich für sie nicht mehr erreichbar gewesen. Es fiel mir schwer, ihrer Aussage zu glauben – aber andererseits traue ich meinem Vater solch eine intrigante und manipulative Aussage zu. Ich hätte mir gewünscht, dass Sonja mich gefragt und vielleicht auch um mich gekämpft und nicht so schnell aufgegeben hätte.

Im Kontakt mit ihr, erstaunte mich das Gefühl, das ich für sie empfand. So, als hätte ich sie gestern das letzte Mal gesehen. Ihr erging es genauso.

Und plötzlich fühlten wir wieder eine nahezu magische Nähe zueinander, wie ich sie nicht erwartet hatte. Das brachte mich durchaus in innere Not!

Ja, ich hatte unterschätzt, dass bereits bei unserem ersten Treffen Emotionen auftreten könnten, die ich nach Jahrzehnten des Abstands so nicht gedacht hätte.

Hätte ich dies aber zuvor gewusst, ich hätte sie wahrscheinlich erst gar nicht aufgesucht. Ich fühlte mich erneut zu Sonja hingezogen. Das begann gefährlich zu werden…

Wir verabredeten uns auf ein weiteres Treffen und freuten uns beide darauf. Nicht nur ich, sondern auch Sonja war verheiratet.

Ich schicke ihr einige Gedichte von mir, die auch ihr Ehemann las. Ein Mann, der wie mein Vater seine Frau kontrollierte und über sie bestimmte. Er drohte Sonja, sie sofort vor die Türe zu setzen, träfe sie mich noch ein einziges Mal! Sonja fügte sich. Als ich sie dann – ohne von der Drohung zu wissen – noch einmal anrief, bekam ich keine Antwort.

Hier erlebte ich mein Déjà-vu. Dieser zweite, kurze Kontakt zu Sonja endete genauso abrupt wie beim ersten Mal und ich empfand den gleichen Schmerz des alten Verlassenheitsgefühls wie damals. Schmerzhaft – aber ungemein wertvoll, jetzt endlich eine alte Wunde zur Heilung bringen zu können.

Der verletzte Teil in mir hatte allerdings gehofft, wenigstens ein Wort der Entschuldigung zu hören, besonders, da Sonja *wieder* so wortlos von mir gegangen war und mich damit ein weiteres Mal im Regen hat stehen lassen Ich fühlte mich als Opfer und mir war kalt ums Herz.

Aber die Frage bleibt: Wäre ich mit Sonja schlussendlich glücklich geworden? Ich schloss nun endgültig mit diesem Kapitel in meinem Leben ab – und bin froh darüber,

Immerhin war ich zu dieser Zeit bereits über dreißig Jahre mit Eva zusammen und wir haben gemeinsam etliche Höhen und Tiefen durchlebt. Das hat uns auch zu einem wunderbaren Team zusammengeschweißt. Im Gegensatz zu Sonjas Ehemann, betrachte ich meine Frau nicht als Eigentum. Sie ist mir ein Gegenüber, eine Gefährtin auf Augenhöhe.

An dieser Stelle kann ich nur jedem raten, in einer späteren Begegnung mit der ersten großen Liebe nicht naiv zu sein. Wissenschaftlich wurde erwiesen, dass siebzig Prozent der Menschen, die ihre ersten großen Liebe viele Jahre später wieder getroffen haben, dann auch wieder mit ihr zusammen gekommen sind.

Die Lebens-Sinnfrage...

Schmerzen sind seit frühster Jugend meine Begleitung – und es ist schwer, sich an sie zu gewöhnen. Ich bin dankbar, in meinem Leben immer wieder liebevolle Menschen getroffen zu habe, die mich so angenommen haben wie ich bin. Trotz aller Enttäuschungen und erlebter Trauer erkenne ich in meinem Leben dennoch einen tieferen Sinn.

Einen Sinn, der in der Liebe zu Gott, meinen Mitmenschen und mir selbst liegt. Er ist wertvoller als all
die gute Gefühle, nach denen ich mich in meiner
eigenen Einsamkeit zu lange gesehnt und die ich mit
Hilfe von Stoffen zu verändern versucht habe. Gute
Gefühle, die sich ja gerade dann ergeben, wenn wir in
einem echten, menschlichen Kontakt Zuwendung, und
in der Paarbeziehung Zuneigung und Zärtlichkeit
erfahren.

Und das war genau das, was ich in Wirklich-keit
brauchte. Liebe und Zuneigung, durch die dann gute
Gefühle entstehen können und die sich mit keinem Stoff
der Welt ersetzen lassen.

Ich richtete meinen Blick nun vermehrt auf die Freude,
anstatt auf die in der Vergangenheit erlebte Trauer zu
schauen. Ich vermute sogar durch diesen Blickwechsel
eine stärkende Wirkung auf mein angeschlagenes
Immunsystem.

Irgendwann wurde mir dann auch mehr bewusst,
dass ich gerade aufgrund all der Zwänge, die ich erlebte,
in meinem Leben – außer auf Gott zu vertrauen – gar
nichts tun muss. Ist doch Gott die einzige Abhängigkeit,
die in die Freiheit führt. Gott allein genügt!

Als Menschen laufen wir gerne die Gefahr, ein negativ
irdisches Vater- und Mutterbild auf einen Gott der Liebe
zu übertragen. Auf einen Gott, der weder Angst macht
noch straft. Zudem darf ich mir vor diesem Gott auch
sagen, dass ich mich trotz einem oftmals unvermeid-

baren Konkurrenzkampf in unserer Leistungsgesellschaft als Mann nicht zu sehr heldenhaft verbiegen will,
sondern auch einmal weinen und echt sein darf.

Sind wir doch unabhängig von unserem Geschlecht, alle
auf unsere ureigene Art hilfsbedürftige Menschen, die
Zuneigung, Verständnis und Nähe brauchen.

Dennoch reicht das Verstehen der eigenen Geschichte
nach meiner Erfahrung nicht aus, um sich in sich selbst
geborgen oder beheimatet zu fühlen. Braucht es doch
dazu auch ein inneres Getragen sein. Ein inneres,
göttliches Du, eine Gemeinschaft im Glauben und
Menschen, die uns verständnisvoll und mit Achtung
begegnen und auch in der Not zu uns stehen.

Kein Mensch ist eine Insel. Sind doch gerade unsere
Beziehungen und nicht das, was wir haben oder besitzen
das Wesentliche in unserem Leben.

Und das ist in einer nach Konsum ausgerichteten
Gesellschaft unbezahlbar. Entwickelten wir uns nicht
nur auf der wissenschaftlichen Ebene, sondern gleichsam in unseren Beziehungen weiter, dann fänden wir
auch zu einem Gemeinschaftsgefühl und zu einem
Teamgeist, der uns für neue Innovationen hilft und
unseren Erfindergeist beflügelt. Gelingt doch mit Liebe
ohne Zweifel alles am besten.

Auch wenn ich denke, dass ich vieles überwunden habe,
möchte ich nicht verhehlen, dass mir mein Vater selbst
in hohem Alter nach wie vor noch immer etwas im

Nacken sitzt und mich die Traumatisierung gelegentlich im Traum verfolgt.

Ein typischer Traum ist solch einer:

Ich fahre auf einer Straße, auf der es einen Kilometer bergab geht. Als ich auf dieser mit meinem Motorroller ins Schleudern gerate und die Kontrolle verliere, schreie ich in meiner tiefen Todesangst nicht nach Mama sondern nach Papa!

Meinen Papa, den ich tief in meinem Inneren noch immer vermisse, weil er mir in meinem gesamten Leben ein Fremder geblieben ist.

Betonen möchte ich, dass ich meinen Vater trotz meiner schmerzlichen Erfahrungen nicht auf die Anklagebank setze! Auch weil es mir beim Prozess des Schreibens gelungen ist, mich so gut als möglich in ihn einzufühlen. Zudem weiß ich nicht, wie ich an der Stelle meines Vaters auf eine Einberufungsbefehl zum Dienst an der Front mit 16 Jahren in meiner noch kindlichen Seele reagiert und all das Schreckliche verkraftet hätte…

Der nie erfüllte Wunsch Priester zu werden, führte letztlich dazu, dass ich in meiner späteren Lebenszeit Bücher und Texte mit christlichem Hintergrund für verschiedene Verlage und zwei Kirchenzeitungen schreiben durfte. Und damit schloss sich in meinem Leben auf Umwegen ein Kreis, in dem ich eine gewisse Fügung zu erkennen glaube. Ja, so konnte aus allen leidvollen Erfahrungen noch etwas Gutes wachsen.

Geholfen hierbei hat mir sicher auch, trotz meiner anstrengenden Beziehungen ein nüchternes Leben zu führen und die erlebte Zeit, in der ich mich einsam fühlte, dicht und sinnvoll zu gestalten.

Zudem ist es mir wichtig zu erwähnen, dass ich mich nicht mehr als Opfer eines vom Kriege traumatisierten Vaters ansehe, sondern als ein Mensch, der die Aufgabe hat, an den Herausforderungen des Lebens zu wachsen.

Ich erachte es als ungemein wichtig, in unseren Herkunftsfamilien schon ganz früh zu lernen, gewaltfrei zu kommunizieren. Lernen, eigene Bedürfnisse zu äußern und die Bedürfnisse des Gegenüber wahr-zunehmen.

Auch das geht mir durch den Kopf, weil ich nicht weiß, ob ich mit Eva nach über dreißig Jahren Ehe noch zusammen wäre, hätten wir durch alle Krisen hindurch nicht immer offen und intensiv miteinander geredet oder auch geweint.

Wobei ich auch betonen möchte: Das gegenseitige Verzeihen ist gegen eine auftretende Bitterkeit in einer Beziehung absolut wichtig! Außerdem habe ich erkannt, wie sinnvoll es ist, dass wir uns in unsere Partner so gut wie möglich einfühlen, um unnötige Missverständnisse zu vermeiden. Und es ist mir auf besondere Weise klar geworden: Wenn ich liebevoll mit mir selbst umgehe, meine Lebensgeschichte so akzeptiere wie sie war und bereit bin an den Herausforderungen meines Lebens zu wachsen, dann kann ich mich auch aufrichtig dem anderen zuwenden.

Weiterhin frage ich mich nach all den Wunden, die ich mir in der Beziehung zu meinem Vater zugezogen habe, wann denn ein Mann auch wirklich ein Mann ist? Mein aus Sehnsucht subjektiv geprägtes ideale Vaterbild (nachdem ich in meinem Vater kein Vorbild erkannt habe und auch keinen Ersatzvater finden konnte) stützt sich auf religiöse Vorbilder.

Ist ein Mann dann ein Mann, wenn er einen hohen beruflichen oder militärischen Grad erreicht? Wenn er viel Besitz aufweist, Länder einnimmt, ein hohes Einkommen erzielt? In der Öffentlichkeit bekannt ist oder sich im Alltag auch mit Gewalt gegen jedes und alles durchzusetzen vermag? Ist das diese Männlichkeit, die viele Männer anstreben? Möglicherweise… Aber Ich denke: Nein.

Für mich bewährt sich das Mannsein, wenn er seine Beziehungen als das Wesentliche in seinem Leben ansieht. Wenn er sich versöhnlich zeigt und sich trotz schmerzlicher Erfahrungen nicht bitter machen lässt. Wenn er für den Frieden eintritt und dies schon in der eigenen Familie vorbildlich lebt und praktiziert.

Für mich ist ein Mann ein Mann, wenn er gewaltfrei kommuniziert, sich in seine Mitmenschen einfühlt, in einer hitzigen Situation gelassen bleibt und Demut gegenüber Gott und der Schöpfung zeigt und sich an Liebe und Wahrheit orientiert.

Für mich ist ein Mann ein Mann, wenn er sich im Geist mit seinem Schöpfer bespricht und sich von ihm führen lässt. Wenn er Mitgefühl zeigt und er keine Unterschiede bei der Herkunft oder der Religion eines Menschen macht.

Für mich ist ein Mann ein Mann, wenn er tut was er sagt, mit besonderen Blick auf Jesus von Nazareth, von dem Albert. Einstein sagt: *„Es gibt wirklich nur eine Stelle in der Welt, wo wir kein Dunkel sehen. Das ist die Person Christi. In ihm hat sich Gott am deutlichsten vor uns hingestellt.“*

Sicher sind wir als Männer nicht in der Lage all die eben beschriebenen Haltungen gänzlich zu leben, doch es sind Einstellungen, die wir bewusst anstreben und mit denen wir die Welt bereichern und bereits kleine Kriege im Keim ersticken können. Heute aktueller denn je!

Deswegen ist es aus meiner Sicht auch so wichtig, dass wir uns nicht voreilig ein Urteil von unseren Eltern oder auch anderen Menschen bilden, sondern zunächst einmal versuchen ihre Geschichte zu verstehen. Sind wir nicht alle irgendwo Opfer und Täter?

Jeder Mensch trägt aus meiner Sicht auch die Verantwortung für sein Leben und muss sich am Ende seines Lebens, auch vor einem Gott verantworten, der uns dieses Leben anvertraut hat. Vor einem Gott, der die Mitte unseres Leben sein will.

Letztlich klage ich auch meine Mutter nicht an, weil ich auch in ihrem Falle nicht weiß, wie ich an ihrer Stelle gehandelt hätte. Zudem möchte ich allen Menschen empfehlen, erst mal mit sich selbst klar zu kommen, bevor sie sich auf einen Partner einlassen.

Es ist besser, innerlich befreiter und versöhnter in eine Beziehung zu gehen, als immer wieder Kränkungen zu erleben, die die eigene Frustration verstärken.

Meine Gedanken über Gefühle

Verhehlen möchte ich nicht, dass es in meinem Leben nach wie vor Momente gibt, in denen ich mich am liebsten betäuben möchte. Dann, wenn ich den Eindruck habe, dass ich auf dünnem Eis gehe, weil ich mich überfordert oder zu sehr vereinnahmt fühle. Tritt dies aber auf, dann wende ich mich zuerst an Gott, danach spreche ich mit vertrauenswürdigen Menschen und gehe so gut als liebevoll mit mir um.

Glücklicherweise hab ich das Lachen nie verlernt. Ja, ich erlebte immer wieder, wie Eva und ich uns vor Lachen manchmal nicht halten können. Was uns bis heute ebenfalls verbindet, ist die gemeinsame Freude am Landleben, die Liebe zu Airedale Terriern, die uns immer wieder mit ihrem clownesken Wesen zu verzaubern verstehen.

Seitdem Eva in mein Leben gekommen ist, betrachte ich es als die schönste und wertvollste Zeit. Es geht nicht darum, ständig gute Gefühle zu erwarten (wie es ein Suchtkranker von seiner Droge erhofft), sondern das Leben mit all seinen Höhen und Tiefen gemeinsam zu meistern und nicht gleich bei einem ersten Konflikt davonzulaufen.

Meine Frau und ich, denke ich, waren immer offen zueinander und manchmal (aus meiner Sicht) vielleicht auch so eng verbunden wie Zwillinge. Doch gerade aus diesem Grunde haben wir uns in unserer Beziehung keine Zwänge auferlegt oder uns zu viel Nähe zugemutet, wenn wir gespürt haben, dass es gerade nicht passt oder uns nicht gut tut oder der andere in seinem Bedürfnis nach Freiheit zu sehr eingeschränkt würde.

Hin und wieder hat es auch aufgrund unserer vertauschten Rollen Spannungen in unserer Ehe gegeben, aber letztlich haben wir es verstanden Konflikte zu lösen und zusammen gehalten.

Eva ist mehr der nüchterne, realistisch denkende Kopfmensch, während ich schnell emotional werde.

Und wo weniger Emotionalität angebracht ist, versuche ich sachlicher zu sein und mich selbst zu ermahnen, wenn ich in Gefühlsduselei verfalle. Und sollte ich Gefahr laufen, in Selbstmitleid zu baden, trete ich mir sogzusagen auch mal selbst in den Hintern.

Obwohl mir sehr vieles bewusst geworden ist, geschieht es immer wieder, dass ich in die gleiche, emotionale „Falle" tappe.

Ich erlebe Gefühle intensiv und auch als erstes – lange, bevor ich ins Denken komme. Eva hingegen hat gelernt, den emotionalen Teil lieber erst mal zu ignorieren und stattdessen zuerst rational und mit Vernunft ein Problem anzugehen. Das Spannungsfeld „Gefühl versus Verstand" ist ein dauerhaftes Thema in unserer Ehe und sorgt für Lebhaftigkeit und durchaus auch für heftige Diskussionen.

So auch an einem Abend im März, als Eva mir mitteilte, sie könne des Abends nicht kommen, da sie morgen eine Besprechung im Amt habe. Ich reagierte enttäuscht in mir. Wieder stieg das Verlassenheitsgefühl in mir auf und frustriert dachte ich: *„gut, dann betrinke ich mich eben…"*

Meine Angst, sie könne sich abwenden und mich verlassen, wurde sofort wieder getriggert. Glücklicherweise brauchte ich die alte Überlebensstrategie – mich zu betäuben, um mich nicht mehr spüren zu müssen, Gott-sei-Dank (!) nicht ausführen.

Es ist inzwischen eine Binsenweisheit, dass hinter Alkoholismus (im Prinzip sowohl hinter jeder stofflichen als auch nichtstofflichen Sucht) eine Vater, beziehungsweise nicht gelungene Bindungsbeziehung zur Mutter besteht. Das macht Kinder unsicher und gefühlskrank.

Besonders ich fühle mich dann schnell und nachhaltig einsam, weil in solch einem Moment auch meine bisher engste Vertraute, meine Zwillingsschwester nicht anwesend ist. Das Schöne daran: Ich kann das erkennen und mir in jeder Situation bewusst machen. Damit steige ich aus der Opferhaltung aus.

Zu meinem Umgang mit toleranzsteigernden Stoffen, fragte ich mich im Nachhinein, ob ich mich all die Jahre bei meinem Alkoholverzicht nicht auch etwas unter Druck und Zwang gesetzt habe?

Theoretisch jedenfalls konnte ich mir die Frage, ob ich heute entspannt mit Alkohol umgehen kann, nicht beantworten. Ich konnte es nur ausprobieren.

Silvester 2023 verbrachte ich mit Eva in Dresden , wo ich ganz bewusst ein Glas Wein trank. Ich konnte es nicht nur genießen, sondern auch ein weiteres aufgrund einer freien Entscheidung ganz entspannt stehen lassen. Es war ein Geschenk, die Kontrolle über den Alkohol wieder zu haben, nachdem ich mich früher von ihm kontrollieren ließ

2024

Die Demenzerkrankung von Monikas Ehemann Boris schritt ziemlich schnell voran – und so war es für Monika ab einem gewissen Punkt nicht mehr möglich, diese Lebenssituation weiter aufrecht zu erhalten, ohne selbst daran zugrunde zu gehen. Selbst gesundheitlich stark angeschlagen (Herzleiden), sorgte sie mit einem letztem Einsatz dafür, dass Boris Anfang 2024 in einem Pflegeheim eine gute Betreuung erhält.

Meine Schwester hält die Beziehung zu ihm aufrecht und besucht ihn nahezu täglich.

Meiner Meinung nach hatte meine Schwester nach der schwierigen Beziehung mit unserem Vater und der nie aufgearbeiteten Vergewaltigung ein echtes Männerproblem. War sie doch immer wieder mit Männern zusammen, die hilfsbedürftig waren und selbst Alkohol- und Drogenprobleme hatten und deren Väter auch kriegstraumatisiert waren.

Ich denke, Boris hat die notwendige Aufarbeitung seiner Geschichte unterlassen. Den Preis, den er für sein „Vergessen" zahlt, ist hoch.

❦ ❦ ❦ ❦

Während eines Spaziergangs mit meinem Hund Rico im Mai erfassten mich unvermittelt so heftige Schmerzen in Brust und im Rücken, dass ich stehen bleiben musste und tatsächlich einen bevorstehenden Tod befürchtete. Erstaunlicherweise verhielt sich mein im Grunde doch sehr temperamentvoller Hund so angepasst, als könne er meine Schmerzen wahrnehmen. Welche eine Anteilnahme und Treue kann ich da nur sagen! Er hat sich auch schon einmal vor meine Couch gelegt, als ich mich aufgrund eines intensiven rheumatischen Schubs vor Schmerzen krümmte.

Als ich unter Schmerzen zum Hausarzt ging, gab es nach einem unauffälligen Ruhe EKG erst mal keinen Befund.

Ich wurde weitergeschickt und ein Rheumatologe und ein Orthopäde meinten, meine Schmerzen seien sicher von der Brustwirbelsäule verursacht, sodass ein MRT veranlasst wurde.

Mein Bauchgefühl sagte mir etwas anderes und ich befürchtete eine ernsthafte Erkrankung. So holte ich mir eine zweite Meinung bei einem älteren erfahrenen Orthopäden ein. Dieser ließ mich von einer Arzthelferin umgehend im gleichen Haus zu einem praktizierenden Kardiologen begleiten. Nach erfolgter, eingehender Untersuchung wies dieser mich sofort in ein Krankenhaus ein, wo sich nach der Einführung eines Katheders herausstellte, dass die wichtigsten Herzkranzgefäße an meinem Herzen lebensbedrohlich verengt waren, was zum schnellen Tod hätte führen können.

Doch auch hier erlebte ich wieder mal meinen Schutzengel – und bestimmt auch das tragende Gebet der lieben Marianne.

Mein stiller Wunsch, im Falle einer Krankenhauseinweisung ein Zweibettzimmer (was ja nur privat Versicherten zusteht – und ich als einfacher Kassenpatient zähle nicht zu den Privilegierten, die sich eine medizinische Sonderbehandlung und Dienste leisten können…) und einen verträglichen Zimmergenossen zu bekommen, wurde mir von meinem Gott möglich gemacht und geschenkt. Mein Bettnachbar war zu meiner Freude bekennender Christ – und so besaßen wir beide eine wunderbare Ebene, auf der wir uns austauschen konnten. Und in unserem Zimmer hing ein

Kreuz direkt vor meiner Nase, sodass ich zuversichtlich darauf schauen konnte

Zudem erinnerte mich der ältere Herr an die Liebenswürdigkeit, die ich als Kind bei den Brüdern meiner geliebten Großmutter spürte.

Ja, mein Nachbar Anton begegnete mir fast wie ein Ersatzvater, so wie ich ihn mir immer gewünscht hatte. Das war schon ein besonderes Ereignis!

Es beeindruckte mich, wie der 85jährige Anton, selbst in vielerlei Hinsicht erkrankt, sich so um mich kümmerte, als sei diese trotz seiner eigenen schweren Erkrankung seine Aufgabe.

Eine wunderbare Erfahrung, weil ich hier Gott zu spüren glaubte. Gott ließ mich in meiner Angst nicht alleine– so als komme Er doch immer wieder auf leisen Sohlen zu mir.

„Wir hatten ein so schöne Zeit zusammen“, sagte mir Anton nach unserem Abschied, *„obwohl wir doch krank waren und es im Krankenhaus im Allgemeinen nicht so schön ist.“*

Als ich nach dem Einsetzen der ersten zwei Stents im Aufwachraum neben zwei anderen Patienten lag, dachte ich: *„Herr, wenn du mich holen willst, dann komme ich.“* Es ging mir einfach nicht gut und ich spürte, dass mein Leben auf der Kippe stand. Dabei schaute ich in meinem Inneren auf ein Licht, das sich am Ende eines grauen Tunnels befand. Nach vier Tagen Pause erfolgte der zweite Eingriff, der mit drei weitere Stents bescherte.

In diesen vier Tagen „Leerlauf" wäre ich am liebsten nach Hause zu meiner Frau gegangen. Doch alle anderen – sowohl Eva, als auch Leon und Monika hatten Angst um mich und rieten mir nachdrücklich davon ab.

Letztlich hörte ich auf sie, legte an dieser Stelle meine im Grunde stets vorhandene Sturheit und Eigenwilligkeit ab und versuchte, ruhig zu werden. Mit Blick auf meine Lieben erwuchs mein Kampfgeist. Mich wegen solch einer „Lappalie" meiner Weißkittelangst ergeben – das wollte ich dann doch nicht. Deshalb war ich trotz Leerlauf am Wochenende, an dem keine Untersuchungen stattfinden, bereit zu bleiben.

Gott jedenfalls schien mir noch etwas Lebenszeit schenken zu wollen, hätte ich doch laut den Untersuchungsergebnissen längst tot sein können.

Dennoch wurde ich mit der Zeit mehr und mehr kurzatmig, weil – trotz meiner inneren „Maßnahmen – meine Angst nicht kleiner werden wollte. Gerne hätte ich jetzt ein Beruhigungsmittel genommen und fragte danach – was aber in dem hektischen Betrieb des Krankenhauses unter ging.

Als ich dann doch etwas Tavor bekam, legte sich meine Angst trotzdem nicht. Und jedes Mal, wenn eine Schwester mit dem Blutdruckmessgerät kam, schnellte mein Blutdruck in die Höhe, was sich dann unsinnigerweise immer wiederholte.

Die Schwestern nahmen zwar meine Aussage wahr, doch sie reagierten nicht so darauf, wie ich es gerne gehabt hätte.

Sie folgten ihrem gewohnten Arbeitsablauf. Meine Angst wurde durch das ständige Blutdruckmessen nicht geringer. Im Gegenteil… bei einem Blutdruck, der dauernd über 200 lag, lief ich Gefahr für einen weiteren Herzinfarkt. Alles in allem war ich sehr beunruhigt.

Hier wünsche ich mir, dass das Pflegepersonal auf der Kardiologie in seelischer Hinsicht mehr geschult würde. Brauchen doch verängstigte Patienten mit einer Erkrankung mehr Zuspruch und Verständnis und nicht nur funktionale Abläufe. Es könnte ein Segen für Herzpatienten sein, wenn das Personal etwas mehr Zeit für sie hätte. Doch die Personalknappheit, das effiziente Denken und die Notwendigkeit des wirtschaftlichen Handelns im Gesundheitsbereich lässt diese Einstellung nicht zu.

Dass die Angst eine sehr alte aus Kindheitstagen war, lag auf der Hand. Aus einer Zeit, in der ich durch die anstrengende Begegnung mit meinem Vater an eine innere Enge erinnert wurde, die diese dann verstärkte. Zudem bin ich damals oft einsam und verängstigt zum Arzt gegangen und mit meiner Mutter immer wieder auf einer Flucht gewesen, die nie zum Ziel führte, wo ich einfach nicht weiter kam und vergeblich auf eine Befreiung hoffte. So löste dieser psychischer Druck den hohen Blutdruck bei mir aus, den ich dann auch mit einigen Blutdrucksenker nicht ganz beseitigen konnte. Doch im Kampf mit meiner Angst sagte ich mir, *„besser fünf Stents setzen lassen und da durch gehen, als nichts tun und alsbald sterben."*

Ich denke, jeder der derzeit ins Krankenhaus kommt wird auch den Pflegenotstand spüren. Und dabei erfahren, wie absurd es ist, ausländerfeindlich zu denken.

Dies sage ich, weil ich sehr dankbar bin, von einem Arzt mit Migrationshintergrund – erfolgreich! – operiert worden zu sein. Er hat mir das Leben gerettet.

Als ich im Übrigen im Krankenhaus mit meiner Frau telefonierte und unser Hund Rico meine Stimme hörte, beruhigte der sich und legte sich schlafen. Ich meine, Hunde sind als treue Begleiter ein Geschenk des Himmels.

Aus dem Krankenhaus und ins Leben entlassen wurde ich am 14. Mai – dem Todestag meiner Mutter. Dieser „Zufall" hat mich sehr berührt.

Alte Traumata schlafen nicht

Wieder zu Hause wurde mir in einer der folgenden Nächte das Thema wieder mal in einem Traum „präsentiert".

Ich träumte:

> Ich befinde mich in meinem Elternhaus, wollte meinen Vater auf keinen Fall sehen und verstecke mich. Seine Gestalt erschien wie immer absolut unnahbar, angst-erzeugend, kontrollierend und nicht vertrauenswürdig. Ich weigerte mich, eine Beziehung zu ihm aufzubauen.

Anschließend träumte ich:

Eva will sich für immer von mir trennen. Das erzeugt in mir das schlimme Gefühl der Hilflosigkeit und der Ohnmacht, weil ich glaube, ohne sie nicht leben zu können.

Dieser Traum hat mir noch einmal gezeigt, wie wichtig Bindungsbeziehungen sind, wo wir Zugehörig-keit erfahren und ernst genommen werden.

Da wo die Angst ist, da geht's lang… und ich wollte mich dem schlussendlich nicht entziehen, sondern es meistern. Letztlich wurde mir klar, dass ich meine Trennungsangst annehmen und damit umgehen lernen müsste. Zumal ich diese bei einer anderen Partnerin mit Sicherheit genauso erleben würde. So also bestünde meine Aufgabe, meine Lektion nun darin, meine Trennungsangst noch besser wahrzunehmen und mich ohne Schuldgefühle abzugrenzen, wenn dies nötig war.

Diese Haltung tat und tut mir und auch Eva gut, wenn ich klar handle und mich auch abgrenzen kann, anstatt ihr wie ein Anhängsel hinterherzulaufen.

Ein Blick in den Spiegel sagt mir: *„hier ist der Mensch, für den du verantwortlich bist"*…ich darf – und das ohne Egoismus, der Mittelpunkt meines Lebens sein und mich genauso wertschätzen, wie Gott es tut. Ist doch Gott die einzige Abhängigkeit, die in die Freiheit führt. Auch wenn meine tiefe Trennungsangst frühkindlicher

Natur ist, so habe ich erfahren, dass wir uns oft am häufigsten von den Menschen verwunden lassen, die wir am meisten lieben. Oftmals auch deswegen, weil wir uns in unserer Sehnsucht nach Geborgenheit und innerer Fülle zu sehr an sie klammern. Kein Mensch ist unser Eigentum – wohl aber Gegenüber und im besten Falle wegbegleitender Gefährte.

Oft erwarten wir unbewusst von einem Partner auch, dass er uns die Enttäuschungen mit Liebe füllt, die wir bei unserer ersten großen Liebe, unserer ersten Bezugsperson erfahren, über die wir als Du zum Ich geworden sind.

Doch damit überfordern wir unseren Partner, sodass wir ihn trotz seiner Liebe zu uns damit traurig stimmen können. Nehmen wir also unseren Liebespartner immer wieder so an wie er ist und versuchen wir ihn nicht zu verändern, vermag er das doch nur selbst zu tun. Schließlich bekommen wir unseren Partner als Original – nicht als Ideal.

❦ ❦ ❦ ❦

Meine Beziehung zu Frauen

Die erste Beziehung zu einer Frau – nämlich meiner Mutter war überschattet durch ein dysfunktionales Familiensystem, in dem wir Zwillinge aufgewachsen waren.

Sonja erinnerte mich in ihrer zurückhaltenden lieben Art sehr an diese, sodass ich alles für sie getan hätte. Es war gut, ihr nochmal begegnet zu sein, um die alte Wunde des plötzlichen Verlassenwerdens zu heilen.

Esther hingegen erinnerte mich von ihrem Wesen her mehr an meinen Vater, als an meine Mutter.

Mein ganzes Leben lang suchte ich auch bei älteren Männern nach dem Vater und in jeder Frau nach der Mutter – mit dem uralten Bedürfnis eines Säuglings nach Symbiose.

Mein Verlassen- und Einsamkeitsgefühl trieb mich in süchtiges Verhalten – mit dem Wahn, hier das zu bekommen, was ich so entbehren musste.

Später dann, als ich nach beiden Beziehungen eine gewisse Zeit alleine lebte, fühlte ich mich beim Fahren eines Lkw selbständig und unabhängig. Auf der anderen Seite aber sehnte ich mich als Zwilling ständig nach einer harmonischen Beziehung mit einer Frau, wie ich sie dann auch mit Eva erleben durfte.

Später, als Eva arbeitsbedingt in Wiesbaden ihre kleine Wohnung hatte, fehlte sie mir spürbar. Für mich wurde es auf der Gefühlsebenen ein Leben quasi in „zwei Welten": Die Welt *mit ihr*, in der sie zuhause und anwesend war, und der Welt *ohne sie*, wenn sie dort weilte. Gewöhnlich brauche ich zwei Tage, um mich emotional auf die Situation einzustellen.

Eva ging es bei dem Wechsel von Wiesbaden nach D. Ähnlich wenn auch empfundenermaßen etwas weniger drastisch als bei mir.

Dennoch gelang es uns, immer wieder (mal mehr, mal weniger konfliktreich) den gemeinsamen Nenner zu finden.

Eine bitter gute Erkenntnis

Die Wahrheit tut bisweilen weh. Doch die manchmal auch nicht so wahrgenommenen oder verdrängten Lebenslügen wollen benannt werden. Kommen sie doch eines Tages ohnehin ans Licht.

So kam es bei einem Anlass um die Erziehung unseres Sohnes zu einem Streit und einem heftigen Wortwechsel zwischen Eva und mir. Sie schleuderte mir entgegen, sie habe mich nie so sehr wie ihre Jugendliebe geliebt.

Mir war schon bewusst gewesen, dass sie vor unserer Beziehung einen anderen Mann sehr geliebt hatte und diesen nicht zuletzt auch auf Druck ihrer Eltern loslassen musste.

Die Erkenntnis, dass ich am Anfang unserer Zeit nur die „Zweitbesetzung" war, traf mich im ersten Moment hart. Aber nach meiner Erfahrung beim Wiedersehen mit Sonja konnte ich das jedoch gut nachvollziehen, wie nachdrücklich die erste Liebe bei einem Menschen wirkt.

Schon damals hatte ich mir die Frage gestellt, womit ich das verdient habe, wie ich als Vater eines nichtehelichen Kindes mit meiner Neigung zu Alkohol eine Alternative für ihren geliebten Freund sein konnte. Zumal ich nach dem Auszug aus meinem Elternhaus und der Trennung von der Mutter meiner Tochter kaum Selbstwertgefühl besaß und glaubte, Eva auf Dauer kein Gegenüber auf Augenhöhe sein zu können. Anfänglich war ich ja so etwas wie ihre „beste Freundin", mit der sie über alles reden und sich mit mir austauschen konnte. Auf der Paarebene fanden wir erst später zueinander.

Wie sehr sehnte ich mich danach, dass auch Eva ihre Gefühle mir gegenüber ausdrücken und mehr Nähe zulassen könne. Doch für sie als rational denkender und handelnder Mensch war das schwer umsetzbar..

Da ich diese Form von zärtlicher Zuwendung – abgesehen von meiner Großmutter – so nicht kennengelernt hatte, hungerte ich danach. Doch ich akzeptierte das und gewöhnte mich auch immer mehr an diese Haltung von Eva.

Heute denke ich, ich hätte sie viel mehr wahrnehmen und nach ihren Gefühlen mir gegenüber fragen sollen. Doch im Nachhinein sind wir ja bekanntlich alle immer schlauer…

Ich war der Ansicht, sie könne mir ihre Gefühle nicht zeigen, weil sie es nie gelernt hatte. Nach der Auseinandersetzung mit ihr wurde mir bewusst, dass ich mich in diesem Punkt wohl getäuscht hatte.

Es tat mir nach unserer Versöhnung gut, dass Eva das im Zorn Gesagte relativierte und mich wissen ließ, wie sehr sie mich wirklich liebt.

Ihre Art Gefühle auszudrücken liegt mehr in einer mütterlichen Fürsorge – was auch eine beglückende und sehr wohltuende Seite hat.

Nach dem eskalierten Streit fragte ich mich, wie wir es geschafft haben, solange zusammen zu bleiben. Aber: Es ist uns gelungen!

Gleichzeitig denke ich, dass unsere Beziehung, ohne den lebendigen Geist Jesu vielleicht schon viel früher zerbrochen wäre.

Auch wenn wir nicht die Wünsche des anderen aufgrund unserer Prägung erfüllen konnten, ist uns unsere Ehe wichtig und erhaltenswert. Jeder von uns hatte und hat die Lebensaufgabe, sich selbst zu werden, was neben den alltäglichen Aufgaben und den gemeinsamen Pflichten eine große Herausforderung für uns beide ist.

Ich jedenfalls versuche heute so wenig als möglich von Eva zu erwarten und mich mit dem zu begnügen, wie sie mir begegnen will.

Jeder von uns handelt nach den besten seiner Fähigkeiten. Bei Unstimmigkeiten gehören immer zwei dazu.

Ich habe aufgrund meiner Geschichte Bestätigung und Anerkennung durch Nähe gesucht und diese häufig unreflektiert von Eva erwartet.

Oftmals kam ich mir gerade nach erfolgter Kritik sehr einsam und verloren vor. Es wurde ein schmerzhafter Lernprozess, damit in mir zurecht zu kommen.

Heute habe ich erkannt, wie wichtig es ist, dass wir uns am besten täglich ein positives Gefühl oder eine Geste der Wertschätzung zeigen, damit wir uns geborgen und beheimatet fühlen – was mit göttlichem Beistand auch möglich wird. Und alles was wir tun, sollten wir gerne und freiwillig (und nicht aus Zwang oder Pflichtgefühl) geben.

Ja, im Grunde sind wir immer alleine, in welcher Beziehung wir auch leben mögen Und zwar solange, bis wir zu Gott kommen und uns dort all die Sehnsucht gestillt wird, die wir auch deswegen in uns tragen, weil wir nicht immer die Liebe erhielten, die wir gebraucht hätten.

Unsere zwischenmenschlichen Beziehungen sind eben unvollkommen und werden es auch immer sein.

Jedenfalls erscheint es mir jetzt wichtiger denn je, noch achtsamer mit meiner Beziehung umzugehen und mir immer die Distanz zu gönnen, die ich für mich brauche. Desgleichen auch die Distanz zu achten, wenn sie meine Frau braucht. Meinen Kummer und meine negativen Emotionen (die mich nur selbst belasten) kann ich dann vor Gott bringen.

Bereits als Kind fühlte ich mich als Messdiener in meinem Herzen zutiefst berührt, als mir Jesus Liebe bewusst wurde. Und ich wollte ihm schon so früh so nahe als möglich sein.

Auch wenn ich in meiner anschließenden Lebenszeit kein konsequentes Glaubensleben geführt habe, so habe ich doch den Glauben an Jesus nie verloren… Manchmal habe ich – aus meiner Sicht – den Kontakt zu Jesus verloren (er hingegen war immer da…).

Nach all den gemachten Erfahrungen mit meinem Vater, steckt in mir bisweilen heute noch die Befürchtung, ich könne Gott, meinem himmlischen Vater, nicht genügen. Dann erwarte ich (erfahrungsgemäß) negative Konsequenzen und denke, Gott mache mir Angst und säße mir regelrecht im Nacken.

Meine Gedanken werden nicht bestätigt. Gott ist glücklicherweise anders…

Erwachsene, die Kinder und Jugendliche „erzieherisch" mit einem strafenden Gott drohen, laden Schuld auf sich, weil sie einen bedingungslos liebenden Gott für ihre eigenen Ziele, andere mit Zucht und Ordnung zu Gehorsam und Unterwerfung zu zwingen, missbrauchen.

Ich jedenfalls kann es heute nur als Segen ansehen, dass ich in diesen schweren Zeiten mit meinem autoritären, strafenden und vom Krieg traumatisierten Vater auf meine gläubige Großmutter, meine im Kloster lebende Tante und auf meine Frau getroffen bin, die mir keinen Druck gemacht haben und mir gezeigt haben, wie echter Glaube geht. In ihnen habe ich einen Jesus erkannt, der niemanden bewertete, wohl aber in seinem überein-stimmenden Reden und Handeln zum Vorbild für viele wurde. Ihm in der Ewigkeit als vollkommen liebende Person begegnen zu dürfen wird dazu führen, dass wir uns nie mehr einsam sondern stets geliebt fühlen werden. Eine Perspektive, die alle Ziele auf dieser Welt übersteigt.

Mir ist es wichtig, mir diese dankbaren Erfahrungen immer wieder bis heute in Erinnerung zu rufen, weil mir bewusst geworden ist, wie undankbar und fordernd ich als Mensch in all meinen Stimmungsschwankungen und all meinen Wünschen und Ansprüchen doch sein kann.

Warum Gott mein wahrer Vater ist …

Meinen Vater im Himmel, der im Geiste ist, kann ich weder beweisen – noch kann ich, wie es auch der Physiknobelpreisträger Anton Zeilinger zum Ausdruck bringt, beweisen, dass es ihn nicht gibt.

Ich bin zuversichtlich, mit meinem Glauben an Gott immer auf der sicheren Seite zu stehen.

Fehlte mir der Glaube und ich träfe ihn (was niemand ausschließen kann), dann dürfte dies eher ein Nachteil für mich sein. Besser, ich bin bereits heute mit Ihm in Kontakt.

Ich glaube an einen Schöpfer des Lebens, weil ich davon überzeugt bin, dass nichts aus dem Nichts kommen kann und hinter allem eine kreative Kraft stehen muss. Steht doch schon hinter jedem Ölbild ein Maler und hinter jedem servierten Essen ein Koch und hinter jeder Kathedrale ein Baumeister.

Weiterhin glaube ich an Gott, weil ich den Botschaften meiner gläubigen Großmutter und meine Tante schon als kleines Kind vertraut habe. Sie haben mir den Glauben an einen liebenden Gott in der Nachkriegszeit nicht nur mit Liebe weitergegeben, sondern mir diesen, in einer für mich sehr belastenden Zeit, auch im Alltag vorgelebt. Sie haben mit all ihrer Liebe ein Fundament in mein Leben gelegt, auf dem ich in der äußerst anstrengenden Beziehung zu meinem Vater etwas Halt fand.

Ich weiß: Auch ich werde nie auf alle Fragen eine Antwort finden, weil schlussendlich Gott die Antwort auf alle Fragen ist.

Dennoch habe ich auch schon mit Gott gehadert und ihn in der Not gefragt, warum er mir, als mein mich liebender Vater, so viel Leid und Bedrückung zugemutet hat?

Mit Rückschau auf mein Leben allerdings erkenne ich, dass mein Glaube mich getragen hat. Auch wenn mir manchmal zum Verzweifeln zumute war, bin ich letztendlich seelisch daran gewachsen.

Ganz wie ein Eisen, das erst im Schmelzofen bewegt und seiner Bestimmung nach geformt wird.

Letztlich glaube ich daran, dass Gott das Leid in der Welt nicht geschaffen hat und wir Menschen es sind, die sich auch aufgrund einer gewissen Selbstgerechtigkeit immer wieder von Gott distanzieren.

Der menschliche Wille ist frei – und er kann sich in Einklang und in der Ordnung in Gottes Willen fügen (und sich an den Segnungen, die daraus erfolgen, erfreuen) – oder er kann frei nach seinem Eigenwillen handeln. Diese Ergebnisse kommen meistens nicht gut…

Geht es uns gut, verläuft alles nach unseren Wünschen, sind wir glücklich. Wir laufen Gefahr, uns selbst wie ein Gott zu fühlen. Wir feiern unsere Selbstgenügsamkeit und lassen Gott „einen guten alten Mann" sein. Geht es uns aber schlecht, dann setzen wir Gott schnell für aufkommendes Leid auf die Anklagebank und machen ihn für unser und das Leid in der Welt verantwortlich.

Krieg und Frieden

Viele Menschen ziehen sich in ihr häusliches Umfeld zurück und verdrängen das Thema Krieg. Dieser findet schließlich „weit außerhalb" statt. So nimmt das ferne Kriegsgeschehen einen festen Platz in unserem Alltag ein.

Wie gehen wir damit um? Eine ganze Generation war begeistert auf der virtuellen Ebene mit Ego-Shooter und Kriegsspielen unterwegs. Krieg hat seinen Schrecken scheinbar verloren – in der virtuellen Welt mögen die Bilder gruselig sein – aber Schmerz, Entsetzen, Verlust, Trauer und Trauma kommen darin nicht vor. Das geschieht „nur" im echten Leben…

Der permanente Darstellung von kriegerischen Ereignissen in den Medien werden dem Zuschauer gleichsam zur Gewohnheit. Da hat eine abstumpfende Wirkung.

Es gibt auch viele Menschen, die wütend über die brutalen Ereignisse sind – und ihnen bleibt Ohnmacht und Hilflosigkeit angesichts des Schreckens.

Wir in Deutschland haben seit 1945 – Gott- Sei-Dank – keinen Krieg mehr erlebt. Nichtsdestotrotz sind wir umgeben von kriegerischen Handlungen. Oft wurde versäumt, Konflikte frühzeitig zu lösen, Kompromisse zu finden, Toleranz zu üben.

Die Parole: „*Wir müssen für den Frieden kämpfen!*" halte ich für eine Farce. Ist es Kampf, wo ist dann der Friede? Diesen kann man zuallererst nur in sich selbst, in seinem eigenen Herzen und Denken erstehen lassen. Von dort aus können wir ihn weitergeben an unsere Nächsten, Nachbarn, Landsleute und ihn in die Welt tragen. Konfuzius sagte einmal sehr treffend: *„Es ist besser eine Kerze anzuzünden, als über die Dunkelheit zu klagen."*

Suchen wir also den Frieden nicht draußen, sondern in uns selbst, damit wir zumindest in unserem unmittelbaren Umfeld zu Friedensstiftern werden, die eine zunehmend verrohende Welt so dringend braucht.

Mein Blick auf meine Lebenszeit

Aus meiner Sicht war ich immer ein Kämpfer und Überlebenskünstler, habe mich auch immer wieder gegen bedrückende Umstände in meinem Leben aufgebäumt.

Doch jetzt, wo ich in meinem Körper alt geworden bin und die Begrenztheit meines Lebens immer deutlicher erkenne, fühle ich mich oftmals sehr müde und ausgelaugt. Ganz so, als habe ich die meiste Energie in meinem Leben aufgebraucht.

Es kostet mich unnötige Kraft, wenn ich jetzt so tue, als sei ich stärker als ich es bin. Auch weil ich nur wenig dagegen tun kann, wenn mein Körper wieder mal durch die rheumatische Erkrankung mit sich selbst in der ganzen Palette der Symptome (be)kämpft

Manchmal sehne ich mich nach dem Biss, den ich mir früher mit meinem Willen errungen habe und nach der Begeisterung, die ich für gewisse Dinge aufgebracht habe, zurück. Doch mein kämpferischer Wille allein hilft mir jetzt nicht mehr. Ich merke, wie schwer mir bereits da allmorgendliche Aufstehen fällt und wie sehr jetzt das Loslassen angesagt ist.

So bitte ich Gott im Geist, er möge mir die Gelassenheit und Zuversicht schenken, die ich für den Herbst meines Lebens brauche.

Auch ich darf ganz pragmatisch lernen, meine vorgegebenen Grenzen zu akzeptieren und mich von meiner körperlichen Begrenztheit nicht betrüben zu lassen. Gott hat einen Plan – und ich möchte dankbar sein für das, was mir bisher möglich war und für das, was noch möglich sein wird.

Ich fühle den Alterungsprozess körperlich – im Geiste fühle ich mich fit und lebenserfahren – und ich will ein „Kämpfer der Liebe" sein

Meine wesentliche Erkenntnis, mein Resümee: Es ist wichtig, nie im Leben aufzugeben! Tacitus sagt das so: *„Fange nie an aufzuhören, und höre nie auf anzufangen."*

Das Leben ist doch ein von Gott gewolltes Geheimnis und Mysterium – unser Ziel ist es, wieder zu ihm ins Vaterhaus zurückzukehren.

Meine Erkenntnis: Am stärksten zeigen sich die Menschen, die nach einem Niederschlag immer wieder aufstehen. Am schwächsten hingegen diejenigen, die es vermeiden hinzufallen. Sie nehmen sich die Möglichkeit, an ihren Aufgaben und Herausforderungen zu wachsen.

Leben ist im wesentlichen Beziehung, auch wenn wir uns gerade in einer individualisierten Gesellschaft und unserer Gottvergessenheit in noch so viele Ersatzhandlungen und Güter stürzen.

Alles Blendwerk, das uns nur vom Wesentlichen ablenkt. Am Ende sind alle scheinbaren Versprechungen nichtig und wir stehen genauso nackt da, wie wir hier einst angekommen sind. Das letzte Hemd hat keine Taschen und der letzte Raum keine Regale…

Gott hingegen hält was er verspricht, weil in seiner Liebe keinerlei Lüge existiert. Mit ihm können wir unsere Einsamkeitsgefühle immer besser bewältigen. Wir dürfen und können mit ihm wie mit einem Freund über unsere inneren Nöte sprechen. Diese Option ist für mich ungeheuer tröstlich und hilfreich.

Jetzt, im fortgeschrittenen Alter, suche ich mehr innere Ruhe und einen Frieden, der mich auch in Notzeiten so gelassen als möglich bleiben lässt. Entscheidend für einen guten Umgang mit Gott ist auch ein gesundes Gottesbild. In Gott einen liebenden Gott zu finden, war ein langer Prozess für mich.

Denn grundsätzlich wird unser Gottesbild von unserem Elternbild geprägt. Und ich entschied mich, dass Gott meinem irdischen Vaterbild auf keinen Fall entsprechen darf! Vor meinem Vater hatte ich Angst –

vor Gott ist sie unnötig. Bei Gott brauche ich keine Leistung zu erbringen – er liebt mich ohne Kondition. Ich darf sein. Das genügt. Ist das nicht wunderbar entspannend?

Durch Gotts Gnade bin ich, was ich bin. Manche Menschen behaupten, sie fühlten sich ohne Verantwortung gegenüber einem Gott freier. Diesen „gottfernen" Menschen wünsche ich eine göttliche Berührung in ihrer Seele; wenn sie feststellen, was sie ohne ihn verpasst haben.

Vorfreude.

Eva und ich besuchten im Sommer 2024 die in der Pfalz lebende Monika. Wir hatten einander viel zu erzählen und ich konnte zu meiner Freude eine gewisse Heilung in meiner Familie wahrnehmen.

Bei herrlichem Sonnenschein empfanden wir zu dritt eine wohltuende Lebensfreude, die wir zusammen sehr genießen konnten. Wir schlenderten durch die Cafés und machten Ausflüge ins nahegelegene Elsass.

Eva hatte die Idee, im April 2025 – anlässlich unseres 70. Geburtstages zu dritt nach Frankreich zu fahren – und zwar tief in den Süden, wo Monika und Boris etliche Zeit glücklich gelebt hatten.

Diesem Einfall stimmten wir alle einmütig zu. Und ja, ich freue mich schon jetzt darauf –für mich ist das wie ein „krönender Abschluss" auf ein bis dahin als ereignisreich erfahrenes Leben.

Dieses Vorhaben bescherte uns allen dreien eine große Vorfreude, ein gutes Lebensgefühl. Auch weil wir gelernt hatten, uns als Erwachsene gesund voneinander abzugrenzen und so Rücksicht aufeinander zu nehmen. So, wie es jeder Einzelne von uns braucht.

Monika hatte nach diesen emotional bewegenden Tagen noch die Idee, Eva und ich sollten doch in ihre Nähe ziehen. Mir tat es so leid, dass sie unter einer gewissen Einsamkeit litt, obwohl sie in ihrem Heimatort ein gutes soziales Gefüge eingebettet ist und etliche Leute kennt. Der frühe Tod ihres damals 34 jährigen Sohnes macht ihr immer noch zu schaffen, auch wenn sie sich auf ehrliche Weise damit tröstete, dass er es jetzt im Himmel friedvoller und schöner habe als hier auf dieser Erde.

Was in dieser Welt von uns bleibt

Obwohl wir bei unserem Tod nichts mitnehmen können, so hinterlassen wir doch Fußspuren in diesem Leben, an denen erkennbar wird, wie wir diese Welt beeinflusst, was wir ihr hinterlassen haben und ob wir bereit waren, Böses mit Gutem zu überwinden.

Ich denke, dass es trotz schmerzlicher Erfahrungen keinen Sinn macht, über unerwünschte Zeiten in meinem Leben zu klagen. Es geht darum, auf das zu schauen, was mich getragen hat und das zu würdigen, für was ich *trotz allem* dankbar sein kann.

Das Universum in mir

Schließe ich die Augen, dann vermag ich mich an gute und bedrückende Erfahrungen in meinem Leben zu erinnern.

Träume ich während des Schlafs, dann erreiche ich eine größere Tiefe in mir als im Alltag.

Im Traum werde ich durch eine bildhafte Symbolsprache mit meinen Ängsten und Wünschen, welche in meinem tiefsten Inneren verborgen liegen, konfrontiert. Ja, meine Träume stehen wie bellende Hunde am Wegrand meines Lebens und waren mir schon wegweisende Zeichen.

Schließe ich die Augen, dann vermag ich in meinem Inneren ein Baumeister zu sein, der sich mit seiner Fantasie eine eigene Welt in mit Bildern und Texten erschaffen kann.

Dabei wird mir bewusst, dass die geschaffene Welt in der ich lebe, durch die geniale Idee eines schöpferischen Geistes entstanden sein muss, zeigt sie doch in jedem

Leben sowohl in seinem Inneren als auch im Äußeren eine harmonierende Struktur auf, die keinem Zufall entspringen kann. Sind doch zu viele Zufälle schon kein Zufall mehr.

Bin ich mit meinem inneren Geist kreativ, dann fallen mir manchmal auch ganz plötzlich spontane Ideen und Eingebungen zu, die mich überraschen, mich zum Staunen bringen und einen gewissen Aha Effekt in mir erzeugen, so als seien sie von einer mir übersteigenden Kraft in mir selbst geboren worden.

Halte ich meine Augen geschlossen, dann kann ich mit meinem Geist in eine unbewusste Welt eintauchen, die mir in ihrer Grenzenlosigkeit wie ein Fass ohne Boden erscheint. Gibt es doch in mir selbst so viele Gaben und Möglichkeiten, die ich in diesem Leben auch bei noch so intensiver Kreativität niemals alle ausschöpfen kann.

Ja, in mir selbst existiert ein scheinbar grenzenloses Universum, das mich mit Blick in den Sternenhimmel mit dem äußeren Universum in Verbindung bringt. Auch ich bin ein Teil vom Ganzen. Wie in einem Puzzle des Lebens, in dem alles mit allem zusammenhängt, alles mit allem verbunden ist und nichts ohne das Andere existiert – so wie der individuelle Tropfen im Ozean.

Wer sind wir (oder glauben zu sein), dass wir uns über Gott und seine Schöpfung stellen? Denn alles was ist, soll sein.

Es gibt in diesem Universum nichts zu verbessern oder zu ändern – außer der eigenen Einstellung.

Da ich in der Begrenztheit meines Bewusstseins immer nur kleine Ausschnitte von mir selbst wahrnehmen kann, gehe ich davon aus, dass ich in meiner persönlichen Existenz viel mehr bin als ich glaube zu sein.

Dies wiederum wird mir einmal völlig bewusst werden, wenn ich von einer höheren, grenzenlosen und wahrhaftigen Macht aus meiner Begrenztheit befreit und auch auf meinen eigenen Lebenswandel aufmerk-sam gemacht werde.

Von einer göttlichen Macht, die mich mit all ihrer Liebe in meinem Herzen reinigen kann. Das lässt mich die innere Zuversicht tragen, nach meinem irdisch vollbrachten Lauf, ewig bei ihr leben zu können. (Das Dunkle kann in dem ewigen Licht nicht existieren).

Solange ich aber auf dieser Erde ein Suchender bin, stellen sich auf der Suche nach der Wahrheit immer wieder neue Fragen. Auch wenn ich mir sicher bin, dass mit Liebe in diesem Leben alles am besten gelingt.

Grundsätzlich gilt: Je mehr Antworten wir in diesem oftmals komplexen und verstrickten Leben finden, desto mehr neue Fragen tun sich in uns auf.

So, als fallen unendlich viele ungelöste Fragen in eine unvorstellbare Unendlichkeit hinein in der sich wieder ganz neue Fragen zeigen.

Was aber ist die Frage aller Fragen, wenn nicht die Frage nach dem Warum und dem Sinn des Lebens? Bin ich nicht das Geschöpf, das seinen Schöpfer sucht?

Den größten Sinn erfahre ich in der Liebe, in der Erfüllung dessen, was ich wirklich brauche, wonach ich mich tief in meinem Herzen sehne, was mich zutiefst in meinem Herzen berührt. Das, was ich brauche ist nicht immer dasselbe, was ich will oder glaube haben zu wollen.

In meinem Herzen, weiß ich mich dann beheimatet, wenn meine Sehnsucht nach Geborgenheit gestillt ist.

Zudem frage ich mich: *„Wann komme ich als Reisender in diesem Leben einmal ganz in mir an und wie finde ich als Suchender zur Ruhe in mir selbst? Wann finde ich die Antworten auf all meine ungelösten Fragen, wann bin ich ganz zufrieden mit dem was ich habe und bin?"*

Sicher dann, wenn ich mit meinem Geist in Seinem unendlichen Geist der Liebe aufgehen darf und eins werde mit allem. Dann wird alles beantwortet, alles befriedet und geordnet sein durch den, der in seiner unvorstellbaren Weisheit und Liebe die Antwort auf alle Fragen ist.

So heißt es auch: *„Durch ihn, mit ihm und in ihm"* folgerichtig in einem Gebet.

Ihm – unserem Gott – können wir unser Herz öffnen und ihn bitten, in unser Innerstes einzukehren. Ist es doch allein die Liebe, die verbindet, die sich fest in unserem Herzen verankern kann.

Man kann uns alles nehmen – nicht aber die Liebe, die in unserem Herzen wohnt. Sie ist die Macht, die alleine genügt. Es ist Gott, der sich in seiner unver-gänglichen Liebe an uns alle verschenkt.

Lassen wir uns also von der göttlichen Liebe erfassen! Dies wiederum wird uns am ehesten möglich, wenn wir in unserem Herzen versöhnt sind und in unserem Geist eine Klarheit erfahren, die unsere Augen ungetrübt lässt. Ein bitteres Herz hingegen wird blind für die Weite des Universums, die Not seiner Mitmenschen und sich selbst.

Hass ist wie ein betrüblicher Nebel, der die Weitsicht im Herzen bremst. Liebe hingegen macht glücklich und kostet nichts.

Kein materielles Gut kann unsere ungestillte Sehnsucht nach Heimat im Herzen stillen Das Reich Gottes ist in euch, heißt es im Neuen Testament

Sterben bedeutet in meinem Verständnis nichts anderes als: *Lass dich verwandeln durch den, durch den du bist.*

Jetzt ganz zum Schluss, da meine Autobiografie fertig ausgedruckt auf meinem Schreibtisch liegt und ich die Nacht zuvor während eines starken rheumatischen Schubs folgenden Traum hatte, wurde mir folgendes auch schlagartig bewusst:

Ich träumte, ich trage meine Mutter auf meinen Schultern und musste sie noch 65 Kilometer von Wiesbaden bis nach D. tragen. Doch dazu war ich viel zu müde, sodass ich sie völlig erschöpft von meinen Schultern nahm. Ich rief den gutmütigen Theo, den ehemaligen Lebensgefährten meiner Schwester Monika an und bat ihn, meine Mutter und mich nach D. zu fahren. Die Belastung durch meine Mutter war viel zu groß!.

Bis zu diesem Traum sah ich in erster Linie immer auf die Wunden, die mein Vater mir zugefügt hatte. Doch in diesem einseitigen Blick blendete ich aus, wie sehr ich als Lastenträger meiner Mutter stillschweigend in mich hinein gelitten, dies aber bis heute nicht wirklich verarbeitet hatte.

Ich nahm meine Mutter stets als hilfsbedürftiges Opfer wahr – ein Bild, das auch mein Frauenbild geprägt hat. Nicht zuletzt kam das auch dadurch zustande, weil sehr viele Frauen in der doch sehr konservativen Zeit (bis in den 70er Jahre) unter der Herrschaft ihrer kriegstraumatisierten Männer gelitten haben.

Danksagung

Dankbar bin ich für all jene Menschen, die mir immer treu zur Seite gestanden haben und mich so angenommen haben wie ich war.

Meinen Freunden Otto und Horst, meiner Oma Maria und ihrer Nichte Marianne, die stets im Gebet an mich dachten. Marianne tut das bis heute noch.

Mein besonderer Dank gebührt meiner Frau Eva, die mir immer treu zur Seite stand und noch steht, meiner Zwillingsschwester Monika, meinen Kindern Lilly und Leon, die mich vieles lehrten und an denen ich meine Freude hatte und habe – auch wenn es schwierige Zeiten gab.

Schlussendlich bedanke ich mich ganz herzlich bei meiner Lektorin, die mich in diesem „*Schreib-und-Werde-Prozess*" einfühlsam beraten und mit viel Geduld begleitet hat.

Schau in den Spiegel,
sie dir liebevoll in die Augen,
lächle dich an,
streichle dir zärtlich über den Arm
und sag dir, dass du dich liebst.
Zumal sich Gott,
der dich als sein Kind
wie ein Vater und eine Mutter liebt,
über deinen liebevollen Umgang mit dir selbst
freuen wird.

Anhang

Namensliste (zum Schutze der lebenden Personen wurden die Namen redaktionell geändert)

Autobiograf .... Otfried
Otfrieds Zwillingsschwester .... Monika

Die Eltern
Mutter (1930-2018) .... Ilse
Vater (1927-2002) .... Alfons

Otfrieds Großmutter mütterl. .... Maria
Otfrieds Großvater mütterl. .... Helmut
Marias und Helmuts Kinder .... Norbert *(† m.10 J)*
.... Josef *(† m.50 J))*
.... Ilse

Josefs Frau .... Gerda
Josefs und Gerdas Kinder *(= O. drei Cousins):*
.... Alexander, Matthias, Kurt

Oma Marias Geschwister
Brüder .... Heiner *(† Dachdecker)*
.... Albert
Schwestern .... Anna und Ulla

Ulla *(Nichte v. Oma Maria und Großcousine v. O.)* heiratet Hugo.
Ulas und Hugos Kinder: .... Marianne, Karl, Gustav

Otfrieds Großvater väterl. .... Hermann

Otfrieds Großmutter väterl. .... Käthe

Käthes und Herrmans Kinder: .... Wilfried

.... Raimund *(Händler)*

.... Toni *(† verunglückt)*

.... Alfons

Raimunds Frau .... Gudrun

Reimund und Gudrun .... zwei Töchter

Käthes Brüder: *(= Otfrieds Großonkel))*

.... Ernst

.... Johann *(behindert)*

Ehemann (und Vater der Zwillinge) von Monika ...... Hartmut

Lebensgefährte/Exfreund von Monika .... Theo

Theo's Mutter .... Resa

2. Ehemann von Monika .... Boris

Jugendliebe1 von Otfried .... Sonja

Erste Freundin von Otfried .... Esther

O. und Esthers Tochter (*Juli 1980) .... Lilly

Lilly's 1. Ehemann .... Benno

Lilly's 1. Tochter (von Benno) .... Annika

Lilly's 2. Ehemann .... Ulli

Lilly's 2. Tochter (von Ulli) .... Bärbel

Otfrieds. vermeintl. Traumfrau .... Erie

Otfrieds Ehefrau (Heirat 1989) .... Eva

Otfrieds Sohn (*1998) .... Leon

Evas Schwester (*1958) .... Daniela
Evas Bruder (*1971) .... René
Evas Mutter (1932 -2017)
Evas Vater (1928 – 2018)

Beste Freundin von Monika (*O. erster Schwarm*) .. Marion
Nachbarkind (O. Spielkameradin) .... Cornelia
Vater der 10 Buben *(O. Schiffsschaukelerlebnis)* .... Franz

Junge, der vom Bus überfahren wurde .... Charly

Jugendfreund 1 (Freundschaft bis heute)............... Horst
Jugendfreund 2... Gregor
Jugendfreunde 3 (Zwillinge) .... Lucas und Cäsar

80 jähr. Glaubensfreundin .... Ursula

Zimmergenossen während des Aufenthaltes in der Klinik Hohemark
Der Unliebsame.. Ulrich
Der Sympathische .... Thomas
Der (bis heute) Befreundete .... Jan